意林

公元787年，唐封疆大吏马总集诸子精华，编著成《意林》一书6卷，流传至今

意林：始于公元787年，距今1200余年

意林®轻文库

青春最美，梦想出发

中国式好看轻小说优鲜品牌

意林轻文库 | 恋之水晶系列 041

星光"公主"的水晶时代 II

Xingguang "Gongzhu" de Shuijing Shidai

悠雨 著

YOUYU WORKS

吉林摄影出版社

· 长春 ·

图书在版编目（CIP）数据

星光“公主”的水晶时代．Ⅱ / 悠雨著．-- 长春：吉林摄影出版社，2018.12

（意林·轻文库．恋之水晶系列）

ISBN 978-7-5498-3895-0

Ⅰ．①星 Ⅱ．①悠 Ⅲ．①长篇小说－中国－当代 Ⅳ．① I247.5

中国版本图书馆 CIP 数据核字 (2018) 第 267629 号

星光“公主”的水晶时代Ⅱ

XINGGUANG GONGZHU DE SHUIJING SHIDAI Ⅱ

著　　者	悠　雨
出 版 人	孙洪军
总 策 划	安　雅　张　星
责任编辑	吴　晶
图书统筹	三木卷卷
特约编辑	雷凌云　齐金石
绘　　图	E.PCAT
书籍装帧	胡静梅
美术编辑	赵艳红
开　　本	700mm×1000mm　1/16
字　　数	330 千字
印　　张	12
版　　次	2018 年 12 月第 1 版
印　　次	2018 年 12 月第 1 次印刷

出　　版	吉林摄影出版社
发　　行	吉林摄影出版社
地　　址	长春市泰来街 1825 号 邮编：130062
电　　话	总编办：0431-86012616 发行科：0431-86012602
网　　址	www.jlsycbs.net
经　　销	全国各地新华书店
印　　刷	北京市兆成印刷有限责任公司

书　　号　ISBN 978-7-5498-3895-0　　**定价**：28.00 元

目录 CONTENTS

目录 CONTENTS

第一章

实习“总监”请指教

铅色的云层阴沉沉地压下来，预示着一场大雨即将到来。初冬的寒风沿着街道呼啸而过，枯黄的落叶漫天飞舞。出租车的车窗半开着，从外灌入的冷风无情地对着田小野的额头一阵猛吹。田小野出神地凝视着窗外飞驰而过的景色，心急如焚的她早已顾不上头痛了。

出租车刚在人民医院门口停下，田小野就迫不及待地冲了出去。宽敞明亮的大厅里挤满了人，有挂号的，有取药的，大部分都缓慢地走着，唯独田小野横冲直撞地穿梭其中，引人侧目。

她一眼就看见楼梯口有两名身穿制服的交警，立即冲过去。

"我……我……是于浩的妹妹……"田小野气喘吁吁地问，"伤者怎么样了？"

两名交警正在讨论着什么，听见她的声音后，同时抬头望来。

这时，东张西望的田小野正好看到不远处就是急救室，拔腿就想往里冲。

眼疾手快的交警一把拉住她，说："伤者刚刚过世，你先在这里等一等。"

"什么？他死了？"田小野忍不住大叫起来，脑海中瞬间空白。她无论如何也不相信刚给她打过电话的朱明熙就这样稀里糊涂地死了。

耳边响起从急救室传来的痛哭声，呼吸还未平顺的田小野头晕目眩，几乎快要站不稳。

交警大概是担心伤者家属纠缠她，拿她撒气，才不让她独自靠近。

"你通知家人了吗？你父母什么时候到？"其中一名交警用公事公办的口吻问。另一名则提着田小野的胳膊，把她扶到墙边的长椅上坐下休息。

田小野脑海里一片混乱，头昏眼花，整个人都轻飘飘的，仿佛行走在噩梦中。她知道交警在向她发问，却听不清对方究竟问了些什么。

过了好一阵子，田小野涨痛的眼眶里逐渐浮出一层水雾，发酸的鼻子不停吸着气。她很想保持冷静，却不争气地哭了出来。

见状，两名交警不再多问，轻轻拍着她的肩膀安慰，但她哭得更大声了。

"小野？"熟悉的声音突然从旁边传来，令捂脸抽噎的田小野突然怔住。

难道出现幻听了？为什么会听见他的声音？

“小野。”对方又唤了一声，而且还在田小野身旁坐了下来。

田小野呆呆地抬起头，隔着满眼泪花望向来人。

在认出他的那一刻，忍不住“哇”的一声大哭出来，捏起拳头狠狠砸向他的胳膊，边哭边吼：“你……你怎么会在这里？”

“我是目击者，当然应该在这里。里面那位老爷爷就是我送来医院的。”

“老爷爷？”听到这话，田小野停滞的大脑这才重新运转起来。

她急忙探身向急救室望去，发现围着某张病床痛哭流涕的全都是陌生人，而朱明熙正好端端地坐在长椅上凝视着她，还递来一条手帕，见她光顾着吸鼻子忘了接，直接温柔地帮她把挂在脸上的泪珠擦去。

“你该不会以为我被撞死了吧？”朱明熙猜到田小野哭得泣不成声的原因了。

情绪尚未平复的田小野无法回答，她捏起拳头，一下一下地捶着他。明明不是他的错，却忍不住蛮不讲理地谴责他让自己担心，让自己白流了那么多眼泪。

这样的举动无疑是给出了肯定的答复，朱明熙又惊又气地瞪着她，说：“你怎么那么笨啊？我怎么会这么轻易死掉？对了，你哥呢，你联系到他了吗？”

田小野用力摇头。接到交警电话后，她就十万火急地直接赶来医院，没来得及联系任何人。稍微冷静下来后，她扯过朱明熙的手帕，像洗脸似的把脸擦了一遍，还狠狠地擤着鼻涕。

朱明熙十分嫌弃地看着她糟蹋自己心爱的刺绣手帕，却不敢多说什么。

虽然这样想有点儿对不起死者，但是在这场从天而降的意外中，看到朱明熙平安无事地坐在自己身旁，田小野心脏撕裂般的剧痛就减轻了一半。

接下来，朱明熙把当时的情况讲述了一遍。

他本想着把于浩酷似《百美图》的设计交给田小野，但是于浩紧追不舍。两个人在公路上一前一后急驰着，谁料一个老人突然冲出来。于浩没有反应过来，把老人撞倒在地。看到老人流了一地血，于浩吓得连车都不敢下，直接一打方向盘逃走了。

最后还是朱明熙停下来报了警，把老人送到医院抢救，只可惜最后还是没能挽救老人的性命。田小野的电话号码就是他告诉交警的，而于浩现在身在何方，他也毫无头绪。

田小野听完后，立即给于翰林打电话：“喂，姑父……”

只打了声招呼，就听到对面传来于翰林有气无力的声音：“小野。”

本想告知他这场交通意外的田小野立即改口，问道：“你在哪里？”

如果没有猜错的话，于翰林肯定已经知道了。果然，于翰林接着说：“我们都在公安局。”田小野无法确定“我们”具体指哪些人，但毫无疑问的是，于浩肯定包含在其中。

“小野，你在哪里？”于翰林也听出田小野知晓此事了。

“我在医院呢……”稍微停顿了一下后，田小野压低声音说，“伤者已经过世了。”

于翰林沉默良久，重重地叹了一口气，沉痛地说：“你先回去吧，什么都别管了。”

“可是……”田小野很想替他分担一点儿，他却固执地拒绝了田小野的好意。

“我和你姑姑会处理的。”

彼此安慰了几句后，田小野挂断了电话。

“怎么样了？”朱明熙立即迫不及待地凑过来询问。

“于浩已经自首了。”

“他逃都逃了，现在自首已经来不及了，而且保险也不会理赔。”

田小野用又快哭出来的眼睛望着朱明熙，问：“他会坐牢吗？”

朱明熙一言不发地竖起三根手指。田小野没看懂，疑惑着盯着他。

他这才郑重说道：“三年起。”

听说于浩已经自首后，交警也劝田小野早点儿回家。毕竟她只是一个涉世未深的大学生，从来没经历过这么可怕的事情，早就吓得脸色土灰、神情茫然了，留下来也帮不上什么忙。

朱明熙自告奋勇地开车送田小野回出租房。

一路上车里安静得可怕，坐在后排的田小野一直扭头望着窗外的景色，开车的朱明熙则一直通过内后视镜观察她的表情。

她沉浸在不可自拔的深思中，皱紧的眉头里满是哀愁，苍白的嘴唇微微咬住，几乎快被负面情绪淹没了。

朱明熙很想放点儿音乐来缓和气氛，但犹豫了一下还是放弃了。目光不经意间瞥见放在副驾驶席上的一个文件夹，他立即腾出一只手，拿起来说：“小野，你看看这个。”

田小野迟缓地扭过头来，呆滞的目光慢慢移动到文件夹上。

她大致能猜到是什么，接过来翻开一看，发现里面果然就是类似《百美图》的设计稿。如果是以前，她肯定会大发雷霆，气急败坏地把于浩臭骂一顿，现在却提不起一点儿精神，就连生气的力气都没有了。

如果不是这几张设计稿，那个无辜的老人不会死去，于浩也不会面临牢狱之灾。一想到这里，田小野就深深自责起来。虽然这场意外她没有直接参与，却总觉得自己脱不了干系。

刚才在医院连向死者家属道歉的勇气都没有，当时的胆怯和懦弱也折磨着她善良的内心。

即使坐在渐渐远离医院的汽车中，烦恼和愧疚也没有随之远去。相反，更令她深刻意识到只知道逃避的自己是多么可耻和无能。

她很想尽一份绵薄之力，为这场悲剧弥补一点儿什么，却不知道应该怎么做，所以只能深陷在烦恼、抑郁和无助的情绪旋涡中。

朱明熙早就猜到她在烦恼什么，安慰道："小野，这一切都和你没有关系，不是你的错。"

"我知道……"田小野低头翻阅着设计稿，不知道怎么回事，说完这三个字又忍不住哭了起来。眼泪大滴大滴地往下掉，千头万绪涌上心头，纷繁复杂，梳理不清。

如果能心安理得地把一切过错都推给于浩，把自己摆在清白无辜的立场上，那该多好啊。

只可惜，她做不到。

"小野，别哭了。"朱明熙腾出一只手，从放在车头的纸巾盒里抽出几张纸巾递过去。看到田小野哭得这么伤心，他也不知道该怎么安慰下去了，只好闭上嘴，默默开车。

汽车穿过繁华热闹的街区，向位于郊区的大学城方向驶去，最后在气势恢宏的校门口急拐一个弯，转入一条地面凹凸不平的水泥小路，碾过几个脏水四溅的泥洼后，停在一幢简陋的出租房前。这里就是他们以前一起住过的地方，一景一物都承载着他们共同的回忆。

车停好后，田小野抱着文件夹，埋着头，用嘶哑的声音低低说了句："谢谢。"

"我送你上去吧。"朱明熙毫不犹豫地解开安全带。

"不用了，你不是还要拍戏吗？"

"我已经请好假了。"

朱明熙真心实意，但田小野不好意思麻烦他，坚持拒绝："我好多了，你不用担心。"

"拜托你不要好这么快行不行？我好不容易才找到借口请假的！"他有点儿生气，不由得抬高音量。看到他双目圆瞪、下巴高昂的样子，田小野忍不住笑了起来。

明明情绪低落得连说话都有气无力，也只有他才有本领把自己逗笑。

"好吧。"田小野终于同意了。朱明熙立即拔出车钥匙，下车跟上去。

房东太太坐在一楼的监控室里，看到有人进来后，习惯性地探头张望，发现是他俩后，忍不住惊讶地打了声招呼。整天看韩剧的房东不知道朱明熙是明星，却知道他和田小野住了很久，看到他俩并肩而归的身影，不知道脑补了一些什么剧情，热情得令田小野十分尴尬。

两个人片刻也不敢停留，一边上楼梯，一边与房东太太寒暄，只说了两句话就逃上二楼了。

田小野打开房门，屋里依然是那几件少得可怜的家具，墙边堆放着当初朱明熙离开时留下的各种杂物，还有裁剪成片状的五彩布料，本就狭窄的空间拥挤得连落脚的地方都没有了。

朱明熙呼吸了一口房间里带着纺织品特殊气味的空气，忽然好像穿越时空，回到了一年前两人在这里朝夕相处的日子。一切都那么熟悉，这个简陋的空间让他找到了回家的感觉。

"随便坐吧。"田小野随手把文件夹放到电脑桌上，转身去厨房给朱明熙倒水。

房间里还是没有椅子，朱明熙照例坐在床沿上，以前每次来田小野家串门时，他都坐在这里。

床边就是电脑桌，桌腿边放着一个垃圾桶，里面扔满了油腻的外卖盒。他实在看不下去，就起身把垃圾袋系起来，暂时放到房门外，然后从堆满杂物的墙角，非常熟练地找出一只新垃圾袋套上。整个过程就好像他才是这家的主人似的。

忙完后，他又坐回床沿，端起田小野放在电脑桌上的水杯。还没来得及喝上一口，就被水杯熟悉的手感拉进记忆中，低头仔细一看，发现果然是自己当时的专用水杯。

"小野，我们有大半年没见面了吧？"

虽然偶尔会在网上联系，见面却是第一次。朱明熙每天都被"囚禁"在片场，田小野也有自己的学业要忙，两个人都遵守着"尽量不打搅对方"的原则，渐渐疏远了。

栗子工坊的汉服系列早就停掉了，因为没有朱明熙帮忙，田小野一个人根本忙不过来。当初购买的原材料都堆在墙角里积灰呢，一些埋得深的都长出墨绿色的霉斑了。

即使如此，田小野也舍不得扔掉，也许是潜意识里还没有放弃当初朱明熙让她碰触到的梦想吧。

"我倒是经常看到你，网上关于你的新闻挺多的。"田小野说。

热拍中的《永恒之夏》有不少路透消息，稍微关注一下就能知晓朱明熙的近况。不过，这些消息中大多数是与女主角TINA（蒂娜）捆绑的绯闻，这点田小野就不提了。

“你的钱还够用吗？”朱明熙最担心田小野的经济状况。

“以前网店生意好时存了一些钱，生活费是够用的。”

“于浩出了这种事，肯定要赔很多钱，他家还供得起你念书吗？”

“我早就不用他们的钱了。”田小野倔强地说。自从去年春节与郭美涵吵架，她负气出走后，就再也没有用过于浩家一分钱，而且以后也不打算在经济上依靠他们了。

“总而言之，这件事多少和我有点儿关系。今后无论你遇到什么困难，我都会无条件帮你的。”朱明熙许下重诺。他知道田小野是一个自强的女孩，只希望这次她不要把自己当外人。

“太奇怪了！”田小野突然挺直背，拍打着自己的脸颊，气哼哼地低嚷道，“都是于浩自作自受，为什么是我们俩在这里自责担心呢？”

不知道罪魁祸首于浩在公安局有没有承认错误，深刻反省……

从公安局回来已经很晚了，于浩家气氛凝重。

于翰林坐在餐桌边低头不语，偶尔发出一声长叹。郭美涵和于浩坐在客厅沙发上，前者一个人絮絮叨叨地不停说话，后者面色憔悴，一直闭着眼睛，不知道到底听见没有。

事情的经过所有人都清楚了。于浩撞人后不知所措，开着车像无头苍蝇一样乱窜，最后心烦意乱地停在路边，给郭寒露打电话。郭寒露立即赶去与他会合，陪他自首。随后于翰林和郭美涵也火速赶到公安局，没过多久就接到田小野打来的电话，得知伤者死亡的噩耗。

于浩撞人后没有在第一时间报警并救治伤员，逃离现场后也没有直接前往公安局，能否被判定为“自首”尚未有定论。后来死者家属也来到公安局，于浩一家人都真诚地道了歉。

办完取保候审后，于浩终于回到家中，然而等待他的依然是法律的制裁和高额的民事赔偿。

事到如今，要想为于浩缩短刑期，让他早点儿重返社会，只能尽快筹措到大量赔偿金，争取换得死者家属的谅解。因为存在逃逸行为，保险公司不予理赔，仅凭于家的小康家底，只怕要倾家荡产才能渡过这关。

“你倒是说句话啊。”郭美涵狠狠剜了于翰林一眼，“儿子出了这么大的事，你还冷静得下来？快找人想想办法啊！”

"还有什么办法？只能卖房卖车。"于翰林不开口则已，一开口就火气冲天。

郭美涵一下就爆发了，从沙发上跳起来，泼辣地嚷道："你说得轻松，卖了房我们住哪儿去啊？他们家老爷子也有不对的地方，谁让他过马路不走人行横道？下午当着他们家亲属的面我不好多说，这件事仔细追究下来，未必就是我们全责！"

"唉。"于翰林重重地叹了一口气，烦躁地说，"死者为大，你就别扯歪理了。要是他们觉得我们没有认错的诚意，不肯和解，你儿子就在牢里出不来了。"

"什么我儿子？难道不是你的？你还有良心吗？"郭美涵高亢刺耳的尖叫声令两个男人都龇起了牙。

这时，一直沉默不语的于浩突然站了起来。

于翰林和郭美涵紧张的目光都立即追随过去。还以为他有什么话要说，没想到他只是拖着沉重的步子，闷不吭声地回到自己的房间，还重重摔上了门。

见状，于翰林和郭美涵对视了一眼，同时发出一声叹息，随后就各自低着头沉默了。

于翰林与郭美涵复婚后，郭美涵一直在家当全职太太，只有于翰林一个人赚钱养家。田小野来到于家后，他们要抚养两个孩子，家庭压力比较重。虽然他们这些年生活不算富裕，但是比上不足比下有余，攒下来的钱已经够给于浩买婚房付首付了，谁料却发生这种事……

过了好一会儿，冷静下来的郭美涵起身走到于翰林身边坐下，好声好气地说："老于，我刚才大略算了一下，我们把车子卖了，把存款和理财都取出来，再向亲戚朋友借点儿钱，实在不行就贷点儿款，多少能凑个五六十万，不需要卖房了。就算卖了房，我们也要找地方住，现在房贷房租都那么贵，你都快退休了，怎么负担得起？"

郭美涵絮叨起来就没完，于翰林听不下去了，沉声打断道："五十万不够。"

"怎么不够？死的是个老头子，本来就不剩几年命了，又不是他家的顶梁柱！"

于翰林厉声斥责她："你怎么可以这么说？不管多大年龄那都是一条人命！"

郭美涵见他生气了，也没有继续说下去，沉默片刻，用手肘轻轻撞了于翰林一下："要是真不够，不是还有那笔钱吗？"

闻言，垂头丧气的于翰林突然抬起头，从郭美涵的眼神中确认着什么。

郭美涵不再绕弯子，对他点了点头，说："就是小野的那笔钱。"

于翰林这才肯定她指的就是田晓珍留下的遗产，立即否决道："不行，那是留给小野的。"

"都什么时候了，就不能向她借来救命吗？"

“那是小野妈妈的钱，我们不能乱动。”

“什么乱动？你开口向她借，她能不借吗？我们把她养这么大，但凡她有点儿良心就不该拒绝。我们待她不薄，有什么开不了口的？”

于翰林只是沉默着地摇头。

“快，就按我说的做，你打电话问她什么时候有空回来一趟。”

郭美涵已经打定主意了，态度十分坚定。她左一句右一句，围在于翰林的耳边劝了半天，见于翰林还是犹豫不决，气得一把抓起桌上的手机，威胁道：“你打不打？你不打我打！”

天色已经很晚了，朱明熙依然留在田小野家里。电脑桌上放着只剩下油印子和起司残渣的比萨盒，还有两瓶没喝完的可乐，整个房间里都弥散着一股青椒和洋葱的气味。

对于田小野来说，这可是久违的大餐，她已经快记不起上次和朱明熙一起吃比萨是什么时候的事了。

两个人一直坐在床边聊天，话题从于浩的车祸逐渐转移到各自的生活上。

大多数时候，田小野都默默听着朱明熙对拍戏的抱怨，插不上嘴，听着听着就走神了，直到朱明熙大叫一声“喂”，她才猛地回过神来，一副被吓着的样子。

“你有没有听到我说话？”朱明熙用力拍着床沿，“当时一堆人在场，但是后来照片里就只剩下我和 TINA 了，其实我和她连话都很少讲。”

这点田小野倒是不怀疑，她知道朱明熙在片场一闲下来肯定在打游戏。

关于朱明熙和 TINA 的绯闻她也看到一些，不过没太在意，俊男美女在一起本来就容易招来闲话。况且这些新闻还能为电视剧增加一点儿热度，田小野不觉得有什么。

“你什么时候回去啊？”田小野小声问。她偷瞄了一眼时间，已经晚上九点了。

谁料朱明熙就像没听见似的，捏着下巴沉思了一会儿，突然答非所问地蹦出一句：“你说苏冬阳知道于浩出车祸了吗？”

意料之外的名字一下就刺激到田小野的紧张点。

惊慌失措中，她竟结巴起来，说：“可能还不知道吧，他挺忙的……”接着马上带着一点儿防备问，“你提他干什么？”

“我关心你嘛，我陪了你一天，你们完全没有联系过。”

从医院回来后，田小野就只跟郭寒露在手机上聊过几句。

别看朱明熙一副大大咧咧的样子，其实田小野的一举一动他都很关心。他假装很随意地说："照理说，出了这么大的事，应该是他陪在你身边，结果却被我越俎代庖了。如果他早点儿出现，也许我早就回去了。"

听到这里，田小野才明白他为什么能把"什么时候回家"的话题拉到苏冬阳身上，低声嘟哝道："你就只是想翘班而已，找这么多借口干什么，我又不需要你陪……"

说他大意吧，他又很体贴地守护在自己身边；说他体贴吧，他又总是狗嘴里吐不出象牙。

"不如你主动告诉他，让他来安慰你吧。"雷厉风行的朱明熙立即把手机递给田小野，"女孩子就是要偶尔撒个娇才可爱。有他接班，我就能放心地回去了。"

田小野双手搭在膝盖上，不但不接，还轻轻摆个不停。压低的双眉中透着一丝淡淡的为难，她低声道："还是不要打搅他了……"

"什么打不打搅的，你们一点儿也不像在交往。"

朱明熙一语道破，狠狠戳中田小野的痛处。

田小野垂下目光，没有争辩，好像默认了这个事实。

其实她早就隐约意识到这个问题了，她与苏冬阳之间隔着太多障碍，有客观上的，也有主观上的。自从知道苏冬阳是背着经纪人跟自己交往后，她总是非常不安，像是在做一件见不得人的坏事，渐渐与苏冬阳疏远了。

与其他热恋中的情侣相比，他们这种十天半个月才说一次话、几乎见不到面的相处模式的确非常不正常。而且每次都是苏冬阳主动联系她，她从不主动，最多只是在他的朋友圈里留下一点儿"我在关注你"的痕迹，不过也都是再普通不过的回复，从来不敢公开秀恩爱。

这次出了这么大的事，真的应该告诉他吗？他会觉得自己太矫情了吧？

田小野盯着手机屏幕，陷入沉思。身旁，朱明熙不停用眼神鼓励她，她就像受到蛊惑似的，不知从哪里涌上一股力量，勇敢地接过手机。

然而就在这时，手机却突然响了起来。

田小野吓得差点儿把手机摔到地上，惊慌中匆忙一瞥，发现是于翰林打来的，这才稍微镇定下来，按下接听键。不等于翰林发话，她就主动问道："喂，我哥没事吧？"

"人没事，就是情绪不太好。你回家了吗？"

"早就回来了。"

对话发展到这里就有点儿进行不下去了，尴尬的气氛隔着电波都能传给彼此。

沉默了几秒后，田小野扬高音调问："有事吗？"

于翰林终于厚着脸皮开口道：“小野，我有件事想找你商量一下……”

“什么事？”

“你抽空回家一趟好吗？”于翰林终究还是不好意思开口，想着还是当面说。

其实田小野心里是明白的，现在于翰林烦恼的问题只有一个，需要她回家商量的事情也只有一件。既然于翰林不好意思开口，有心帮忙的她就主动问道：“要赔多少钱啊？”

于翰林叹了一口气，说：“这次可能要集合我们全家的力量，才能帮你哥渡过这关了。”

这句话说得非常委婉，但是田小野听明白了，低声道：“我明白了。”

所谓“集合全家的力量”，应该就是希望自己也出一份力，筹一笔钱吧。

由于于翰林没有明说，田小野根本没往遗产的方向想。母亲去世的时候她还年幼，对金钱几乎没有概念。记忆中家里并不富裕，她甚至觉得光是母亲的丧葬费就已经把遗产掏空了，以为母亲留下的遗产就只是一些不起眼的物品和大量设计稿而已，万万想不到还有存款。

接下来两个人又生疏地交谈了几句。答应周末回家后，田小野挂断了电话。

从头到尾竖起耳朵偷听完整通电话的朱明熙尖酸刻薄地评价道：“他家人脸皮真够厚，原来借钱不还是有遗传的。你只是一个学生而已，连自己都快养活不起了，还要操这份心？”

“其实我姑父……”说到这里，田小野忽然改口道，“我爸爸对我挺好的。”

“对你好还眼睁睁地看你一个人流浪在外。”

“是我自己不想回去……”

虽然有时自己也会在心里偷偷埋怨于翰林没有尽到父亲的责任，没有分给自己太多关爱，让自己受了很多委屈，但她听到别人说于翰林不好时，还是会下意识地反驳。

“随便你。”朱明熙举手投降，倒在床上背对田小野生闷气，“反正是你的家务事。”

田小野握着手机，思索了一会儿，忽然打开网上银行APP（手机应用软件）。朱明熙一直用眼角偷瞄她，发现她在查看存款余额时，立即翻身坐起，一把抢过手机，低吼道：“真是受不了你！”

“哀其不幸，怒其不争”这八个字最适合形容他此刻郁闷的心情。他怎么也想不明白，刚正不阿的自己怎么就遇上田小野这种软蛋了呢？这样下去，自己迟早会被她气死！

田小野被他突如其来的举动吓得目瞪口呆。他发疯似的"啊啊啊"乱叫，还狂躁地抓乱了自己的头发，最后怒火冲天地大吼道："我也受不了我自己，居然还帮你想了个办法！"

原来他最气的不是田小野，而是无法丢下田小野不管、每次还主动出谋划策的自己。

"什么办法？"田小野战战兢兢地问。

"就是……"朱明熙深吸一口气，转过头，认真地凝视着她说，"找我妈帮忙。"

田小野可不想跟白海燕扯上任何关系，吓得连连摆手，拒绝道："不行不行，我绝对不能平白无故拿你们的钱！"她以为朱明熙指的是让白海燕直接捐款给她。

朱明熙丢过去一记白眼，瞬间粉碎她的幻想，冷冰冰地说："当然不是平白无故给你，你当我妈傻啊，她精明着呢！我的意思是……"说着，他轻轻按住田小野的肩膀，直视她慌乱不安的双眸，一字一顿地说，"你可以把栗子工坊卖给她。"

栗子工坊自从半年前被GAW（公司名）举报后，就再也没有卖过成衣了，田小野被迫放弃把《百美图》全套汉服化的打算。

但如果能把店卖给白海燕，GAW不但不会诬陷他们侵权，还会提供帮助，这样田小野就可以继续实现自己的梦想，而且还能拿到一大笔钱，可谓是一举两得。

正因如此，一开始反对田小野给白海燕打工、放弃自己品牌的朱明熙，迫于目前的形势压力，郑重提出了这个建议。唯一令他愤恨不已的是，这样做太便宜"吸血鬼"于浩了。

一开始朱明熙也想直接借钱给田小野，之所以考虑再三还是没提，是因为他知道田小野一定不会接受。自从发现朱明熙匿名回购自己的二手衣服后，田小野怎么也不肯收钱了。

别看她平时柔柔弱弱，很好欺负，但在这方面还是挺硬气的。

目前能让田小野接受的帮助方式，就是把栗子工坊卖给白海燕。

在朱明熙的安排下，田小野第二天就在GAW的总经理办公室见到了白海燕。

隔着一张深红色的实木办公桌，她拘谨地坐在白海燕对面，哪怕身旁有朱明熙壮胆，也紧张得不敢抬头。白海燕笔直注视着她的目光中带着可怕的威慑力，仿佛只要一对视就会把她刺伤。

"事情我已经明白了，说说你们的价格吧。"白海燕直接切入主题。

田小野心虚地看了一眼朱明熙。来这儿之前，朱明熙就发出"待会儿你不用说话，全都交给我来谈"的指示，不善交际的田小野当然一口答应下来，乖乖扮演着"花瓶"的角色。

朱明熙想也没想就竖起三根手指，说："三十万。"

这个价格是两个人事先早就商量好的，照理说田小野不应该紧张，但是听到朱明熙说出口的瞬间，她的心脏依旧狂跳不已，耳边只剩下从胸腔传来的"扑通"声。

其实两个人的心理底价要低得多，故意留好了讨价还价的余地，没想到白海燕居然非常爽快地一口答应道："好。"

两个人都不敢相信自己耳朵似的，同时惊讶地睁大了眼睛。

"你们还有什么要求？"白海燕主动问道，在气势上已经掌握了主导权。

朱明熙轻咳一声，说："我们的确还有一个要求……"

知道他接下来会说什么的田小野越发不安，把头埋得更低了。

白海燕答应买下栗子工坊已经令她喜出望外了，要让白海燕答应下面这个要求，简直是不自量力。她早就做好了被狠狠嘲讽一番的心理准备，要不是朱明熙恐吓威逼，她绝对不敢这么大胆。

就在她犹豫要不要见好就收、马上打断的时候，朱明熙自信的声音已经传了过来："我要你聘请她当总设计师，继续把栗子工坊的汉服系列做完。"

完了，来不及了。感觉到白海燕投来的目光后，田小野都不知道该说什么了。

自己这个还没毕业的学生，怎么可能出任总设计师？如果自己是白海燕的话，肯定会不屑一顾地冷笑一声，然后毫不留情地拒绝。

但是，等待被宣判死刑的田小野做梦也想不到，她竟然听到白海燕说出下面这些话。

"我早就说过，GAW即将推出的雅韵系列，走的也是汉服风格，但是我们现有的设计师都没有这方面的经验，所以我们很需要引进新人才。不过……"

说到这里，白海燕突然把目光转向田小野，问："你还没有毕业吧？"

机会就在眼前，田小野顾不上害怕和紧张，忙说："我已经大三了，可以向学校申请来公司坐班实习。"

白海燕满意地点点头，又问："那你对工资有要求吗？"

这个问题超纲了，两个人事先没有商量过，下意识地对视了一眼。

朱明熙抢答道："当然是总设计师的待遇啦。"

"不不不。"田小野生怕在白海燕这个未来老板心中留下贪得无厌的坏印象，急忙说，"按照一般实习生的待遇就行了。"

只要能把栗子工坊卖出去，能继续做汉服设计，她的心愿就达成了，拿多少工资都无所谓，她只想趁年轻多积累点儿工作经验。

朱明熙狠狠瞪了她一眼，但她并不更正自己的回答。

白海燕当然没有异议，从座位上站起来，说：“那就这样决定吧。”说着，她已经走到田小野的身边，友好地伸出右手，微笑道，“欢迎你加入 GAW。”

田小野愣了一下，反应过来后立即像安了弹簧似的站起来，受宠若惊地紧紧握住她的手，兴奋地扬高声音表态：“谢谢白总给我这个机会，我一定会好好努力的！”

看到她这副立刻转变态度的模样，朱明熙很无奈地叹了一口气。

从学校到于浩家要坐长途汽车，田小野周末中午出发，于翰林照例来车站接她，回到家正好能赶上吃晚饭。

在车站见到于翰林时，田小野差点儿没认出来。

他的发鬓染满白霜，透着苍老之态，双瞳神色暗淡，黑眼圈格外重，皮肤蜡黄，说话声十分低沉，显得憔悴不堪。于浩出事后，于翰林仿佛一夜之间就已经苍老十岁。

看到他这副模样，田小野心中泛起阵阵苦涩，只怪自己人小力微，不能帮他分担。

一路上，于翰林静静开车，田小野坐在副驾驶位上，出神地凝视着前方拥堵的车流，不知道该说什么来打破沉默。

终究还是于翰林先开口。他叹了一声，道：“这大概是我最后一次开车来接你了。”语气中带着一丝自嘲的笑意，他好像不希望这句话显得过于沉重，想让田小野当成玩笑话看待。

田小野立即明白他有卖车的打算，问道：“这次要赔很多钱吗？”

于翰林没有回答，双眉皱得更紧了。

为了给他宽心，田小野急忙道：“其实我这次回来给你们带了个好消息，我把网店卖掉了，能拿到三十万，如果家里缺钱的话，就用这笔钱去赔偿吧。”

于翰林惊讶地扭头望来，百感交集地盯着面带微笑的田小野。喉结干涩地上下哽动了一下，他想说什么却终究没说出来，最后只是发出一声沉重的叹息。

“姑父……”田小野担心地回望他。他却咬紧嘴唇，猛地扭回头继续开车，再也没有说话。那双用力睁大，笔直凝视前方的眼睛快把眼眶撑破了，他仿佛强忍着快要溢出的泪水。

直到把车停在车库后，于翰林才低声说了句：“小野，对不起……”

田小野不知道他为什么突然道歉，傻傻地回了句："没关系。"

于翰林有些不敢直视田小野的眼睛。她那纯洁清澈的目光仿佛是照妖镜，照出自己丑陋不堪的原形。他越发无法原谅在郭美涵蛊惑下，对田晓珍遗产动歪脑筋的自己。

两个人到家后，郭美涵早已准备了一桌好菜等候多时了。

郭美涵难得露出笑容，亲切地与田小野寒暄着。

不习惯这一切的田小野生涩地回应着，目光却一直观察着于浩的神情。

餐桌上摆着热腾腾的饭菜，于浩坐在餐桌边，看到田小野回来后连身都没起，只望了一眼就把视线移开了。他一直板着脸，好像跟田小野有仇似的，故意避开田小野的目光。

在这尴尬的气氛中，郭美涵殷勤地邀请田小野坐下，还为田小野夹了好几次菜。田小野有种去陌生人家第一次做客的生疏感，越发不自在了，饭菜吃在嘴里都尝不出什么味道。

"小野，"吃到一半时，郭美涵切入了正题，"你哥出了事就是家里出了事，我们每个人都是这个家庭的一分子，都该出一份力，帮他渡过这关。他还这么年轻，不能去坐牢。"

田小野刚要说话，于翰林抢着说："小野很懂事，已经筹到钱了。"

"什么？"郭美涵讨好的笑容瞬间就被惊愕取代。

于翰林替田小野公布了卖网店的决定。

他生怕郭美涵多嘴，说完后又立即总结道："这样赔偿款应该够数了，不需要再做其他打算了。"其实就是不想让郭美涵提遗产的事。

郭美涵有些反应不过来，呆呆地望着田小野，似乎不敢相信她会这么仗义相助。

于翰林郑重地对田小野说："待会儿我给你写个借条，利息按照银行利率算给你。"

"不用了。"田小野没有多想，下意识地摆手拒绝，总觉得要于翰林写借条太夸张了。

"是啊，都是一家人。"郭美涵给于翰林递眼色，赔着笑脸说。

"不。"于翰林十分坚决，"一家人也要明算账，这笔钱以后一定会还给你。"

田小野还想推让，身旁突然传来一个生硬的声音："你把店卖给谁了？"

所有人的目光同时移向于浩。一直没说话的他，此时正用仇恨的目光瞪着田小野。

田小野被吓得打了个哆嗦，却不想在他面前提朱明熙和白海燕，闭嘴沉默着。

但是于浩早就猜到了，冷笑着问道："是不是卖给 GAW 了？"

田小野默默低下头，算是默认了。

于浩气得拍了下桌子，刚要发作，就被郭美涵拉住。郭美涵劝道：“你这次出事怪不得别人。他们肯帮忙已经够意思了，你还想怎么样？”

于浩用力咬着牙，目光无比阴狠恶毒。他憋在肚子里的满腔怒火都快爆炸了。

不仅他生气，田小野也是一阵恼怒，顾不上会不会激怒他，发泄似的低吼道：“车是你开的，人是你撞的，交警都判你全责，你还想怪别人？他们本来可以不管你，这次是看在我的面子上才帮忙的。你不要这笔钱就算了，我还不想替你欠人情呢。”

难得见到田小野这么凶的样子，于翰林和郭美涵都插不上话。

于浩仿佛被骂醒了，点点头，冷笑着说：“是啊，我应该谢谢他们……”

田小野刚松了一口气，他却“啪”的一声重重撂下筷子，狠狠踩着步子回卧室去了。

虽然于浩咽不下这口气，但他确实需要那三十万。

第二天一大早，于翰林送田小野去车站。

出发前，于浩由郭美涵陪着，特意来向田小野道了歉，说自己昨晚太冲动了，不该说那种话，感谢田小野帮忙。他说得有口无心，好像只是为了完成“任务”，不过田小野不跟他计较了。

出门后于翰林也帮忙打圆场，说于浩出事后一直心情不好，对谁态度都很差，让田小野不要往心里去。田小野没有多说什么，点点头表示明白了。

虽然她跟于浩闹过不少矛盾，但是在血浓于水的亲情面前，她总是狠不下心，就算不为于浩，为了于翰林也想出一份力。

坐上长途汽车后，田小野望着窗外飞驰而过的景色，彻底放空了自己。远处阴霾的天空和绿色的田野沿着公路绵延不绝，路旁的栏杆和高压电线仿佛会跳舞似的，扭动着向前延伸。

这次回家后，从去年春节就压在田小野心中的一块石头消失了。她一直赌着的一口气，也在不知不觉中散去。她仿佛又变回那个家庭的一分子，哪怕不愉快也要把亲情继续下去。之前她一直觉得自己是一个多余的附属品，这次终于找到了自己的价值，把腰挺直了。

一成不变的景色看久了就觉得无聊，田小野掏出手机，想看一看新闻，谁知却发现朱明熙发来好几条消息。他知道田小野周末要回于浩家，特地掐好了时间来询问详情。不知道他是太八卦，还是太关心自己，田小野更愿意相信是前者，不愿自作多情地胡思乱想。

"我已经在回学校的路上了，他们都对我挺好，你不用担心。"

"你们没吵架吧？"吵架对象很显然指的是于浩。

"姑姑和姑父都在家，这次本来就是他的错，我又在帮他，他哪敢跟我吵架啊？"

"那就好。你什么时候去我妈公司？"

"下周二就去。"

"我有空去看你。"

"千万别，我不想让其他人觉得我是关系户。"

田小野立即后悔告诉他准确入职时间了。他不是在拍戏吗？怎么好像很闲的样子……

"我去看看你工位位置好不好，我妈有没有欺负你。"

"我只是一个实习生，坐在哪里都不奇怪，你还是别来了。"

结果朱明熙不回话了。好不容易放空自己，忘却一切烦恼的田小野又回到原点了。为什么偏偏让我遇上这个像橡皮糖一样甩不掉的麻烦制造者呢？她无奈地抚额叹了一口气。

周二上午十点，田小野准时来到 GAW 办公室。

其实 GAW 的上班时间是九点，但是第一天来报到可以晚到一个小时。前台小姐先带她去人事部办理了入职手续，然后由人事部里看起来最年轻的一位女同事带她去参观了一下公司，把她介绍给了每个部门的同事。

最后，田小野被带进了一个单独的办公室。里面有两张背靠背摆放的长方形办公桌，墙边有一个资料柜和堆放杂物的小茶几，角落里还矗立着一台立式空调，就连座椅都是看上去挺高级的升降椅。

田小野以前在广告里看过，这种椅子根据人体工学设计，可以保护脊柱和颈椎。比起大厅里其他员工使用的隔断办公桌和网布椅来说，起码上了两个档次。

田小野还以为接下来要在这里见什么领导，谁知那位女同事却说："你以后就在这里办公了。"

"就我一个人吗？"

田小野不安起来。她包包里装着几袋零食，本想趁休息时间贿赂周围同事，尽快跟大家打成一片，没想到却要在这个与世隔绝的地方办公，想象全都落空了。

"你的直属上司待会儿就到，你在这里等等吧。"微笑着留下这句话之后，女同事转身离开。

田小野孤零零地站在原地，凝视着眼前那两张看上去都没人用过的办公桌，不知道该坐在哪里。根据常识判断，靠窗的位置更加尊贵一些，所以她识相地选择了靠门的位置。

坐下后，她顺手启动了电脑，看到常用软件都已经安装齐全，就不知道该做什么了。

从十点等到十一点，那个传说中的“直属上司”还没出现。听着外面大厅里热闹的办公声和过道里走来走去的脚步声，独守孤岛的她觉得更加寂寞难耐了。

因为她的座位靠门，门又虚掩着，只要有人进来，一眼就能看到她的电脑屏幕，所以她连网页都不敢开，也不敢看手机，只能傻乎乎地静坐发呆。

等到实在闲得无聊的时候就背九九乘法表，背到第五遍时，身后终于传来门被推开的声音。

田小野下意识地转过身，差点儿站起来向来人行礼，但是下一秒当她认出来人是谁后，所有动作都停住了。保持着双手撑在扶手上、膝盖半弯曲、屁股离开座位一厘米的难受姿势，她瞪大眼睛，惊讶地叫起来：“怎么是你？”

“不是我还能是谁？”朱明熙大摇大摆地走进来，“不是说好要来看你吗？”

他径直走到田小野对面的办公桌前坐下，跷起二郎腿宣布：“从现在开始，我就是你的直属上司了。”看到田小野目瞪口呆的表情，还很得意地问，“惊不惊喜，意不意外？”

如果是他，迟到这么久才来上班也说得过去了。

田小野很快冷静下来，接受了现实。她抚了一下额，有气无力地说：“合情合理，意料之中……老板，那我现在应该做什么？”

朱明熙低头看了一眼手表，毋庸置疑地说：“都这个时候了，当然是去吃午饭啦。”

“还有半个小时才下班呢！”

上班第一天，田小野一言一行都非常谨慎，生怕出一点儿错，但是看到朱明熙出现后，她已经预感到接下来的一切都将是一场灾难了。

朱明熙很霸道地说：“你什么时候下班我说了算。”

“你先让我工作一会儿吧……”田小野都想跪下来求他了。

“不行，那吃饭就没座位了！”朱明熙一本正经地反驳，“这里大大小小的公司可多了，午休时间每家店都特别挤，而且上下楼坐电梯都要排队。我们必须错峰出行，不然太浪费时间了！”

道理的确是这个道理，但是田小野的身份和他不同，不敢像他那么大胆。而且现在外卖业这么发达，不想排队直接叫外卖也行，反正怎么低调怎么来。

“你怕什么？出了事我帮你兜着。”朱明熙非常仗义地拍着胸脯保证。

他倒是自由自在惯了，就连白海燕都拿他没有办法。看到田小野还有些犹豫不决，争分夺秒的他懒得多说，直接拉着田小野的手向外走去。

“等等，放开我……”就这样，田小野上班第一天在众目睽睽之下公然早退了。

第二章

不被祝福的爱情

市中心餐饮业发达，每幢大楼里都有几层全是各种餐馆，从火锅到江湖菜，从牛排到咖喱，应有尽有。而且路边小巷子里还有美食街，无论想吃什么都能吃到。不过午休时间有限，最受白领们欢迎的还是各种快餐和套餐。自从外卖行业兴起之后，每家店都开通了送餐业务。

朱明熙说自己在剧组吃盒饭吃腻了，想出来换换口味。田小野作为陪同人员，没有发表任何意见，只要他开心就好。没想到他居然想吃鱼和生鲜，而且还是现杀的那种，现在是午餐高峰期，店里人满为患，等一锅鱼端上桌少说也要半个小时。

田小野费了好大的力气，才劝他改吃能够更快结束战斗、早点儿赶回去上班的冒菜。

"冒菜也可以冒鱼片啊。你看，有麻辣鱼块，还有龙利鱼和墨鱼仔。"

"可是都不新鲜……"朱明熙一脸嫌弃的样子。

"你这么挑剔干什么？我请你好了。"田小野豪爽地说。

"那好吧……"朱明熙扁着嘴，勉强同意了。

以前住在出租屋时，两个人就经常一起叫外卖。对于不用自己掏钱的东西，朱明熙更加愿意妥协接受。如果要他自己买单，他就嫌东嫌西，挑剔得不行。

田小野觉得自己像个驯兽师，渐渐摸清他的脾气后，就知道怎样才能让他乖乖听话了。这本领连白海燕都要甘拜下风。

两个人选好菜后，坐在角落里最不起眼的位置。

朱明熙今天打扮得比较低调，而且大家都忙着低头吃饭，没人注意到他们。不知道是不是神经太敏感的缘故，田小野总觉得有几个年轻女孩在偷看朱明熙，两个人立即换到女孩们看不到的座位去了。

"你要是太在意别人的目光就没法吃饭了。"被田小野藏到墙角的朱明熙不悦地皱眉。

"你现在可是经常上新闻的大明星，怎么能不多注意一点儿呢？"田小野压低声音说。

"我以前不也挺红的？"朱明熙调皮地眨了下眼睛，仿佛又变回当初的茱莉亚。

田小野拿他没有办法，只能哀声叹气。他这副什么都无所谓的样子衬托得担惊受怕、小心翼翼的自己好像笨蛋一样。可能真的是自己太敏感了吧，心态还没有当事人好。

“我马上就要杀青了，拍完这部戏我可要好好休息一下。”朱明熙开始动筷。

“你会每天来上班吗？”田小野带着一点儿小心机问。

“我努力吧。”朱明熙莞尔一笑。但是他会错意了，他以为田小野很想跟他一起工作。其实田小野心里想的是：你还是别那么努力，乖乖在家休息吧……

接下来两人聊起了一起做汉服时的往事。

虽然那时每天都忙得焦头烂额，心中却甘之如饴。就连整天把“不干了不干了”挂在嘴边的朱明熙，也没有休息过一天。

汉服下架后，田小野从未抱怨过朱明熙，但是朱明熙一直觉得错在自己，想方设法想要东山再起。

他神采奕奕的双眼中洋溢着生机勃勃的青春气息，与拍戏时剧透照片里死气沉沉的样子判若两人。这次白海燕买下栗子工坊，重启汉服计划，说不定他比田小野还开心呢。

他无比盼望杀青后，重新投身到自己热爱的事业中，而对于田小野来说，遇到这么个“活泼有余，成事不足”的老板，只能是喜忧参半。

不过，看到他挥舞筷子，慷慨激昂地规划未来的样子，田小野露出了欣慰的笑容。和他在一起时的开心，是其他任何人都无法给予的。

“那我直接回剧组了。”饭后，害怕挤电梯的朱明熙看了眼时间就溜了。

于是，这个不负责任的直属上司只陪田小野吃了一顿饭就明目张胆地翘班了。与他道别后，田小野有点儿心绪不宁，总觉得好像忘了什么重要的事情……

回到办公室之后，田小野才恍然大悟：他没有给我布置工作啊！所以我下午到底要干什么？

面对英雄无用武之地的办公电脑，职场新人田小野筋疲力尽地趴在桌子上，想要燃烧青春的满满干劲一点儿都发挥不出来。上班第一天就被朱明熙的懈怠感染了，变成懒洋洋的废人。

这时其他同事都坐回工位，专心致志地工作起来，唯独无所事事的田小野继续发呆。经过十分钟的心理斗争，实在不想浪费时间的她，壮着胆子来到白海燕的办公室。

敲响虚掩的门，里面传来白海燕的声音：“请进。”

田小野默默推门走进。白海燕看到来人是她后，有些惊讶地扬起了细长的眉毛。

"怎么了？"白海燕放下手中的资料问。

田小野忐忑不安地把前因后果讲了一遍。白海燕听后一点儿也不觉得意外，用公司内线电话叫来一个人："小唐，你过来一下。"

不一会儿，一名精致可爱的女孩子走进办公室。她看上去年纪与田小野差不多，大概刚毕业不久。她说话时嘴角总是带着很有感染力的甜美微笑，让人一看就觉得心情美好。

白海燕先对田小野说："你还是继续做设计，把那五个系列，总共一百套服装出完。我记得你们好像是每个月出四款？以后还是按照这个速度来吧。你先写一份进度计划表给我看看，如果没问题就可以马上开工了。"

"不用交给朱……总吗？"田小野有点儿不习惯这么称呼朱明熙。毕竟朱明熙是她的直属上司，不让他过目就直接把计划表交给白海燕，似乎有点儿不合常理。

白海燕这才突然想起朱明熙似的，很敷衍地说："那也给他一份吧。"

如果田小野不提，她肯定早就忘掉朱明熙的存在了。

看来她没对朱明熙寄予任何希望，也不指望朱明熙帮她分担任何工作，只不过是为了安抚朱明熙的情绪，随便给一个空壳职位罢了。这招与《西游记》里玉皇大帝封孙悟空为弼马温的做法如出一辙。

田小野心领神会地点点头，已经明白谁才是自己真正的老板了。

接着，白海燕指了小唐一下，言简意赅地说："宣传营销和客服方面的工作都交给小唐去做，以前下架的服装也可以重新上架。还有你们之前用的网店账号、各种群号，所有宣传账号都转给她，由她接手，你一心一意做设计就行了。"

"好的。"小唐爽快地说。

白海燕点点头："待会儿你们交接一下吧。"

这场简短的三人会议不到五分钟就结束了，领到工作的田小野终于不再惴惴不安，只后悔没有早点儿来见白海燕。

回到自己的办公室后，她一边做计划表，一边与刚刚认识的小唐交接工作。两个人还闲聊了一些八卦和吃喝玩乐的话题，很快就成为朋友了。

小唐说，大家早就听说今天有个新的设计总监要来，但是没想到居然这么年轻。

田小野这才知道原来自己的职位是设计总监。回忆之前在人事部签的合同，好像只是实习设计师的试用合同，从头到尾就没写"总监"两个字，真不知道这个谣言是怎么传出去的。

为了不让误会继续扩大，她立即解释说：“我只是一个普通的实习生而已。”

小唐有点儿不相信，暧昧地回了一句：“哦，这样啊……”

很快又发来一句：“看你和小朱总很熟的样子，大家都觉得你来头不简单呢。”

“我们以前的确认识，不过只是普通朋友。”田小野尽量撇清和朱明熙的关系。

“能和小朱总成为朋友的人肯定不简单。我看过你的设计，真的好厉害。”

也许小唐的这句话只是奉承，不过田小野听着觉得挺顺耳，美滋滋地接受了。

就在田小野上午一个人发呆的时候，公司同事已经私下对她进行过一轮激烈的讨论了。这场讨论在朱明熙出现，并拉着她走出办公室后达到高潮，“有后台派”获得了最后的胜利。

多上了几天班后，田小野发现同事都对她“特别优待”，不敢把她这个新人当普通新人。

她拥有自己的独立办公室（再也没有出现过的朱明熙忽略不计），又是单兵作战从事新系列的设计，工作交流对象只有小唐一个人，所以能与同事交流的机会并不多，一般只能在茶水间和午休时生疏地说说话。大家对她亲切是亲切，但是亲切中似乎又有几分敬畏和疏远。

虽然“新设计总监”的身份只是误会，但是田小野依然感到了沉重的压力。

她希望自己拥有配得上这个误会的能力，在同事面前证明自己不是“走后门”入职的。

她比以前更专注地进行设计，一心一意扑在工作上，设计稿推翻了一版又一版，直到做得对自己而言尽善尽美才肯休息一下。

幸运的是，栗子工坊以前就积累了好几万忠实粉丝。大家对于工坊里各式汉服的下架都深感遗憾，在小唐的一番用心宣传下，栗子工坊重新启动的消息很快就传遍了整个粉丝圈，大家都很捧场地带着钱包纷至沓来，第一批上架的四款新作很快售罄。

有了成绩后，一些对田小野个人能力和汉服风格有所怀疑的人，再也不说风凉话了。田小野明显感觉到主动跟她聊天、拿她当公司一分子的人变多了。

因为工作压力大而彻夜失眠的她，终于在看到第一批新款汉服的销量后睡了一个好觉。

可是，喜悦的心情和轻松的日子并没有持续多久。

首战告捷后，田小野不敢有一丝懈怠，马上紧锣密鼓地投入到第二批汉服的设计工作中。这段时间正值期末，各科都要花大量时间复习，必须同时兼顾工作和学业的她几乎天天熬夜，辛苦是辛苦，但是每天都过得格外充实。

特别是在领到第一笔工资时，田小野把之前受的所有苦都抛到九霄云外去了。她请郭寒露吃了一顿火锅，还给苏冬阳买了一条蓝银格子的围巾，剩下的钱就不敢乱花了，乖乖存起来以备不时之需。这笔工资让她获得了从学校进入社会的真实感，也找到了独当一面的自信。

越来越忙的田小野每天回到家都筋疲力尽地倒在床上，就连给苏冬阳留言的习惯也渐渐坚持不下来了。

临近春节正是黎明前最黑暗的一段时期，好不容易赶完第二批设计，通过所有科目考试，累得只剩下半条命的田小野忽然意识到，苏冬阳已经很久没有主动联系自己了。

"最近忙吗？"田小野躺在床上，发去问候。等了好久，苏冬阳一直没有回复，她在失望中不知不觉地睡着了。直到第二天一大早被闹钟吵醒，揉揉眼睛才发现有条未读消息。

"有点儿忙，不过付出总是会有回报。我会为了你继续努力的。"

空落落的心忽然就被这句话温暖了。

无论昨晚睡着前有多么失落，田小野全都不在乎了。

再仔细一看，消息发来的时间居然是凌晨四点。一想到苏冬阳这么晚还没睡，忍不住为他担心起来。

田小野最忙的时候，也不过熬夜到两点而已，看来还是苏冬阳那边的情况更艰巨。她发去一条："你要好好休息，别熬夜了。"

这次她没指望能马上收到回复，因为估计苏冬阳这时还在呼呼大睡。出乎意料的是，苏冬阳居然秒回了："嗯。"

虽然只是一个字。田小野瞬间清醒过来，忙问："你是还没睡，还是睡醒了？"

"睡了三个小时。"

这也太惨了，田小野的心都滴血了："心疼你。你在忙什么啊？"

"在参加一个集训。"

"别太累，注意身体。"

因为受到保密协议的约束，苏冬阳对工作上的话题总是点到即止。田小野早就习以为常，从不追问，心里却暗暗想着：课程安排这么紧的集训，肯定是在为某个大项目做准备吧。

田小野也不知道是应该为他高兴，还是为他担心……

去年春节离家出走后，田小野以为自己再也不会回家过年了，但是今年当她接到于翰林打来的电话，被问到“什么时候回家”时，她却说不出拒绝的话，低低地回了句：“过两天。”

就这样用“过两天”拖着拖着，不知不觉就到了最后期限。

除夕当天，田小野坐上了回家的汽车。不打算在家久住的她连行李箱都没带，只带了一个没装满的登山包，里面放着几件换洗内衣和日用品。

下车后，她一眼就看见于翰林在老位置等她。不同的是，以前总是停在路边的那辆大众车不见了，只有于翰林孤零零地站着。

田小野向他走去，什么也没有多问。反正不问也知道，大众车肯定已经被卖掉了。

两个人混在拥挤的人流中，来到陌生的公交车站。很久没有坐公交车的田小野认真地确认着站牌上的线路，于翰林却头也不抬地说出几路车和几路车都能到，不用转车，非常方便。

看着他笑嘻嘻的样子，田小野心中有些不是滋味。大概因为今天是除夕，他故意将忧愁隐藏起来，想像以前那样开开心心地过年。

但是，田小野一眼就能看出他的笑容只是一张空洞的面具，面具下被现实折磨得疲惫憔悴的心，早已伤痕累累，不堪重负了。

回到家里，郭美涵正在厨房忙着准备年夜饭，于浩则把自己关在卧室里不出门。客厅的电视里播放着春节特别节目，虽然没有人看，但是喜庆的音乐声和主持人高亢的说话声，依旧为这个遭遇挫折的家，增添了节日欢乐的气氛。

年夜饭依旧很丰盛，该有的鸡鸭鱼肉一样也不缺，吃在嘴里的滋味却不同往日了。

郭美涵和于翰林努力制造着话题，想要炒热饭桌上的气氛，但是于浩从头到尾不吭声，甚至连眼皮都不抬。在这种压抑的气氛下，田小野自然也不敢多话了，埋着头只顾扒饭。

就连饭后的春晚，也只是郭美涵和于翰林两个人看的，田小野和于浩都在各自的卧室里独自度过。

零点前后，田小野收到了朱明熙、郭寒露和很多 GAW 同事发来的新年祝福。在窗外喧嚣的鞭炮声中，她忙碌地回复着大家。

待手指稍微轻松下来，她忽然想起了久未联系的男朋友，于是立马拨通了苏冬阳的手机。一想到马上就能听到他的声音，田小野居然莫名其妙地紧张起来。

谁知，铃声响了很长时间，最后耳边传来的竟是“用户已关机”的提示声。

因为期待而提起的心陡然跌落，缩紧的肩膀瞬间无力地耷拉下来。直到提示声重复第二遍时，田小野才失望地挂断了电话。

静静地坐在床边整理了一下心情后，她重新打起精神，轻移手指滑过屏幕，选了一张可爱的新年贺卡发过去。

不知道他什么时候能看到，也不知道他什么时候能回复。他的行程安排对田小野来说就是一个谜。明明两个人住在同一座城市，却好像隔着半个地球似的，作息时间完全不同步。

把手机丢到枕头边，田小野成“大”字形躺在床上。

心里越失落就越内疚，责怪自己不够独立。从一开始就知道他们不能像普通恋人一样交往，但是没想到会这么艰难。有了一个女朋友的身份后，她变得更加患得患失了。如果什么都不是，反而可以傻傻地喜欢他。不为他的失联而难过，只为他偶尔一次的问候而高兴好几天。

想着苏冬阳，想着门外的于浩一家人，田小野的心情越来越沉重。盯着天花板的眼眶中，不知何时泛起了一点儿泪光，带着无法言说的苦涩。

就在这时，手机突然响了起来。以为是苏冬阳看到未接来电后的回电，她一个激灵坐起来，猛地抓起手机一看，却失望地发现屏幕上显示着朱明熙的名字。

赶紧用手背擦掉眼泪后，田小野装出平常的语调，说：“喂。”

“小野，你在哪里？”

朱明熙的声音很是激动，听上去兴奋极了，大概是过了一个很开心的除夕夜吧。不仅如此，电话中还传来热闹的人声和烟花绽放的声音，与田小野身处的寂静世界形成鲜明对比。

“我在家呢。”田小野低声说。

但是说得越多越坏事，朱明熙立即听出田小野哽咽的声音中带着一丝哭腔，担心地问：“你怎么哭了？是不是又被欺负了？你没事儿回去干什么？我可以陪你过年啊。”

“你在哪儿呢？”田小野生硬地转移了话题。

“在老家呢，要我回去陪你吗？”

虽然不知道他老家在哪里，但是应该挺远的，没道理麻烦他特意跑一趟。田小野拒绝道：“不用了，我挺好的，就是……有点儿想苏冬阳了。”

对面的热情明显被浇灭了，闷闷地应了一句：“哦。”

接下来很长一段时间没有人说话。

田小野多少能猜到是这样的结果，但她不想自己变成“心里明明想着一个人，却要另一个人来安慰”的人。每当自己伤心难过时，陪在身边的永远不是苏冬阳，而是朱明熙，让她隐约有种朱明熙才是自己男朋友的错觉。

这种错觉是她最不能原谅自己的地方。她很怕背上见异思迁、朝三暮四的恶名。

压抑的气氛中，朱明熙突然打破沉默，问：“他那么忙吗？”

“不知道为什么，今天连手机都关机了。”

“他现在根本就没时间谈恋爱，你找错对象了。”

“感情没有对的时间，只有对的人。”田小野突然想起这句不知道在哪里看到的鸡汤。

她可以承认自己纵容于浩借钱不还和干涉郭寒露的感情的确错了，但是她无论如何也不想承认与苏冬阳的交往是错的。

自己明明喜欢他，他也喜欢自己，为什么还是不能幸福呢？到底是哪里出问题了？

“随便你。”朱明熙懒得跟田小野争辩，结束了这个不愉快的话题。

接着，两个人闲聊了几句后挂断了电话。

在这个辞旧迎新的晚上，在繁忙的电波中抢到交谈的机会，随意闲话家常，互道“晚安”，这明明应该是男朋友的特权啊，被朱明熙占位了。

窗外的鞭炮声渐渐停息，家家户户陆续熄灯。

于翰林轻轻敲了敲门，说：“小野，我们睡觉了，你也早点儿休息。”

“好。”嘴上答应着，身体却一动不动地躺在床上。

这天夜里，田小野静静地发了很久呆。心情很压抑，怎么也高兴不起来。也许是因为受到于家沉重的气氛影响吧，在学校和GAW公司时，她明明不会这么胡思乱想。

于浩的案子春节后即将开庭审理，虽然赔偿已经到位，可以缩短刑期，但是想要判成监外执行的缓刑并不容易。听说于浩已经办理了GAW的离职手续，大好前途毁于一旦。

从于浩的眼神里，田小野可以感觉到他的恨意，却不知道他恨的到底是谁。往好的方面想，也许是恨一念之差铸成大错的自己；往坏的方面想，也许是恨事故的导火线朱明熙……

往更坏的方面想，田小野觉得自己也是他的憎恨对象之一。

最后，田小野只在家里待了两天，初二就以“工作太忙”为借口，回到了自己的出租屋。

初三，苏冬阳终于更新了朋友圈，发了一张训练得汗流浃背的照片，却没有单独回复田小野。

田小野习惯性地为他找借口：也许他收到的新年祝福太多，没有注意到自己的贺卡。

但她的脑海中却有另一个声音盘旋不去：也许自己在他心中，根本就没有那么重要……

春节假期后，田小野像普通白领一样回归工作岗位，开始为新的一年忙碌奔波。

开工第一天，她不仅领到了白海燕发的开门红包，还领到了其他前辈发的开工红包。一般小领导包十块，已婚前辈包两三块。

虽然钱不多，但是看到厚厚一沓红包，她的心情瞬间变得明媚起来。

朱明熙依旧没有现身，办公室里的另一张桌子一直空着。

不过，每次田小野把设计稿电子文档发给白海燕过目时，都会抄送一份给朱明熙，而他每次都会热情如火地发来很多意见。所以两个人虽然见不到面，在网上的联系却从来没有中断过。

开工大约半个月，学校也开课了，田小野正式进入大三下学期。准备考研的同学倒是很忙，但是像田小野这种一心只想赚钱独立的人，早就把生活重心从学校转移到公司了。已经正式向学校申请实习的她，除了每周一上午必须去学校外，其他时间都可以在公司工作。

正因如此，她和郭寒露见面的机会也不多。

大概开学一个月后，春季的气息已经非常明显，林荫路两旁的树木都抽出鲜绿色的新芽，早春的花朵纷纷绽放在草坪中，就连空气里也带着春雨过后的湿润气息。

周末的一天，田小野去学校图书馆找资料回来的路上，路过学校邮局，在路边遇到了许久不见的郭寒露。

郭寒露手上拿着一个牛皮纸信封，上面写好了寄件人和收件人的地址，却没有贴邮票，大概她正打算去邮局寄出。田小野不由得有些疑惑，这年头通信业这么发达，谁还寄信啊？

"露露。"先认出郭寒露的田小野扬声喊道。

没想到能遇到熟人，郭寒露惊讶地向她走去。

"你给谁寄信啊？"田小野顺口问道。

郭寒露踟蹰一会儿，答非所问地说了一个县城的名字。这个县城离她们比较近，坐车大概需要两个小时的样子。既不是风景名胜区，也没有什么驰名的小吃，总之，就是一个田小野听起来耳熟，却从来不曾产生交集也不感兴趣的普通地方。

田小野觉得很奇怪，心想她为什么不直说人名，难道有什么不好开口吗？

诧异的表情落在郭寒露眼中，这下反倒是郭寒露觉得不可思议了。她忽然睁大眼睛盯着田小野，问："你还不知道吗？"

"知道什么？"田小野更加莫名其妙了。

郭寒露看出她的确一无所知，叹了一口气，轻轻说："于浩在那里坐牢。"

"什么？"田小野猛地怔住了。她连案子什么时候开庭审的都不知道，更别提于浩被判了什么刑了。

这段时间工作太忙，再加上本身也不是好事，她就没有缠着打听，总觉得事情有了结果后，于翰林肯定会告诉她，没想到最后却成了彻底的局外人，比郭寒露知道得还晚。

于翰林应该不是故意隐瞒，因为想瞒也瞒不住，可能只是没有找到合适的时机开口吧。

"他被判了一年。"郭寒露轻声说，阴郁的目光中锁满愁绪。

听到这样的结果田小野倒是不意外，心里早就料到了。

虽然判的时间不长，但是在普通人眼中，只要是坐过牢的就不是安分守己的人，就算以后被放出来也不清白了。

"小野，我有件事情想求你。"郭寒露鼓起勇气说。

田小野能猜到肯定与于浩有关，看到郭寒露悲切的眼神，她几乎是没怎么思考就答应了。

两个人去了食堂旁的一个小水吧。田小野点了一杯原味珍珠奶茶，郭寒露点了一杯蜂蜜柠檬水，最后是郭寒露结的账。水吧里只有三张摇摇晃晃的小圆桌，她俩坐在最里面的位置。

午后的阳光暖烘烘地落在脚边，一只慵懒的小橘猫不怕生地蜷缩在地上打盹，就算有客人光临也不挪位，一点儿也不担心被踩到尾巴。所有人的注意力好像都在这只低调抢戏的小猫身上，对角落里两名女生的低声谈话漠不关心。

"原来你们还在联系啊。他给你回信吗？"

"偶尔会回。他心情不好。"郭寒露给于浩找借口。

"你打算等他吗？"

"嗯。"

看到郭寒露毫不犹豫的样子，田小野更加心疼她了。

喉咙里哽着一口干涩的闷气，想劝她却怎么也开不了口。看样子她已经想得很明白了，无论田小野说什么都无济于事。

有个这么好的女孩为自己那不争气的哥哥痴心守候，作为妹妹的田小野竟不知该高兴还是该惋惜。

"你们现在到底是什么关系，他承认你是女朋友了吗？"

"应该承认了。"郭寒露说得极不确定，田小野怀疑她是在自欺欺人。但是，如果她真的能坚持一年，就算于浩是铁石心肠也该被感动了，她似乎无怨无悔地赌定了这个结果。

事到如今，田小野已经不想问她到底喜欢于浩哪点了，只想知道……

"你不后悔吗？"

"我觉得这是上天对我们感情的考验，如果熬过这关就能修成正果。我们一起共渡难关，以后感情一定会更加深厚。只要这样一想，我就一点儿都不觉得不值了。"郭寒露下意识地加快了语速，仿佛想要争辩什么，"其他人知道他坐过牢一定会减分，但我对他是知根知底的，他当时太紧张、太害怕了，他犯错后第一个想到的人是我，说明他是信赖我的，我不能辜负他。"

郭寒露的眼神认真得令田小野心痛。如果他俩真能因此而修成正果，结束这场毫无意义的暧昧长跑，也算是因祸得福了。田小野这样自我安慰着。

"小野，"郭寒露突然握住了田小野的手，诚挚地说，"他出事后我就没有见过他，但是很多话我想当面跟他讲。我跟他非亲非故，申请不到探视资格，你能不能帮我见他一面？"

田小野无法拒绝郭寒露的恳求，况且她也想见于浩一面，亲口把郭寒露的一往情深告诉他，让他不要辜负郭寒露的这份痴心。如果于浩再伤害郭寒露，田小野真的无法原谅他了。

一个月后的五一小长假，田小野和郭寒露坐上了开往县城的汽车。

虽然不一定能见到于浩，但是郭寒露仍然特意打扮了一下，做好了万全的准备。

她穿着一条藕粉色的圆领刺绣连衣裙，脸上化着淡妆。刚刚修过的眉毛掠过明若星辰的双眸，衬托出优雅温婉的气质。发丝间隐约露出小巧的水钻耳钉，看似不经意的打扮里全是少女的小心思。

恋爱中的人会变美，这句话是真的。哪怕只是一段苦恋，也让郭寒露变成了美丽的妖精。

相较而言，田小野越发觉得自己仿佛是单身了，反正见不到苏冬阳，在每天早起晚归的繁忙工作中，早就忘记保持美丽和“女为悦己者容”的本能了。

来到监狱后，明知道非亲属和监护人没有探监权，两个人还是抱着一丝侥幸的心理，可怜兮兮地央求狱警网开一面。但是在这个严肃的地方，无论她们如何恳求，狱警也没有为郭寒露放行。

最后，田小野只能带着郭寒露提前录好的视频，孤身一人去见于浩。

监狱里干净整洁，一切都井井有条。这里有操场也有篮球场，还有很像教学楼的楼房和幽静的走廊，仿佛是一座看不见学生的学校。

接受了证件检查和安检后，田小野被带到会见室，像电视剧里演的一样，隔着一面透明的玻璃墙，坐在一把塑料椅上。过了一会儿，于浩走了进来，身后还跟着一名狱警。

看到他第一眼的瞬间，田小野差点儿没有认出他。

他剃着平头，穿着囚服，一直垂着头，夹着肩，显得有些驼背，再也没有从前神采飞扬的样子，眼神里透着深深的疲惫和倦意，仿佛对什么事情都不感兴趣了。

田小野的喉咙哽咽了一下，眼眶里突然泛起一丝酸涩。

于浩一语不发地坐在玻璃墙对面，抬头向田小野望来，却没有伸手去拿电话的意思。

两个人就这样在沉默中对望着，仿佛只用眼神就可以交流。直到狱警提醒了一句“抓紧时间”，田小野才回过神来，拿起电话望着他。

他犹豫了一下，终于也拿起电话，显得有些不耐烦。

“你来干什么？”于浩口气生硬地问。

“其实是露露想见你，可是她申请不到探视资格，只能拜托我。”

田小野说着拿出手机，打开郭寒露的视频，把电话听筒对在手机话筒上。

镜头前的郭寒露显得有些拘谨。她坐在花坛边，用手拨了拨刘海，生怕被拍胖似的一直微微低着头，说话时不敢有太多表情，就连微笑时嘴角的弧度都被严格控制着。

“今天我也来了，本来打算和小野一起去看你，但是他们不放行，所以只能这样跟你说说话……”一开始她有些不敢看镜头，直到说完这段简单的开场白后才渐渐适应过来，恢复了平常的语气，不再那么紧张了。

“给你写了几封信，但是每次写的都是我自己的情况，其实我更想知道你怎么样了。我很怕你会灰心丧气，放弃自己。其实一年时间很短，眨眼就过去了。一年后我就毕业了，关于未来，我一直没有太明确的规划，但是我确定一件事，就是我希望未来可以有你……”

只听到这里，于浩就深吸一口气，用颤抖的双手捂住了脸。也许是因为感动，也许是因为愧疚，他无法面对镜头中露出明媚微笑的郭寒露。

在这里的每一天，他无时无刻不在嫌弃自毁前程的自己，郭寒露却待他一如既往，让他有一种被救赎的感觉。

“我会一直等你，也请你不要逃避我。哪怕你只是把我当成普通朋友，我也无怨无悔。我相信经历这次磨难后，你一定会变得更好。这不是你人生的终点，你还这么年轻，一年后照样有无数机会在等待你，你依然可以大展宏图。我相信你，你也要相信自己。”

说到这里，郭寒露哽咽了。她抿起嘴唇，微微垂下头，抬手示意田小野停止拍摄。

视频只录到这里就结束了。田小野把手机画面转向自己，点击了关闭。

于浩依然捂着脸不说话，喉咙却不停地上下动着。

他应该是哭了，田小野猜测。

心情变得越发沉重的同时，她又有一分释然。至少他已经有悔意了，郭寒露期待的结果不是没有希望的，说不定他们俩真能修成正果。

“你出了这种事她都愿意等你，这种女孩你上哪里找？”田小野一边操作手机，一边闲话家常般若无其事地说着。忽然，她抬眸问道：“你要录点儿什么给她吗？”

于浩深吸一口气，微微移开手掌，终于露出十指后泛红的眼睛。他认真凝视着田小野，过了好久才用嘶哑的声音说出一句：“我对不起露露……”

“你知道就好。”田小野淡淡地回应。虽然脸上没有显露出来，但心中多少是有点儿感动的。于浩认错了，这对于还在监狱外等待的郭寒露来说，应该是一个好消息。

于浩始终不肯录像，大概是不想让郭寒露看到自己这么糟糕的样子，只让田小野带话出去。

田小野没有逼他，把手机收了起来。于浩一开始就像浑身带刺的刺猬，一举一动都带着强烈的敌意，想逼田小野离开，但现在他的态度明显软化下来，可以好好地交谈了。

于浩不愿多谈自己的事情，也不想在郭寒露的问题上反复忏悔，故意岔开话题似的问了很多家里的情况。只可惜田小野开学后就再没有见过于翰林，也没有回过家，只能说些“一切都好，不用挂念”之类的空话为他宽心。然后，话题自然而然地来到田小野身上。

“你最近怎么样？”于浩主动问道。

“开学后当然忙起来了。”田小野不知道该不该把自己在GAW实习的消息告诉他。他刚从GAW离职，而且是因为朱明熙才落到如此下场，心中多少带着一些恨意。

“白海燕买了你的店，你应该开始为她工作了吧？”

听到这话后，田小野心口猛地一沉。看来是避不过去了，于浩显然十分关心这件事。

“嗯。”田小野承认了，轻声道，“第一批服装年前就已经上市了，反响还不错。”

“我能看看吗？”于浩突然提出这个令田小野措手不及的要求。

“这个……”田小野有点儿犹豫，担心会刺激到他。GAW的雅韵系列本来是他在负责的，如果不是因为出了那场车祸，第一批上架的服装里应该就有他的设计。

但是，迎向他坚定的眼神，田小野实在找不到理由拒绝。

也许他只是好奇而已，想知道当初自己负责的项目如今怎么样了。

既然他已经能以平常心看待《百美图》了，自己也应该大大方方的，不要这么畏首畏尾。

想到这里，田小野用手机打开网店页面，给他看刚上市的那些新款。

于浩凑到玻璃墙面前，看得非常仔细，仔细得令田小野不安起来。

“怎么了？”田小野转过手机屏幕看了一眼，没发现什么异常。

“没什么？”于浩终于收回目光，笑了一下，身子向后仰，忽然放心下来似的靠坐在椅子上，“恭喜你，我就知道你会成功的。”

意外的赞赏令田小野始料未及。她不敢诚实地开心，心中有种说不出来的滋味。围绕这套设计已经闹出很多纠纷了，如果能就此与于浩冰释前嫌，也算一件好事。

想到这里，她淡淡回了一句：“谢谢。”

半个小时的探视时间转瞬即逝。在狱警的催促下，田小野起身与于浩道别。

刚刚走出监狱大门，郭寒露就迎了上来。田小野把刚才于浩的反应原原本本地告诉了她，她听后果然十分欣慰，用手捂住胸口，长长地舒了一口气。

“说了那么多自以为是的话，我还怕他会生气呢。”

“他有什么好生气的？被一个女生这么发自肺腑、不计回报地喜欢，高兴还来不及呢。"

"这次谢谢你，他应该不会不理我了。"郭寒露轻轻拉住田小野的手，温暖的眼神中充满感激。她最怕于浩故意疏远她，不给她回信，今天听到于浩的答复后，心中的石头终于落地了。

以前无论自己做什么，于浩都认为是理所当然的，现在他终于悔悟了，懂得珍惜了。

两个人没有多做逗留，直接乘当天的长途车返回市里，又一起坐公交回到学校。正好赶上食堂晚饭时间，两个人一起去吃了一顿很久没尝的小火锅，郭寒露抢着刷了卡。

与早上刚出发时相比，郭寒露的心情明显好多了。舒展的眉眼间带着笑意，说话时音调微微扬高，节奏轻快得好像唱歌一样。看到她解开心结的样子，田小野由衷地替她感到开心。

不过，一想到未来两人有可能从同学变成亲戚，就有一种奇妙的虚幻感……

无论如何，郭寒露的苦恋终于出现了"守得云开见月明"的征兆，还是祝福她吧。

虽然小长假期间不用去公司上班，田小野却主动在家里加班。

整个雅韵项目就只有她一个人负责设计，做好了功劳要与全公司分享，可一旦出了什么问题，所有责任都是她背，无法推卸给其他人。

正因如此，她必须打起十二分的精神，一点儿都不能懈怠。

因为做的是自己喜欢的事情，所以无论多忙她都充满干劲，从不计较有多少回报。

小长假最后一天下午，田小野坐在床上，正在从图书馆借来的书籍里寻找灵感。

就在她看得入神的时候，放在枕头边的手机突然响了起来。

"喂。"虽然屏幕显示的是一个陌生号码，但她还是第一时间接听了。

"你好，请问是田小野吗？"

"是的。"

田小野每次回话都十分保守，一个字都不肯多说，态度也冷淡得近乎不礼貌。现在推销和诈骗电话多如牛毛，她早就习惯用这种冷冰冰的态度应付了，一旦对方露出推销的狐狸尾巴，她就马上挂断。

谁料这次的情况却有些不同寻常。

电话对面那个年轻男子居然很有礼貌地说："我是苏冬阳的经纪人，有点儿事想当面和你谈一谈，请问你有时间吗？"生怕田小野不同意似的，马上补充道，"不会耽误你太长时间。"

田小野的手猛地抖了一下，差点儿把手机掉到床上。她下意识地直起背来，不敢再软绵绵地靠在枕头上，而是端端正正地坐成一个九十度的直角。

对方还在等她回答，但她却慌乱得失去语言能力。她知道苏冬阳的经纪人只会为一件事找她，而且已经没有掩饰的可能了……

“就……就你一个人吗？”田小野很怕经纪人会让她和苏冬阳当面对质。

“就我一个人。”

得到这样的答复后，田小野稍微松了一口气。

“请……请问你有什么事？”田小野带着一丝侥幸的心理明知故问。

对方言简意赅地说：“我现在在状元路一个叫‘喵呜咖啡’的地方，应该离你家不远。你想知道是什么事的话，就过来一趟吧。有些话还是当面说，更清楚一点儿。”

状元路就是学校附近的小吃街，也就是田小野出租房的所在地，而喵呜咖啡则是田小野闭着眼睛都能走到的一家小水吧。

看来对方已经把她的底细摸得很清楚了，连她住在哪里都了如指掌。这次主动提出见面，肯定是酝酿已久的慎重决定吧……

半个小时后，田小野来到喵呜咖啡。

出门前她花了很长时间梳妆打扮，总觉得必须要让经纪人觉得自己是一个能配得上苏冬阳的女孩子，就算这样做只是徒劳无功……

虽然以前无数次从喵呜咖啡门前路过，却从未光顾过。掀开沉重的深蓝色印花布帘，空调湿润的冷气和淡淡的花香味扑面而来。

作为面向学生消费群体的咖啡厅，这家店的面积并不大，装修得也不豪华高雅，不过随处可见的可爱摆件和盆栽植物依然彰显出店长的用心。

咖啡厅分为上下两层。下面是店员出售和制作饮料的地方，左边角落里有一张很小的藤编圆桌和两个单人座位，右边有一条逼仄的木梯通往二楼。二楼要宽敞一些，零星摆放着五张深棕色的方木桌，靠窗的墙壁边有一排吧台座，圆柱形的座位好像树墩一样，上面还有年轮的图案。整家店的光线偏暗，无论店外如何阳光普照，这里永远都是阴凉的感觉。

田小野拿着一杯店员刚做好的金橘汁，顺着木梯走上二楼。二楼只有一个人，所以田小野一眼就看见那个坐在吧台最深处的年轻男子。

男子听到脚步声后，扭过头向她望来，就像早就认识她似的，很熟络地扬起手打了一声招呼。

以前田小野从苏冬阳嘴里听说过一些关于经纪人的传闻，知道他是一个只比苏冬阳大五岁的"大哥哥"。虽然两个人年纪相仿，但他初中毕业后就进入演艺圈打拼，后来从艺人变成经纪人，已经是一个老江湖了，论资历和人脉，绝对是圈内很多经纪人都望尘莫及的。

田小野腼腆地笑着点头回应，一边慢吞吞地走过去，一边仔细打量他。

他穿着最普通的格子衬衫和长裤，戴着眼镜，头发修剪得整整齐齐，像个普通的上班族。虽然不时髦，却干净整洁，能给第一次见面的人留下好印象。他帅得很低调，走在人群里的回头率不会很高，但是仔细看就会发现他的五官长得非常端正，几乎无可挑剔。

"你好。"田小野对他点头。

"你好，请坐吧。"他向旁边挪了挪，让出位置。

田小野放下纸杯，略显僵硬地坐在他身旁。他先做了自我介绍，生怕田小野怀疑似的递上名片。田小野这才知道他叫赵慷。他应该等了很久了，桌上的咖啡杯已经快空了。

"你知道我为什么找你吗？"赵慷开门见山地问。

"嗯。"田小野轻轻点头，一直不敢看他，仿佛是个正在接受批评的学生。

赵慷诚恳地说："我实在劝不了他，所以只能来劝你了。"

话越说越清楚，他果然是来劝田小野和苏冬阳分手的。意识到再也无法逃避后，田小野低声说："我们已经很久没见面了。"明知道这样的借口无济于事，她还是忍不住想要辩解。

果然，赵慷一副很头痛的样子，马上说："不见面也不行，必须要彻底断绝关系。"

突然严厉起来的语气令田小野有种被冒犯的不悦。不想跟他吵起来，她只好选择了沉默。

"道理我就不多说了，你应该都懂。既然懂，为什么不理智一点儿呢？"

他所谓的"理智"就是分手，田小野无法回答这个问题，依旧只能不吭声。

"我见过太多像你们这样没见过世面的年轻人，以真爱为借口去犯一些不可理喻的错误。最可悲的是，只有当你们到了我这个年龄，才会感到后悔，但是已经晚了。"

赵慷越说越激动，显然是把在苏冬阳那里受的闷气，统统发泄到田小野身上了。

他的话越来越刺耳，田小野一开始还能忍受，但是听着听着就忍不住想要爆发。

她突然抬起头，生硬地打断他的话，问道：“你怎么知道我们不是真爱？”

在见到苏冬阳之前，田小野从来没有喜欢过任何一个人。她以为小说里“剪不断理还乱”的爱情故事都是骗人的，什么魂牵梦萦、日思夜想都是夸大其词的形容，直到见到苏冬阳后，她才真正明白这种感受。

这三年来真真实实盈满胸臆的诚挚感情，怎么能轻易被一个外人嘲笑呢？凭什么莫名其妙就被打上“没见过世面”“不可理喻”的歧视烙印？

第三章

一起走向更美好

见田小野生气了，赵慷马上冷静下来，意识到刚才自己言辞过激，换上赔罪的笑容，说："对不起，我并不是看不起你们的感情，只是作为一个过来人，有点儿替你们着急。"

说到这里，他稍微停顿了一下，好像是在组织语言。

当他再次开口，说出来的话果然比刚才更加切中要害，更令人难以反驳了。

"真爱经得住时间的考验，如果你们是真爱，就算分开十年也依然能破镜重圆。能够走到最后的情侣，有几对没有经历过几次分分合合？现在你们谈过多少恋爱、接触过多少异性？拿什么做出正确判断？你们到底是真爱，还是一时冲动糊涂，也许连你们自己都不清楚。当你们真的阅尽繁华，明白什么才是心中的朱砂痣，才有资格说'真爱'。如果那个时候你们再在一起，我一定会祝福你们。"

他的长篇大论听起来很有道理，却始终是局外人的发言。田小野本能地无法接受，胸口始终憋着一团气。

就算他是苏冬阳的经纪人，也根本就没有资格干涉他们的感情。

"你为什么今天突然找我？"田小野带着敌意问。

事发必有因，难道苏冬阳做了什么吗？照苏冬阳之前所说，赵慷早就知道他有女朋友，虽然不赞成，但也没有强行棒打鸳鸯，为什么现在他的态度突然变得强硬起来了？

赵慷说："以前觉得也许你们爱得不深，如果面对太多障碍，反而让你们有种变成电视剧男女主角的错觉，反倒会让你们想要破除一切困难，不惜一切代价在一起。我也很怕变成这样，所以才睁一只眼闭一只眼，任你们自由发展。说不定你们哪天为了鸡毛蒜皮的事情吵一架就分手了。"说到这里，他突然加重了语气，"但是，这次不行了。"

察觉到他即将说到重点，田小野下意识地直起了背。

果然，赵慷调整了一下姿势，认真地凝视着田小野的眼睛，严肃地说："苏冬阳马上要参加一档节目，详情我不能透露太多，但这绝对是一个不能错过的大好机会。节目组要求所有参加的选手必须是单身，没有任何人可以例外和隐瞒。"

如果说之前赵慷的言辞还带着发泄的意味，那么说出这段话时，他真正恢复了理智。

田小野双手捂着纸杯，低头思索着。

她的思绪很乱，无法做出任何回应。

就算赵慷不出面，她也考虑过是否应该和苏冬阳分手，但是赵慷今天的这些话非但没有说服她，反而令她非常反感和抗拒。仿佛回答“好的，我明白了”就等于承认自己和苏冬阳的感情只是一场年少无知的闹剧。

就算最后无可奈何选择分手，她也希望这份感情是美好的，值得珍藏在记忆深处，而不是以这么滑稽的方式落幕，沦为一个笑话。

“对不起，我不能答应你。”没有经过太深的思量，话就已经脱口而出。田小野一直低着头，不敢看赵慷的脸色，“这是你们的事情，你还是找他商量吧。如果他提出跟我分手，我是不会纠缠的。但是，如果我提出分手，就好像是我背叛他一样……”

赵慷身下的木桩凳发出移位的声音，田小野生怕被他抓住似的，猛地站起来，后退了两三步，差点儿把纸杯打翻。她看到赵慷眼中填满质疑和怒意，双膝微微弯曲，随时可能冲过来似的，于是她更加戒备地向楼梯退去。

“对不起。”留下这三个字后，田小野头也不回地冲下楼梯逃走了。

一口气冲出喵呜咖啡，向自己的出租屋跑去。顾不上听身后有没有脚步声追来，耳边只剩下“呼呼”刮过的风声和自己急促的呼吸。

刚才的回答是正确的吗？应该马上联系苏冬阳吗？也许几天后就会接到苏冬阳打来的分手电话吧？

越想越混乱，田小野眼前一片晕眩。当她回过神来的时候，已经脸朝下趴在床上了，不知道为什么，眼眶居然湿润了，源源不断涌出的眼泪染湿了床单。

她有种预感，这只是垂死的挣扎。无论如何反抗，他们最终依然会分开……

她还没来得及仔细品尝爱情的甜蜜，一切都已经走到尽头。

是梦终究会醒来，她比任何人都更明白一个道理：苏冬阳是不属于她的。从相恋的第一天开始，心底某个小小的角落里，就已经偷偷做好了分手的准备。

也许就是为了不想承受分手的伤痛，才故意在交往中保持距离吧。

即使已经如此狡猾，也依然逃不过躲起来号啕大哭的下场。

自己真傻。田小野把脸深深埋在枕头里哭泣，不久后就感到一阵溺水般的窒息。

哭着哭着就睡着了，就连什么时候天黑都没有察觉。田小野连晚饭都没有吃，只觉得筋疲力尽，连手指都不想动，躺在黑漆漆的房间里，盯着天花板发了很久的呆。

两点，三点，四点……时间慢慢流逝，她几乎是睁着眼睛看着天色一点点地明亮起来。

今天要上班，若非如此，她还能继续躺到日上三竿。

七点钟闹铃准时响起。拉开隔光窗帘，让清晨明媚的阳光柔柔地落在身上。仿佛经历了一场脱胎换骨的仪式，所有疲倦和负面情绪都被一扫而空，沉重的身体也变得轻盈起来。

打起精神来，又不是世界末日。田小野用力拍拍脸颊，给自己打气。

结果她走到卫生间对着镜子一看，差点儿被镜中眼眶红肿、脸色暗淡的可怜样子吓得认不出自己。用热水擦去满脸泪痕，又用热毛巾敷了敷眼睛，打开手机，选一个快乐的歌单曲循环。

半个小时后，当田小野走出出租屋时，已经又变回平常的自己。

田小野在路边吃了一碗黑米稀饭和两个小菜包，急急忙忙地向车站赶去。这里已经挤满了早起上班的年轻人，每辆车到站都能引起一阵拥堵。她强忍着缺氧带来的晕眩感，在沙丁鱼罐头般塞满人的车厢里站着摇晃一个多小时，终于来到 GAW 所在的办公大楼前。

在大厅遇见不少同事，每个人都热情地向田小野打招呼，她也忙用笑脸相迎。在正能量的气氛中寒暄了几句后，心底的阴霾就被压了下去。

难怪有人说工作是治疗情伤的最好良药，看来真的挺有用。如果今天偷懒请病假在家里舔伤口，也许心情会变得越来越差呢。

打卡后，田小野迈着轻快的步子向办公室走去。放假几天她在家积累了不少灵感，正想一鼓作气地全画出来。谁知，还没走进办公室，就从虚掩的门缝中看到里面早就坐着一个人。

“你怎么来了？”田小野难以置信地呆站在门边，不敢向里面走了。

正在玩手机的朱明熙听见动静后立即抬起头来，笑眯眯地向她打了一声招呼，不过很快又低头看手机去了，好像正在打什么游戏。

田小野慢吞吞地来到自己的座位，拉开椅子坐下，在等待电脑启动的时间里，她脑子里闪过好多问题。

朱明熙作为她的直属上司，几乎没有在工作上对她进行过指导，反倒经常打搅她工作。如果待会儿朱明熙又拉着她一起旷工，一定要严词拒绝，绝不能心软和妥协。打定主意后，电脑右下角已经弹出开机时间的小窗口，田小野立即打开工作软件。

这时朱明熙正好结束了游戏，放下手机向田小野望来：“你怎么了？”他双手捧腮，手肘放在桌子上，好奇地打量着田小野。

田小野一时没明白他的意思，傻傻地发出一声："啊？"

"这里。"他把两根食指同时放在自己眼睛下方，好像在做眼保健操似的。

田小野总算反应过来，垂下头，低声道："这几天一直在熬夜加班。"

"这么辛苦啊？我妈那么过分吗？要不要我帮你去跟她谈谈？"

"不关白总的事，我是自愿的。"田小野生怕朱明熙多管闲事似的连忙拒绝，不想让白海燕以为她是一个吃不得苦的娇娇女。况且熬夜加班全是胡说八道，她眼睛下淡淡的黑眼圈全是因为烦恼苏冬阳的事情没睡好而造成的。

"你也别太拼，要注意劳逸结合。"

幸好朱明熙没有追问下去，田小野连忙转移话题，问："你今天不用拍戏吗？"

"我昨天刚杀青，从今天开始就是自由人啦。"朱明熙愉快地宣布，扬高的音调中带着掩饰不住的兴奋和喜悦，仿佛他已经计划好如何度过杀青后的幸福人生了。

"祝贺你放假啦，不过我刚休完小长假，必须好好工作了。"

田小野本想用这句话与朱明熙划清界限，谁知朱明熙却硬要缠着她。

"着什么急啊，陪我说说话吧。"

说着，他居然直接把椅子从田小野对面搬到了田小野身边，还握住了田小野操作鼠标的手。

这招以前两个人合租的时候他就经常用，田小野早就习惯了。

她无奈地叹了一口气，只得暂时放下手上的工作，扭头望着他问："说吧，我给你十分钟。"反正现在刚上班不久，好多同事也没进入状态，有些正在到处派手信，有些正三五成群地聚在一起嗨聊假期生活呢。

"虽然我刚杀青，但是自由时间也不多，我妈已经给我安排好了下一项工作。不如你跟她诉诉苦，说你缺人手，忙不过来，必须要我帮忙好不好？"朱明熙可怜巴巴地望着田小野。

田小野听明白了，原来他想让自己成为他偷懒不拍戏的帮凶。

"太子爷,我只是一个实习生,哪有资格跟老板提条件啊？你想害我被炒鱿鱼吗？"

"我保证她不会炒你。"朱明熙信心十足地挺起胸脯。

田小野也相信他的保证是真的，但这与其说是工作问题，不如说是他们母子关系的问题，她可不想蹚这浑水。

"你知道她给我接的是什么工作吗？让我去当一个选秀节目的代言人。"

"听上去很轻松啊。"在田小野心中，代言人就是拍拍海报和宣传片而已。

"轻松什么啊！"朱明熙气得差点儿跳起来，"那个节目每周播一集，一共要录三个月，我每集都要露脸，跟选手交流心得，而且还要到处宣传。每天醒来都不知道自己在哪个城市，还不如待在片场拍戏呢，至少不用受舟车劳顿之苦。我在飞机和汽车上根本就睡不着！"

这样听上去好像是有点儿辛苦。至少比在GAW办公室吹着空调、跷着二郎腿、玩手机游戏辛苦，难怪他苦苦央求自己向白海燕求情。不过，田小野就是同情不起来。

"什么节目啊？"

田小野只是随口问问，而朱明熙好像掌握了什么机密情报的特务头子似的，故意神秘兮兮地又靠近田小野几分，压低声音说："叫作《偶像计划》，今年暑假播。据说这节目投资巨大，很多经纪公司都参加。我妈也是投资方之一，所以才硬塞我进去做代言人嘛。"

田小野心跳骤然加快，不知怎的突然联想到赵慷说的那个节目。

正想着，耳边突然传来朱明熙的声音："你说苏冬阳会参加吗？"

猛然被戳中心事的田小野吓得抖了一下，表情变得有些僵硬。她瞥了一眼电脑右下角的时间，假装镇定地说："十分钟到了。"然后她马上握紧鼠标，重新进入工作状态。

看到田小野这种拒他于千里之外的态度，朱明熙悻悻然地撇撇嘴，不满地拖着椅子离开了，边走边气哼哼地撂下狠话："到时候可别求着我给你开后门。"

朱明熙只用十分钟就搅乱了田小野一天的工作计划。虽然她的身体坐在电脑前，看上去像在忙碌地画图，思绪却早已飞走了。她偷偷上网搜索了《偶像计划》的消息。节目还在前期准备的阶段，距离播出只剩下不到三个月时间，网上已经有不少新闻报道了。

越看越觉得赵慷说的那个"苏冬阳不容错过的机会"就是《偶像计划》。这档节目由业界金牌制作团队打造，聚集了国内外各大经纪公司的上百名练习生，通过四个月的封闭式训练和录制，最终将选出五人出道。当然，报道里不会明说参赛者必须单身，但是根据业界习惯，定下这样的规矩并不奇怪。

从播出时间向前倒推可知，最迟六月初参加者就要集结了，而报名截止日可能更早。苏冬阳从春节起就经常苦练到半夜，十有八九就是为了这个节目做准备。赵慷亲自来见田小野，劝她与苏冬阳分手，应该是被逼无奈的最后尝试。

也就是说，田小野的态度的确关系到苏冬阳是否会参加这个节目。

好不容易熬到下午六点，田小野拒绝了朱明熙开车送她回家的好意，依然坚持挤公车下班。心乱如麻的她很怕被朱明熙瞧出端倪，在公司上班时还能用工作来掩饰，可一旦私下相处她就浑身破绽，多说两句话就会暴露心中的焦虑。

回家后田小野连看电视剧都提不起劲儿，脑子里总是不断闪出苏冬阳的身影。好不容易才跟他两情相悦，田小野真的舍不得就这样分手。

但是，如果苏冬阳真的为她放弃了这次机会，她又会觉得良心不安。赵慷严厉的话语犹如魔音绕耳，她越来越觉得自己是一个罪人。

夜深了，田小野躺在床上翻来覆去地睡不着。她不停用手机确认时间，眼睁睁看到时间从凌晨一点变成两点、三点，可是越着急睡意就越浅，身体疲惫得不行，意识却清醒极了。

凌晨三点半的时候，田小野一骨碌从床上坐起来，捏紧手机做出一个重要决定。

“苏冬阳，我们分手吧。”

不给自己后悔的机会，输入后马上发送出去。然后把手机往墙边一扔，用枕头压住脑袋倒回床上，仿佛这样就可以逃避一切。

谁知手机却在半分钟后响了起来，原来苏冬阳也没有睡觉。

田小野没有勇气接听，但是铃声持之以恒地响个不停，在寂静的深夜尤为喧嚣，吵得田小野脑袋都快炸开了。最后她终于鼓起勇气坐起来，深吸一口气按下了接听键。

“小野，你怎么了？是不是赵慷对你说了什么？”

不等田小野出声，苏冬阳已经在对面咆哮起来。他的声音听上去非常清醒，不是睡得迷迷糊糊时被吓得惊醒，而是根本就没有睡觉。他能熬夜训练到凌晨，为了梦想付出和牺牲了这么多，怎么能在重要关头轻言放弃呢？一想到这里，田小野分手的决心便更加坚定了。

“他的确来找过我，但是我没有被他说服，我是经过一天一夜的慎重考虑才决定的。”

为了让这句话更具说服力，田小野努力维持着冷静，不让语气中透露任何情绪。

“如果你不爱我我可以跟你分手，但是，我无论如何也不能接受这么可笑的原因。”

爱与不爱，田小野已经分不清了。她甚至觉得连“爱”这个字都变得陌生，不再明白其中的含义。诚然，她想到苏冬阳的样子依然会心动，想到苏冬阳是自己的男朋友依然很自豪，她绝不是不在乎苏冬阳，而是渐渐对现在这样的关系感到麻木和厌倦了。

她开始思考一个更加成熟的问题，也许不是有爱就能在一起，成为情侣还需要很多客观条件。

苏冬阳的职业不允许他恋爱，两个人也没有时间彼此陪伴，以前田小野天真地相信了“有爱就能战胜一切”的美丽谎言，直到现在才明白“现实才能战胜一切”。

“小野？”半天听不到田小野的回应，苏冬阳不安地呼唤着。

“我觉得……”田小野深吸一口气，斩断所有退路，“我们的关系只是形同虚设。你已经很久没有主动联系我了，就连过年也没给我打电话。”其实她并没有为这种小事生过气，也知道这样说会被讨厌，但是，她必须要让苏冬阳看到她无理取闹的任性一面。

苏冬阳果然着急了，连忙解释道：“我看到你过年发的短信了，我想回的，但是打电话怕被人听见，发短信又害怕聊得停不下来。我想找一个空闲时间好好和你说话，只是一直没有这个机会。我不一定要参加那个节目，我可以放弃这次机会……”

“所以我才说我们的关系形同虚设。”田小野生硬地将他打断，害怕再听下去就会动摇，“总而言之，我们分手吧。”单方面结束对话后，田小野挂断电话，把苏冬阳拉进了黑名单。

好不容易熬到天亮，田小野像行尸走肉一样浑浑噩噩地上了一天班，回到家后一头倒在床上，正想睡个天昏地暗，突然听到门外有人敲门。

伴随着敲门声同时传来的，还有苏冬阳焦急的呼喊：“小野！”

田小野吓得猛地睁开眼睛，瞌睡虫全都一哄而散。她万万没想到苏冬阳居然会找上门来。这下怎么办？开门后反而纠缠不清，还不如假装不在家。想到这里，田小野一头钻进被子里。

苏冬阳一直敲了很久。为了不惊动邻居，他故意压低了声音，但每一个“小野”都穿过不锈钢门，穿过蒙住头的被子，清晰无比地传进田小野耳中。

田小野痛苦不堪，心在滴血的感觉莫过于此，但是她不能心软，也不能做出任何回应。

不知道过了多久，敲门声终于停止了，而枕头却早已被眼泪染湿。田小野睁开哭得红肿的眼睛，慢慢从床上坐起来，蹑手蹑脚地走到门边，通过猫眼向外窥视。

走廊上空无一人，苏冬阳早已不见踪影。

全身力气在这个瞬间消失不见，田小野背靠门扉慢慢滑下。眼泪止不住地落下，她明白，自己已经彻底失去他了。虽然这是意料之中的结果，但是，面对它却需要莫大的勇气。

混乱的脑海中不断回放着大一的时候第一次看到苏冬阳的情形。

在一束橘黄色的光柱下，他站在舞台上深情演唱着 ***Unchained Melody***（《不羁的旋律》）。歌曲优美的旋律和他专注的样子，从那以后就深深萦绕在田小野对恋爱懵懵懂懂的心间。

这一幕是如此美好，仿佛是此刻治愈伤痛的良药，带着丝丝酸涩的味道慢慢弥散开来。事已至此，再怎么惋惜都已无可奈何，就让这段刻骨铭心的初恋静静留在记忆深处吧。

哭完后渐渐恢复力气的田小野重新站起来，去卫生间洗了一把脸。望着镜中神情凄惨、目光呆滞的自己，她默默地说：打起精神来，一切才刚刚开始——无论是我，还是他。

那之后，为了彻底断绝与苏冬阳的关系，不留任何死灰复燃的机会。田小野果断地搬出出租屋，在公司附近租下一个小单间，在躲避苏冬阳的同时也缩短了上班时间。她没有把地址告诉任何人，就连对郭寒露都守口如瓶，害怕郭寒露问起她突然搬家的原因。

在繁忙的工作中，田小野渐渐忘记了分手的伤痛。苏冬阳再也没有联系过她，仿佛彻底消失了。她每天都有忙不完的事情，在公司的营销下，一批一批按计划准时上架的新服装已经在市场上站稳脚跟，不仅销量高，而且口碑好。

在年中发绩效奖金时，田小野拿到了一个高得不可思议的金额。她很想买点儿什么来奖励自己，但是在商场逛了半天后，还是决定把这笔钱存进理财。因为买衣服只能高兴一天，一个月后新衣服就变成旧衣服了，但是清晨一睁眼看到理财里的收益，每天都有好心情。

于浩的案子已经掏空了于家所有的存款，田小野早已下定决心，以后无论遇到什么困难，都必须自己解决问题，趁能赚到钱时就多存一点儿，以备不时之需。而且，刚刚失去了男朋友的她，暂时没有心情把自己打扮得花枝招展，不想这么快就发出“等待爱情敲门”的信号。

期末考试后，田小野迎来了大学生涯的最后一个暑假。明年的这个时候她就毕业了，而今年还能享受一下学生卡带来的便利。虽然她大部分时间已经不在学校，但是

GAW 公司附近的餐饮店很多都有学生卡打折的优惠，替她节约了不少钱。

某天，田小野去茶水间泡茶时，无意中听见另几个女同事正在讨论刚播出的电视剧。她本来没有太留意，但突然有句话飘进耳中："小朱总好帅啊，和平时完全不一样。"

撕茶包的手停下动作，田小野下意识地抬头望去。这时聊天中的几个人也发现了她的存在，急忙兴奋地围过来问："小野，你看了吗？"

见田小野一脸疑惑，她们惊呆了，尖起嗓子低嚷说："就是《永恒之夏》啊！你整天和小朱总在一起，怎么连这么大的事都不知道？"

果然如此，田小野心中的猜测被证实了。

她知道朱明熙主演的首部电视剧《永恒之夏》是暑期档，却不知道具体开播时间。另外，她们说的"整天和小朱总在一起"其实不对，朱明熙已经一个月没来公司了。从时间算来正好是《偶像计划》开始录制的时候，所以田小野故意不打听这方面的消息。

就在《永恒之夏》开播一周后，失联已久的朱明熙突然打来电话，开口第一句话就是："喂，小野，你看了吗？"

因为是在上班时间，田小野压低声音，简洁而冷静地答道："看了。"

"你觉得怎么样？"

"嗯……"田小野想了想，专挑好话讲，"剧情很好，你演得也好。公司里很多人都在看，大家都对你赞不绝口……"刚说了几句就尴尬得说不下去了，她果然没有拍马屁的才能。

"你说什么啊？"朱明熙听蒙了，大声纠正道，"我说的是《偶像计划》。"

"不是《永恒之夏》吗？"

"啊，已经开播了吗？"朱明熙本人居然不知道，而且好像一点儿也不感兴趣，马上就把话题拉回主题，"算了，不提它。我问你看《偶像计划》了没有？"

这是对待自己首部电视剧应有的态度吗？田小野顿感浑身无力，突然觉得"自己晚了几天才知道开播"是情有可原的，因为男主角本人更不上心。

田小野正想问他为什么这么关心《偶像计划》，朱明熙却主动说出原因："我说得没错吧，苏冬阳果然参加了。其实我早就知道了，一直忍着没告诉你。"

"谢谢你通知。"田小野依旧保持着简洁的回答方式，而且带着想要尽快结束对话的冷漠感，一来是因为现在是上班时间，二来是因为不想多谈苏冬阳。

"所以……"朱明熙终于小心翼翼地问到了重点，"你们已经分手了吗？"

《偶像计划》的参加者必须单身，作为节目代言人，他肯定也知道这个规矩。

“嗯。”田小野只淡淡地应了一声。

朱明熙迟疑了几秒，似乎在等田小野主动解释，田小野却没有想要做出任何补充说明的打算，话题尴尬地结束在这里。过了好一会儿，朱明熙才问：“你没事吧？”

“我没事，是我主动提出的。”

“他也是这么说的。”

原来两人早就交流过了。如若不然，朱明熙大概早就不顾保密协议，直接打电话给田小野了。田小野很想问“他还说了什么”，但是话到嘴边咽了下去。无论听到怎样的答案，都不能改变分手的事实，听不听又有什么关系呢?

接下来又是长时间的沉默，连朱明熙都不知道该怎么接话了。

“没事的话，我就挂了，我还有工作呢。”

听到朱明熙轻轻“嗯”了一声，田小野没有任何迟疑地挂断电话。盯着恢复成桌面的手机屏幕，她静静地发了很久的呆。脑子里浮现出很多东西，让她变得混乱不安。

苏冬阳终于还是决定参加《偶像计划》。这到底是好消息，还是坏消息？她渴望看到他继续追逐梦想，但又很怕知道他的近况。但是，既然节目已经开播，那就肯定躲不掉了。与其抵抗挣扎，不如带着平常心去看待。想到这里，田小野打开了搜索引擎……

由金牌幕后阵容打造的《偶像计划》果然一炮而红。不知道从什么时候开始，身边几乎所有地方都能看到这个节目的广告，一上网就是铺天盖地的消息。就连去餐饮店吃个饭，都能听到隔壁桌的女生兴致勃勃地讨论喜欢的选手。

接到朱明熙电话的那天晚上，田小野就上网看了《偶像计划》第一集。

这是一个残酷的淘汰制节目，五次比赛后只留下最后五人出道。第一集是一百名选手的集体亮相，除去嘉宾和老师的镜头，能分到每个人的镜头平均只有一两分钟。有些选手连节目表演都被剪掉了，在采访环节里更是形如空气，只能在匆匆扫过的镜头中瞥见一两次。

但是，苏冬阳的戏份却很重。他一登场就得到老师们的一致好评，表演完节目后更是震惊全场。田小野知道这种节目的套路，因为播出比录制晚一个月，所以通常第一集镜头多的，都是前几轮比赛中的佼佼者，也就是节目组比较看好的种子选手，留到最后的希望非常大。

苏冬阳在第一集中的特别待遇，无疑证明他至少在比赛的前半段走得非常顺利。

但因为节目是边录边播，没到最后谁也不知道谁才是最后的胜利者。

看完第一集后，田小野经过一番复杂的心理斗争，终于鼓起勇气打开了苏冬阳的微博页面。看到他的微博名已经变成"偶像计划苏冬阳"，心里有种说不出的滋味，觉得他离自己又远了很多，已经快要够不着了。

看到涨了一倍的粉丝，田小野默默替他开心。这才是他应该走的路，还好他没有放弃这次机会。分手后田小野取关和拉黑了苏冬阳的所有账号，但现在她又能重新面对他了。

她偷偷注册了一个小号，关注了苏冬阳和与苏冬阳有关的粉丝账号。

《偶像计划》每周一集，《永恒之夏》每天一集，热度与日俱增。几乎所有娱乐公众号都竞相发布这两个节目的最新消息。苏冬阳越来越红，知名度越来越大，他在前两次比赛中都以第一名的成绩独占鳌头。虽然他丢掉"已出道"的头衔，重新变回练习生，但现在的人气与当初不可同日而语。就算最后没有进入前五名，也肯定是当红流量了。

另一方面，《永恒之夏》的热度也居高不下，主演朱明熙和TINA的个人形象与角色形象非常贴合，就像是从小说原作里活生生走出来似的。剧中男女主角的故事仿佛真实发生在他们身上，让他们荧幕情侣的形象深入人心。

《永恒之夏》的热播让很多好事之徒把过去的新闻又翻出来重新炒作。两人在剧组时经常成双入对地出现，被拍到好几次私下吃饭的照片。当时那些捆绑炒作的新闻再度死灰复燃，又一次在热搜榜中名列前茅。

对此，朱明熙不止一次地跟田小野抱怨："拍完戏我和TINA再也没有见过面，他们没有可写的，就翻来覆去地用以前在剧组时的照片。就算那时我们也没有单独相处过，每次都有一大群人，不知道为什么最后照片里只剩下我们两个。工作室发布的辟谣声明一点儿热度都没有，大家只知道跟风刷什么'朱蒂CP'，真是烦死我了！"

"有热度不是挺好的吗？"

田小野尝试安慰他，谁知却换来一通怒吼。

"好什么好？这种热度不要也罢。听说因为电视剧收视率高，原作者已经开始写续集了。我本来计划录完《偶像计划》就休息一年，这样下去我妈不是又要逼我拍戏了吗？"

"哦……"田小野心不在焉地回应着。对于朱明熙的苦恼，她实在无法感同身受。在追名逐利的演艺圈，多少人想红都红不了，而他有人捧还不停抱怨，真是身在福中不知福。

令田小野意想不到的是，不久之后，朱明熙和TINA的绯闻居然波及到了苏冬阳。

所谓人红是非多，苏冬阳成为《偶像计划》的夺冠热门人选后，不少“黑粉”也冒了出来。他们在各种社交网站上寻找苏冬阳的黑历史，一旦发现蛛丝马迹就立即放大，就算没发现也想方设法用断章取义的方式抹黑他。

对此，苏冬阳的粉丝团当然予以坚决反击，双方的对抗战一刻也没有停止过。

谁知黑粉们居然扒出大料——苏冬阳上节目前疑似谈过恋爱！

消息爆出的第一天，网上还没有实锤传出，只是一些不起眼的私下发言。田小野一直用小号偷偷关注着苏冬阳的最新消息，这个消息流传出来的当天，她马上就知道了。做贼心虚的她担心自己被网友人肉出来，立即在第一时间登录大号，删掉了所有与苏冬阳的互动，以为这样就可以阻止话题发酵，结果事情的发展却大大出乎她的意料。

第二天，“苏冬阳女友”的话题就空降热搜，不仅粉丝圈里尽人皆知，就连很多没有关注《偶像计划》的人都以此知道了苏冬阳的名字。揭发“苏冬阳有女友”的长微博被网友大量转发，而其中那个被当成苏冬阳女友的账号居然不是田小野的，而是另一个女生的。

直到这时田小野才发现，原来在与苏冬阳交往期间，她和苏冬阳的互动频率居然输给了那个女生。这也是理所当然的，正因为是真正的情侣才不敢公开秀恩爱，私底下偶尔还会稍微多聊几句，但是在任何人都可见的社交网站上，当然不敢多互动。

那个与苏冬阳互动最多的账号叫“黑麦”，看上去也是一个小号，从来没有上传过任何照片，也没有透露过私生活。但是，其真实身份依然很快就被神通广大的网友扒得底朝天。

黑麦居然是TINA的小号！第三天，当事情发展到这一步时，就连田小野都没有想到这样的神展开。但是静下心来仔细一想，TINA的确对苏冬阳关爱有加。两个人不仅同属一个经纪公司，而且苏冬阳出道前就为她伴过舞，还出演过她的MV（音乐电视）。

因为关系到随着《永恒之夏》热播而爆红的TINA，一开始只是随手转发的各大娱乐公众号对此事进行了铺天盖的报道。很快又有很多TINA的黑料横空出世，令TINA成为众矢之的。而“朱蒂CP”的粉丝纷纷为朱明熙鸣不平，以为他被TINA背叛了。

莫名其妙就头顶一片“青青草地”的朱明熙郁闷得不停打电话骚扰田小野。

"他们两个有没有什么关我什么事？为什么大家都来同情我？我以为好不容易可以甩掉跟她的捆绑关系，从此逍遥自由了，没想到却被列入了'悲剧男明星'的排行榜。"

"好了好了，有热度也是好事。"这次田小野终于可以稍微理解朱明熙的冤屈了。

"话说苏冬阳的正牌女友明明是你吧！"

"如果被扒出来是我这个圈外人，也许事情就不会闹成现在这样了……"田小野有些自责，觉得对不起替自己蒙受了不白之冤的TINA，但她除了继续躲在暗处之外什么也不能做。

"话也不能这么说。如果他和TINA是清白的，这件事很快就会过去。假的终究是假的，无论网友再怎么无中生有，也不可能扭曲事实。但是，如果被扒出来的人是你，就算你们现在已经分手了也无法抹杀曾经交往的事实。这样不仅会影响到他在节目里的排名，而且也会影响到你的生活。"别看朱明熙平时大大咧咧的，认真起来的时候，说的话还挺有道理。

田小野握紧手机轻轻点头，这几天一直堵在心头的疙瘩终于解开了。

她不再为此烦恼自责，反而有点儿庆幸没有被网友发现。她不希望在做出分手那么惨烈的决定后，依然是苏冬阳实现梦想之路上的绊脚石。她比任何人都更渴望看到苏冬阳拔得头筹，仿佛只有这样才能证明分手的决定是正确的，分手后的痛苦是值得的。

苏冬阳和TINA的绯闻爆红一周后，热度渐渐降了下去。朱明熙说得没错，假的终究是假的，在苏冬阳和TINA都发出澄清后，事情的关注度就明显降低了。很快又有新的新闻爆出，转移了网友的视线，几乎没有人再讨论苏冬阳女友的真假了。

这段时间田小野因为受到影响，工作时常常会分心，进度比以前慢了一些。风平浪静之后，她正想重振旗鼓，把落下的工作追上去，谁料却被白海燕叫到办公室去了。

"你这周的工作进度有些慢啊……"办公桌后的白海燕严肃地凝视着田小野。

自从进入GAW以后，白海燕除了给她安排工作外，几乎不找她谈话。这次从白海燕的开场白听来，莫非她要兴师问罪？田小野默不吭声，低头盯着脚尖，做好了挨骂的心理准备。

工作进度滞后是事实，就算被骂也无可厚非，她不打算替自己找借口。

谁料白海燕却接着问道："听说你这段时间工作任务太繁重，缺人手帮忙是吗？"

"听说"到底是听谁说的？田小野紧张得全身汗毛都快奓开了。

她很快就猜到，肯定是朱明熙在白海燕面前胡说八道了！

前不久，朱明熙为了偷懒不拍戏，央求田小野去找白海燕诉苦，以工作繁忙为由把他留在公司。被田小野当场拒绝后，不死心的朱明熙肯定自己去找白海燕争取休假权利了。

结果是显而易见的，不为所动的白海燕依旧无情地把他塞进了《偶像计划》节目组。

“白总，不是的……”田小野焦急地想要解释，生怕白海燕误会她怕苦怕累。虽然工作辛苦是事实，但是前不久刚领到那么大一笔奖金，现在抱怨工作苦真像白眼狼一样。

“好了。”白海燕抬手止住田小野，严肃的脸上忽然浮现出一丝微笑。

看到她展露笑容，田小野提起的心终于落回原位，不再像刚才那么紧张焦急了。

“现在雅韵已经站稳脚跟，接下来就要进一步扩宽市场。你以后还会越来越忙，一个人应付确实太吃力了。我打算给你增派两名助手，已经让人事部帮你物色人选了。”

“咦？”幸福来得太突然，田小野有点儿没反应过来。

“恭喜你升职了。”白海燕优雅地托着下巴，饶有兴趣地注视着田小野目瞪口呆的样子，“从今天起，你就是真正的设计总监了。我让人事部把合适的简历发给你，由你面试你需要的人。”

“啊……”田小野呆呆回应着，但脑袋里还是一团糨糊。她从进公司第一天就顶着设计总监的光辉头衔，其实只是一个手下无兵的光杆司令，但是这样的日子马上就要结束了。

“如果没有其他要问的事情，你可以回去了。”

“哦。”

田小野走到门口时才突然反应过来似的猛地转身，对白海燕深深鞠躬，大声说：“谢……谢谢白总！”因为还没有正式毕业，所以她名义上依然只是实习生，但是工资待遇等方面早就和正式员工一样了。现在又被破格提拔为真正的设计总监，她真是受宠若惊，感激涕零。

“好好干。”白海燕露出鼓励的微笑，目送一脸傻笑的田小野离开办公室。

升职当然是好事，但是升职后责任变得更加重大，严重缺乏自信的田小野很怕自己无法胜任。从小到大她连班干部都没当过，一直都是“被管理阶层”，实在不知道应该怎么当总监。当看到人事部发来的应聘者简历后，她的压力就变得更大了。

能通过人事部筛选的，无疑都是经验丰富的从业者。无论是毕业院校还是工作经验都在她之上，而且年龄都比她大。自己真能管理好他们吗？田小野心里更加没底了。

一直以来，她都习惯自己一个人兢兢业业地埋头苦干。就算跟朱明熙合作，也有泾渭分明的分工，设计上完全依靠自己的力量，现在却要三个人同时设计，她怕自己会不适应。

面试当天，作为面试官之一的田小野比面试者更紧张。

她特意换上了一身看上去更为成熟的职业套装，面试开始前去了好几次洗手间，还偷偷对着镜子练习微笑，拍打自己僵硬的面部皮肤。她进入GAW时只见了白海燕，而且还有朱明熙陪伴，所以一点儿也没有想象中踏入职场的"神圣仪式感"。今天却是正儿八经的面试。当人事部来通知她面试开始时，她苍凉的背影有种"风萧萧兮易水寒"的悲壮。

今天的面试者一共有八个。田小野提前收到了他们的简历，都是年轻有为的青年才俊，而且从面相看来，也都是热情开朗、很好相处的类型。面试开始后，大部分时间都是人事经理在和面试者交流，田小野只需要坐在一旁默默观察就可以了。

双方了解完彼此的基本情况后，人事经理总会留一点儿时间让田小野和面试者交流。田小野只会问三个提前准备好的问题："你知道雅韵系列吗？""做过类似的设计吗？""有什么感想和心得？"其中有两个人的回答成功吸引了田小野的注意。

一个名叫张易然，毕业两年，之前在某家大公司从事日韩风格的女装设计。他戴着黑框眼镜，身材瘦削，头发有些自然卷，皮肤白皙，衣裤鞋袜上都是五颜六色的图案，乍看上去有点儿像一只鲜艳夺目的鹦鹉；说起话来略带东北口音，但不知道是嗓子尖细还是发音方式的问题，怎么听都有点儿阴柔。

田小野对他的第一印象就是：看照片挺正常，怎么真人有点儿气质不同？同样是有点儿中性化的男孩子，如果用"天生丽质"来形容朱明熙，那么张易然当之无愧地可以把"花枝招展"作为自己的标签。

田小野觉得自己应该和低调朴素的人更合得来，所以一开始并未把他列入考虑范围。谁知，最后当她提问"你做过类似的设计吗"的时候，张易然的回答却令她惊喜。

"我给你们看这个。"说着，张易然大大方方地把自己的斜挎包放到桌子上，好像在自己家里似的随意。他从面试开始的第一秒起就没有紧张过，一直眉飞色舞地侃侃而谈，连能说会道的人事经理都要甘拜下风。

其实田小野早就注意到他挂在包包上的那个小布偶了，是一个梳着哪吒头，穿着红肚兜的小男孩，有点儿像经常出现在年画上的大头娃娃，不过造型却精美得多，绝不是路边摊商品。这个布偶的服装勉强也能列入古风范畴，但是与雅韵系列的主旨相差甚远。

田小野正在心中暗暗减分，谁料张易然突然说：“实不相瞒，其实我妈妈是传统布偶手工艺人，这个就是她亲手做的。”这句话令田小野的心脏猛然收缩，昏昏欲睡的表情一扫而空。她瞪大眼睛盯着眼前的男生，有种重新认识他的感觉。

田小野的母亲田晓珍也是传统手工艺者，张易然包上的布偶与田小野记忆中某个画面重叠了。她坚信自己小时候见过这样的布偶，却想不起来是什么时候，在什么地方。

没有察觉到田小野的异常神色，张易然继续说：“在母亲的熏陶下，我从小就接触这方面的设计。比起普通女装，我觉得汉服更能发挥我的长处。你们别看我打扮得这么时尚，其实我有一颗传统的心，经常看古典文学，而且还爱好诗词歌赋，家里收藏了很多手工艺品。我觉得这才是我的毕生追求。现在市场上从事汉服设计的公司不多，我十分珍惜这次机会。”

接下来他又把自己全方位地夸赞了一番，如果人事经理不叫停，他可以说到天荒地老。待张易然离开后，显得有些筋疲力尽的人事经理偷偷问田小野：“这个不予录用吧？”

“呃……”田小野不好意思说“我觉得还可以”，只好暧昧回答，“再看看吧。”

最后一个走进会议室的，是一个娇羞腼腆的小女孩，名叫沈湉湉。她的年纪与田小野一样，都是应届毕业生，但是小巧玲珑的身材和稚嫩的样貌看上去就像初中生一样。清澈明亮的眼神里填满不谙世事的纯真，结结巴巴的柔声细语中尽是像小动物一样楚楚可怜。

在所有面试者中，她的资历是最浅的。大概实在不知道应该在工作经验栏里填什么，居然写的是暑假在奶茶店打工。不过，她的优点也十分突出，那就是随简历一起发来的个人作品。其他面试者只表达了对汉服设计的喜爱，却拿不出像样的作品，她是唯一一个有符合雅韵风格的设计成品的人。而且她的作品风格与田小野高度吻合，简直就像为雅韵而生的。

虽然人事经理把她安排在最后，显然不太看好，但田小野十分期待与她交流。她是唯一一个让田小野觉得能像朋友一样相处的工作搭档。谁知，沈湉湉一开口就说自己是田小野的粉丝，不仅对雅韵系列十分了解，而且还对田小野在网店时代的作品如数家珍。

难怪她的风格这么适合，原来一直都在模仿田小野的设计。

接下来的面试就像粉丝见面会一样。面对偶像田小野，沈湉湉滔滔不绝地抒发着自己的崇拜之情。晶亮明澈的双眼就像少女漫画一样，仿佛有璀璨的星光在闪烁。她甚至说出了自己的网络账号证实身份，那的确是田小野非常熟悉的一个老熟客。

人事经理花了好大的力气，才终于把粉丝见面会的热烈气氛扳回到面试上来。

沈湉湉离开后，已经差不多临近下班时间，耗时一下午的面试会终于结束了。

田小野和人事经理一边收拾资料，一边讨论着。人事经理不断推荐她特意安排在前几位的经验丰富的优秀设计师，但是最终决定权还是掌握在田小野手上。

其实田小野的心中已经有答案了，但她决定暂时保密，对人事经理的推荐不置可否，只用礼貌而暧昧的笑容来回应。

如果人事经理知道她最后录取了哪两个人，一定会吃惊得连下巴都掉了……

第四章

承诺永不过期

一周后，张易然和沈湉湉正式入职。照例由人事部同事领着，去所有部门逛了一圈，最后来到田小野的办公室。与田小野入职第一天无事可做、焦虑茫然的状态不同，他们很快就从田小野这里领到了各自的工作。因为是入职第一天，田小野还跟他们开了一个小会。

会议内容无非就是介绍一下雅韵系列的风格，再交代一下工作流程。由于张易然和沈湉湉的工位都在大厅里，与田小野隔着大半个办公室，为了方便联系交流，他们彼此之间都加上了QQ。相似的年龄让三人很快熟络起来，会议气氛变得像学校里的小组讨论会一样活跃。

就在田小野为他们布置本周工作的时候，虚掩的办公室门忽然被人从外面缓缓推开。首先听到响声的沈湉湉下意识地回过头去，低低地叫了一声"啊"。听到叫声的田小野和张易然同时扭头望去，只见朱明熙笑眯眯地走了进来。他大概想搞一个突然袭击，被发现后显得有些尴尬，但依然踩着特意放慢的脚步，轻手轻脚地从三人身旁走过。

"你怎么来了？"田小野惊讶地直起背，差点儿站起来。

朱明熙走到自己的座位上，拉开椅子坐了上去，悠闲地靠着椅背说："我怎么不能来？我毕竟是这个部门的老大，有新员工入职能不来打个招呼吗？"他边说边转动椅子，身子躺平都快变成180°的平角了，一点儿也没有身为部门老大的自觉，也不在乎新员工怎么看他。

"啊，你就是……"一直盯着朱明熙看的张易然总算认出他是一个明星了。不过，他只是觉得眼熟而已，怎么也叫不出名字。沈湉湉倒是知道名字，但是因为胆小害羞而不敢吱声，就连偷偷打量朱明熙的目光都躲躲闪闪的，不敢明目张胆地盯着看。

为了缓解张易然迟迟叫不出名字的尴尬，田小野主动介绍道："他就是朱明熙，白总的儿子，也是我们部门的老大。他主演的《永恒之夏》正在热播中，而且还是《偶像计划》的代言人，所以你经常能在电视上看到他。"

"虽然我不常来GAW，但我的心是一直和你们在一起的。"朱明熙说着，还装出乖巧的样子，用双手在胸口比了一个心形，阳光可爱地笑了笑。田小野尴尬地挑了挑眉毛，张易然十分捧场地鼓起掌来，而沈湉湉的少女心早就融化了，眼神里装满了藏都藏不住的深深陶醉。

“好了，我们接着开会吧。”田小野咳嗽一声，生硬地拉回话题。

张易然和沈湉湉锁定在朱明熙身上无法移动的视线，这才终于回到田小野身上。意识到现在是上班时间，地点是办公室，面前是设计总监后，两人很快就恢复了严谨认真的态度。

一遇到枯燥的工作话题，朱明熙就插不上嘴了。他依旧舒服地躺在椅子上，装模作样地听了一会儿，不过很快就觉得无聊，低头玩手机去了。直到张易然和沈湉湉离开，他才把目光从手机上抬起来，惊讶地望着田小野问：“你居然在给苏冬阳投票啊？”

田小野吓得浑身哆嗦了一下，就像突然被人揭发了见不得人的丑事一样。她抬头一看，这才发现朱明熙手中的手机是自己的。她微博默认登录的是自己刚注册没多久的小号，关注的全都是苏冬阳的相关账号。朱明熙只要打开微博，一眼就能看到她的投票记录。

“把手机还给我！”田小野有点儿生气，飞快绕过办公桌，冲到朱明熙面前直接动手抢。

朱明熙双脚在地上用力一蹬，连人带椅子一起滑到墙角。面对张牙舞爪扑过来的田小野，他像篮球防守队员一样，把手机高高举到半空，急促地辩解道：“我手机没电了。”

“那也不能乱动我手机！”

“你同意了的。”

田小野这才想起来，刚才朱明熙的确说过一句“我看看手机哦”，不过那时她的注意力都在开会上，没有多想就随便“嗯”了一声。

“你又没说是看我的手机。”田小野停下抢手机的动作，语气却依然火气冲天。

“我指了的。”虽然没有明确说出“我看看你的手机”这几个字，但朱明熙确实指了指田小野放在桌边的那部手机。可能是因为被电脑屏幕遮挡的关系，田小野没看见他的动作。

田小野手机的开锁密码朱明熙一直都知道，从两人之前一起合作时就没变过。当初栗子工坊绑定了朱明熙和田小野两个客服号，田小野忙得没有时间看留言的时候，全是朱明熙在帮她回答买家提问。反正田小野手机里没什么怕朱明熙知道的隐私，朱明熙也不会去翻电话和短信。但是今时不同往日，田小野不想让自己偷偷给苏冬阳投票的事情被任何人知道。

“喏，给你。”见田小野冷静下来，朱明熙主动返还手机。

田小野闷不吭声地一把抓过来，扭头走回自己的座位，发泄似的重重地坐了下去。

“对不起，我以后再也不看了。”见田小野不理自己，朱明熙主动摇白旗求和。

“算了……”田小野气哼哼的，但还是大度地原谅了他。

“你们不是已经分手了吗？你怎么还对他念念不忘？”朱明熙趴在桌子上，伸长脖子问。

“我只是作为一个普通粉丝帮他投个票而已。就算他不是我前男友，只是一个普通的学长，我看到他参加那么重要的比赛，当然应该支持一下。”

“说谎，你就是对他念念不忘。”

朱明熙一语戳破田小野的谎言。田小野懒得跟他争辩，握住鼠标开始工作。

在接下来的好几分钟，办公室里只剩下田小野点击鼠标的声音，过分安静的环境反倒令她越发不安。她假装不经意地偷偷用眼角余光瞥向朱明熙，发现朱明熙还是一动不动地保持着趴在桌上的姿势，带着某种觉悟的视线正直勾勾地盯着她。

田小野更加不自在了，微微移动身体，调整角度，用电脑屏幕挡住朱明熙的目光。她以为这样就能躲开朱明熙的注视，让自己恢复平常心，专心开始工作。谁知，朱明熙就像察觉到她的小心思，故意不让她得逞似的，可怜巴巴地唤了一声：“小野……”

田小野只好抬头向他望去，用眼神问了句“干什么”。就是这一眼，她不小心与朱明熙的目光对视了。朱明熙专注深情的眼神让她的心跳突然加快。感觉到自己耳根突然升起一股热气，田小野在心里暗叫“不好”，急忙低下头强迫自己转移注意力。

“你还记得我当初离开时说过，如果你和苏冬阳分手，我有一句话要告诉你吗？”

没有发现田小野的紧张，朱明熙沉浸在自己的思绪中，声音变得低沉而沙哑，有种奇妙的感情蕴含其间，仿佛一秒钟就把田小野带到了偶像剧拍摄现场。

好像是有这么回事。田小野都快忘掉这个约定了，没想到朱明熙还记得。她故意开玩笑似的问：“那句话保质期这么久哦？我还以为早就过期了呢。”

都快过去一年了，当初想说的话，也许早就不适合现在的形势了。谁料朱明熙就像受到亵渎似的，有点儿生气地低嚷道：“怎么会过期呢？我是真心的。”

田小野莫名其妙地抬眸望去，不解地看着他，心想：和真心有什么关系？

“那句话就是……”朱明熙深吸一口气，突然站起来。剧烈的动作令座椅一下子退到角落里，撞到墙壁发出“啪”的一声。田小野吓得缩紧肩膀，下意识地抬头盯着他。

不给田小野反应的时间，他张开嘴唇，果断地迸出四个字：“我喜欢你。”

“啊？”田小野吓傻了。她甚至偷偷拧了自己的胳膊一下，以确定不是在做梦。

“之所以必须在你分手后才能告诉你，是因为那句话就是——我喜欢你。”生怕田小野没听懂似的，朱明熙又重复了一遍。

他的眼神前所未有地认真，以至于田小野想从中找出一点儿玩笑的成分都不成功。

可是，这怎么可能呢……他怎么可能喜欢我呢？

田小野迟迟无法从震惊中恢复过来，比当初听到苏冬阳告白时还要意外。至少苏冬阳在她心中是一个恋爱对象，但她很难把朱明熙当成异性看待。这不仅是因为两人刚认识时，朱明熙是以女装造型登场的，还因为在后来的交往中，他在田小野心中就像一个无话不谈的男闺蜜。两人之间总是很坦荡，没有一点儿男女之间的暧昧，不需要猜测对方的心思。

“我……”

田小野刚想表达一下自己的震惊，朱明熙就打断她：“我给你三天时间考虑。”

“可是……”

“没有什么可是，你这么笨，不花三天时间怎么能想明白‘错过我这么优秀的男人会有多遗憾’。总而言之，我三天后再来听你的答案。”

丢下这句话后，朱明熙就像逃兵似的，头也不回地冲出了办公室。

“可是……”目送朱明熙离去的背影，田小野哭笑不得地自言自语，“可是就算给我三天时间，我也没办法回答你啊……”

朱明熙在她身边是那样自然，自然得根本不需要男朋友这个身份，她早已把他当成生活的一部分。

她以为这样愉快而和谐的关系会一直持续下去，但是，那层薄薄的纸被捅破了。

她再也不能忽视他的存在，逃避他的感情了。

告白以后，朱明熙再也没有出现过。照理说，田小野应该可以专心工作三天，但是她明显感觉到张易然和沈湉湉变得怪怪的。两人就像说相声似的，经常你一句我一句地搭腔，而且每次都能巧妙地把话题绕到朱明熙身上，把他狠狠地夸赞一通。

朱明熙人虽不在，关于他的话题却无处不在。田小野本来以为那件事除了她和朱明熙以外再无第三个人知晓，但是现在张易然和沈湉湉不自然的态度，无疑证明了他们也是知情人。田小野不禁要怀疑：难道朱明熙威逼利诱这两人替他说好话？

一天，田小野实在忍不住了，神秘兮兮地问两人："小朱总是不是对你们说了什么？"

"没有啊。"张易然矢口否认，连忙给沈湉湉递眼色。

沈湉湉接收到他发来的信号后，僵硬地摇头说："没有啊。"

他俩的演技真是惨不忍睹，田小野不得不感慨：隔行如隔山，演戏果然是需要天赋的。这种能被导演骂哭的演技，要多假有多假，真当她看不出来他们在说谎啊？

事到如今，田小野已经顾不上担心自己了，只替朱明熙着急。

作为一个明星，他怎么能这么不重视保护个人隐私呢？

既然张易然和沈湉湉都知道了，那么公司里肯定还有其他知情者。无论最后田小野答不答应，他俩的关系都会蒙上一层神秘的色彩。如果流言只是在公司内部传播还好，万一传到网上去，那后果就不堪设想了。正所谓人言可畏啊，他怎么就不怕呢……

三天后，该来的还是来了。

被闹钟吵醒的田小野睁开眼睛，思考的第一个问题就是今天要不要请假。昨晚为此烦恼到深夜，最后居然迷迷糊糊地睡着了。醒来后问题还是那个问题，她依然没有找到答案。

一骨碌坐起来，抓了抓蓬乱的头发，田小野长长地叹了一口气。她在心里鼓励自己：躲得过初一躲不过十五，只要我还在GAW上班，就总有遇到朱明熙的时候，还不如勇敢一点儿。

她提心吊胆地来到公司，生怕神出鬼没的朱明熙会像忍者似的从天而降，也很难把心思全部放到工作上，总是不自觉地竖起耳朵，偷听着办公室外的动静。一旦听到有脚步声靠近，全身神经都会绷紧。这样全副戒备一直持续了大半天，直到午休时分才有所放松。

真奇怪，朱明熙居然没来上班，难道他忘了？田小野突然觉得为此紧张了三天的自己就像笨蛋一样。说不定朱明熙已经后悔了，正在竭尽全力地将其遗忘呢。这样正好，只要朱明熙不提，田小野也不提，就让那件事随风而逝吧。

放下戒备后，田小野轻松多了，就连敲打键盘的手指都变得更加灵活。直到下班时间，朱明熙还是没有现身。田小野关闭电脑后长舒了一口气，以为自己终于逃过这一劫了。谁知她刚走出办公楼，想找一家小面馆吃晚饭的时候，就听见身后传来汽车喇叭的"嘟嘟"声。

回头一看，朱明熙从打开一半的车窗后露出半张脸，帅气地对她扬了扬下巴，仿佛在说："愣着干吗，上车啊。"田小野当场僵住，脸上只剩下欲哭无泪的表情。

汽车停在车库出口附近，再不开走其他车就出不去，不想造成交通堵塞的田小野只好拉开车门，硬着头皮坐了进去。朱明熙满意地笑了笑，转动方向盘把车开走了。

在下班高峰期拥挤的车流中，汽车缓缓行驶。车窗阻隔了周遭喧哗的人声和混乱的喇叭声，舒适的空调冷风驱散了夏末的炎热，淡淡的香水味弥散在车厢中，很大程度上舒缓了田小野紧张不安的心情。她瞥了朱明熙一眼，小声问答："我们……要去哪里啊？"

"去吃牛肉火锅，我请客。"朱明熙专心致志地注视着正前方，声音热情而高亢。

田小野却低着头，小声说："还是我请客吧……"

朱明熙扭头看了她一眼，半开玩笑般笑着说："你别这样，我都猜到结果了。"

田小野突然就不吱声了。她确实是因为心虚，觉得对不起朱明熙才提出请客的。

朱明熙故意拉长声音，夸张地叹了一口气，说："完了，现在结果更加确定了。"他似乎早有心理准备，一点儿也不惊讶和生气，只为田小野的提前剧透感到无奈和遗憾。

"你还是停车吧。"既然话都挑明了，田小野实在不知道该用怎样的表情面对待会儿的晚餐，与其假装一切如常地谈笑风生，还不如诚实点儿早点儿告辞，各回各家。

"吃顿饭而已嘛，反正闲着也是闲着。我对你又没有什么别的企图。"

朱明熙可不打算轻易放过田小野，依旧热情地邀约着。

虽然无法成为恋人，但至少还能继续当朋友，太多强硬的拒绝只会让两人连朋友的关系都无法维持。想到这里，田小野不好再拒绝下去，安静地坐在副驾驶席上看着车外的人流。

车流速度依旧缓慢，好半天才挪动几米。唯有外卖小哥的摩托车灵巧自如地穿梭其中，一溜烟工夫就不见影踪了。车厢中沉闷的气氛令时间的流逝变得更加缓慢，空调和香水舒缓心情的作用全都消失了，如果再不说点儿什么，田小野觉得自己就要窒息了。

"那个……"她鼓起莫大的勇气开口，却不敢看朱明熙，只能盯着自己交握在膝盖上的双手，"我现在只想专心工作，等一切稳定之后再考虑谈恋爱的事情。你突然说出那些话，我一点儿心理准备都没有。我刚刚习惯现在的生活，只想维持现状，不想再有什么改变了……这时候就算其他人来向我表白，我也不会同意的……"

她不知道朱明熙听懂没有，说着说着就连自己都不知道在说什么了。

所谓维持现状，就是不想进一步，但也不想退一步。这样做也许有点儿狡猾，但是她真的不想因此而失去朱明熙。她不是一个不知感恩的人，深知软弱胆小的自己能够走到今天，每一步都少不了朱明熙的帮助和鼓励。她喜欢和他在一起，还想跟他共度更长的时光，在未来的人生中继续扮演着彼此生命中重要的角色，这是毫无疑问的，但是，她不知道自己是否爱他。

“你还在等苏冬阳吧？”朱明熙似乎对她的话做出了另一种解读，“你喜欢他的时间那么长，分开的时间又那么短，你忘不掉他是理所当然的。但是，如果你以为你们还有复合的机会，那就大错特错了。他已经不是以前的他了，要是他在《偶像计划》里形同透明，没过几期就被淘汰了，也许还有跟你复合的可能，可他现在已经一夜爆红，不可能回头了。”

苏冬阳一直是横亘在他俩之间的最大阻碍。从苏冬阳和田小野交往之前，朱明熙就一直在等待，等到他们成为情侣，再等到他们分手，但是始终没有等到田小野移情爱他的机会。此时此刻他有点儿后悔，忍不住想，如果再多等一段时间，是不是就能等到不同的答案了呢？

田小野轻声回答：“和他没有关系。”

当她决定和苏冬阳分手时，就已经告诉自己不能后悔了。她要把苏冬阳这一页从心中翻过去，这个艰难的决定是用一夜苦涩的泪水换来的，不是随便的一时冲动，也不会轻易改变。

“那就是不喜欢我。”朱明熙自嘲地笑着，有些自暴自弃了。

“也不是不喜欢你……”

“但只是对朋友的那种喜欢。”

朱明熙替田小野说出了后半句话。他早就猜到这是田小野拒绝他的第一大理由。

“嗯。”田小野轻轻地点了点头。这的确是她和朱明熙之间最大的问题。他们太了解彼此，也太亲密无间，以至于失去了恋人相处时那种怦然心动的电波。

“好吧。”朱明熙握紧方向盘，突然得出结论似的说，“那就从朋友开始吧。”

“我不是这个意思……”田小野希望他能彻底放弃，而不是继续追求自己。

“别说了，我已经够伤心了。”朱明熙拉长声音央求道。光拒绝还不够，还要不停插刀，粉碎一切可能性，非要让自己的心死透才甘心似的，朱明熙可受不了这种酷刑。

这时，汽车总算驶过拥挤路段，从蜗牛爬行变回正常行驶。

朱明熙用力踩下油门，重新把话题拉回晚餐：“去吃牛肉火锅吧，我都订好座了。”轻松愉快的语调将忧郁隐藏得完美无缺，他仿佛又变回了从前的他。但是，那过分专注于开车的表情明显是装出来的，好像是故意不让田小野有机会跟他搭话似的，他需要独自安静一下。

汽车转过一个弯，驶入主车道。

不仅是车速变快了，敞开心扉聊了几句后，田小野的心情也变得明快起来。她知道自己的担心是多余的，朱明熙还是原来的朱明熙，不会因为这件事而改变和疏远自己。

如果，他真的是我的男朋友……

试着想象这种情况，田小野不得不承认，他聪明、帅气、体贴、有趣、可靠、有钱、有名，作为男朋友完美得无可挑剔，那么，问题就全出在自己身上。

与苏冬阳那段以分手告终的初恋令她变得畏缩不前，对爱情的憧憬和渴望不像从前那么强烈。大起大落的心境令她感到疲惫，仿佛耗尽了所有的力气。她现在只想好好休息一下。

等伤口随时间自然愈合，等命运重新赋予她再次追求幸福的勇气，也许……

想到这里，她忍不住偷偷望着朱明熙。

也许，那个可能性是存在的。

暑假结束后，又到了开学的日子。校园里到处都是活力四射的新生，衬托得田小野这种即将毕业的大四生老气横秋，仿佛提前步入中年似的，做什么都提不起热情。

越来越多的同学开始去公司实习，能齐聚在教室里上课的日子越来越少。田小野早就习惯了同时兼顾学业和工作的繁忙节奏，把生活安排得井井有条。

搬家到公司附近后，上班时间缩短了，但是每次回学校上课却要坐很长时间的公交车。每次下课后她都匆忙赶往车站，连跟郭寒露聊天的时间都没有。不知道为什么，郭寒露还是很快知道了她和苏冬阳分手，以及搬家离开的事。

苏冬阳参加《偶像计划》的消息早就传遍全校了。曾经在校园活动里看过他表演的人，都兴致勃勃地讨论着他的容姿和唱功。还有些偷拍过他照片的学姐学妹们，都美滋滋地把照片放到校园网论坛上与大家分享，就连刚入学的新生都为有这样的传奇学长而自豪。

九月中旬的一天，《偶像计划》播出了最后一集。

正如所有人预料的那样，苏冬阳毫无悬念地成为冠军，所得票数几乎是第二名的两倍。虽然最终选出的是一个五人组合“Five Stars（五人星）”，但是在他的光芒下，其他四个人的存在感都非常薄弱。以至于有些网友戏称 Five Stars 只有苏冬阳一个人独领风骚，其他四个都是伴舞。

最后一集播出的那天晚上，田小野准时守候在电脑前，一秒不落地看完了整集节目。

当苏冬阳获得冠军，在漫天飘扬的彩屑下，在队友们的簇拥中，用湿润的眼睛凝望镜头，激动地发表夺冠宣言时，就连田小野都差点儿流下眼泪。她欣慰于自己已经放下这段感情，可以真正像旁观者一样看待他的荣誉了。

这只是一个开始，不久后网上就爆出了苏冬阳将出演《永恒之夏》电影版的消息。当红偶像出演偶像剧本来是再正常不过的事情，但《永恒之夏》这部戏非同一般。由朱明熙主演的电视剧版口碑很好，就连原作粉都认为他是男主角的不二人选。电影版的女主角仍然是 TINA，只有男主角换成了苏冬阳，再联系之前爆出的绯闻，吃瓜群众当然格外关注。

"苏冬阳神秘女友 TINA"这个话题本来已经没有任何热度了，而当《永恒之夏》主演阵容公布后，却又再度冲上热搜榜。在各方人士煞有介事的分析推理和添油加醋下，苏冬阳抢朱明熙角色的"内幕"在全网传得沸沸扬扬，以至于很多人都说要抵制这部炒作演员绯闻的影片。但是，真相究竟如何，却只有少部分知道，而田小野就是其中之一。

她不需要去找任何人打听，只要是稍微了解朱明熙性格的人都不难猜到，根本就没人敢抢他的角色，他只是又在偷懒罢工罢了，而苏冬阳替他接了这个角色，却惹了一身麻烦。

最直接的证据就是消息公布前，朱明熙出现在 GAW 的频率变高了，几乎天天来上班报道（忽略迟到早退），而且经常在总经理办公室与白海燕吵闹争执。白海燕肯定是被他逼得没有办法，才勉为其难地同意换角。

苏冬阳与 TINA 同属一家公司，两个人关系融洽，配合度高，而且刚刚走红的苏冬阳既有人气又有话题度，片酬还没来得及水涨船高，被抓壮丁似的拖来填补空位也就顺理成章了。至于投资制作方到底有没有炒作绯闻，那就仁者见仁，智者见智了。

无论网上多么热闹纷呈，高潮跌宕，田小野的日常生活依旧平静如常，按部就班。

炎热的夏季随着《偶像计划》的落幕而渐渐降温，秋天的气息越来越浓烈。田小野依然每周都有一天要回学校上课，但是其他同学未必能做到。教室里稀稀落落地坐着几个学生，就连翻书的声音都显得慵懒而疲惫，时不时还有打哈欠的声音传来。

上课铃打响前五分钟，郭寒露抱着课本匆匆走进教室，坐到田小野身旁。田小野正趴在桌子上打瞌睡，感觉到有人推了推自己的胳膊，才懒洋洋地抬起眼皮，问道："怎么了？”

郭寒露压低声音，神秘兮兮地说：“苏冬阳联系我了。”

“啊？”田小野发出呆愣的叫声，瞬间清醒了。

“他让我告诉你，他很想见你一面，问你答不答应。”

事发突然，田小野根本没有反应过来，只能呆呆地睁大眼睛盯着郭寒露。

分手后苏冬阳再也没有联系过田小野，田小野还以为这是自己拉黑他所有联系方式的应有效果，没想到他还有让郭寒露传话这招。《偶像计划》录制期间，所有参赛者都不能使用手机，现在节目录完了，恢复手机使用权的苏冬阳马上迫不及待地打电话给郭寒露。

“你们到底怎么回事？他听上去很着急的样子，说他马上就要进组了，出发前无论如何想要见你一面，还让我想办法劝你一定要同意。我听他的语气挺可怜，你就见见他吧。”

郭寒露说着，又推了推田小野的胳膊。她明显已经被苏冬阳打动，成为他的说客。而苏冬阳话中的“进组”，应该就是进《永恒之夏》的剧组吧。

“你这么躲着他也不是办法，如果真的决定分手，还是当面把话说清楚比较好。”事到如今，郭寒露知道劝和已经不可能了，只希望他俩能好聚好散，以后至少还能做普通朋友。

在分手这件事上，田小野心中始终有些愧疚。她单方面宣布分手后，没给苏冬阳任何解释和挽留的机会，就毅然决然地断绝了所有联系，并且还逃亡似的搬家了。之所以这样做，就是为了切断所有后路，不给自己反悔的机会，她怕见到苏冬阳后会动摇，会舍不得分手。

但是现在不同了，经过一个夏季的自我治愈，田小野已经不再彷徨和犹豫，特别是在看到苏冬阳一夜成名，她的内心早就坚定下来。现在的她，有信心坐在苏冬阳的面前，冷静地跟他解释当初落荒而逃的原因，心平气和地与他分手，并且由衷地祝福他。

“喂。”见田小野想得出神，郭寒露又推了推她，“你考虑得怎么样？见还是不见？”

“那就见一面吧。”田小野吐出一口气，淡淡说。做出这个决定的瞬间，一直梗在心中的一块大石头消失了，她连呼吸都变得舒畅起来。她不仅有信心面对苏冬阳，也有信心面对自己，面对那段逝去的感情，这份平淡和从容让她变得更加成熟了。

准时响起的上课铃声打断了这次对话。郭寒露从田小野的眼神中确认她不会再逃避了，欣慰地笑了笑。田小野也对她回以微笑，仿佛在说：放心吧，我已经不是当初的我了。

这天下课后，田小野回公司上了半天班，临近下班时收到了郭寒露发来的消息："苏冬阳说晚上去你公司附近见你。"看来郭寒露已经告诉他，自己搬家到公司附近了。正好这里是商业街，晚上也有很多餐饮店营业到深夜，想找个聊天说话的地方并不难。

田小野回复说："好的，我随时都有空，可以配合他的时间。"

"你们直接联系吧。"说着，就把苏冬阳的电话号码发了过来，郭寒露不想再当传话筒了。

注视着那个熟悉的号码，田小野不禁有些恍惚。本以为拉黑后就可以彻底忘掉他，但是没想到小半年后，自己依然能背出这个号码。其实联系他从来都不难，难的是跨过心中的坎儿。

把手指长按在号码上，看到屏幕中弹出"添加到通讯录"的提示。犹豫再三后，田小野还是没能按下去。她并不想和苏冬阳做普通朋友，因为不知道应该如何面对苏冬阳的新女友，与其烦恼以后如何处理那些复杂的关系，还不如就让今夜成为最后的回忆，以后永不联系。

田小野不想保存苏冬阳的号码。她对自己说，只要时间再久一点儿，她一定可以忘记那个号码，就像有一天忘记曾经爱过他一样。那个号码终究会变成一串没有任何特殊意义的数字，而他，终究也会变成一个遥远的陌生人，变成记忆中模糊的影子。

下班后，田小野吃了一份快餐后就回到家里。她没有开电脑，只是打开手机里的歌单，一边听着舒缓的轻音乐一边躺在床上发呆，像是在进行一场让自己放空的重要仪式。

不知不觉间，她迷迷糊糊地睡着了，再次睁开眼睛，已经十点多了。

坐起来查看手机，看到没有未接来电才稍稍松了一口气。

这么晚还不联系自己，也许今晚见不到了。毕竟苏冬阳已经不是从前的苏冬阳，身边随时都有助理跟随，行程安排得满满当当，不是那么容易见到的了。紧张的心情刚刚松懈下来，田小野正要放下手机的瞬间，铃声却像恶作剧似的恰到好处地响了起来。

正是那个没有保存的号码打来的。

没有太多犹豫，田小野深吸一口气后马上接听，轻声道："喂。"她的声音微微有些颤抖，紧张带来的窒息感让她失去了呼吸的节奏，以至于连这个简单的音节都难以自然发出。

“小野。”对面果然传来苏冬阳那熟悉的声音。

太久没有讲话，两人都显得有些生疏，简单的寒暄后便不知道该说什么了。对话中早已没有恋人的甜蜜，只剩下小心翼翼的试探和强装镇定的伪装。田小野的心中有些苦涩，但她知道这一切都是自己造成的，事到如今所有的愧疚感就像是惩罚，注定要由她来承受。

稍微停顿了一会儿，苏冬阳说：“我就快到 GAW 大楼了。”

电话中不时传来喇叭声，证明他应该在车上。

“那你知道楼下的那间咖啡厅吗？”田小野早就选中那里作为见面地点了，“很显眼，你一下车就能看到。现在这么晚了，那里肯定没什么人。我在那里等你。”

田小野一口气说了一大通，说完后竟有点儿喘不上气。过快的语速暴露了她的紧张，而苏冬阳的回答却淡淡的，只有两个字：“好的。”他没有再讲下去，也许想把其他话都留到见面说。

互道“待会儿见”后，田小野迅速跳下床，去卫生间洗了一把脸，把头发梳理整齐。

习惯的力量真可怕，以前每次和苏冬阳见面都要梳妆打扮一番，哪怕现在已经没有必要了，也依然机械化地执行着这个程序。当初她总是兴致勃勃地哼着歌，连动作都轻盈得好像跳舞一样，现在却只有一种沉甸甸的感觉压在胸口。

她把脸埋在湿毛巾里，深呼吸几次后终于平静下来。

没关系，只是见一面，把话说清楚而已。事情已经过去那么久，无论是自己还是苏冬阳都该放下了，待会儿一定可以像朋友一样正常交谈。

这样安慰着自己，田小野鼓起勇气下楼去了咖啡厅。

十点多是很多商店的关门时间，闪烁的霓虹灯招牌大多已经熄灭，路上的行人也不多了，白天热闹的街道变得有些冷清。就连吹在脸上的夜风都清清冷冷的，凉爽中透着寒意。

田小野走进咖啡厅，用目光扫了一圈，发现只有吧台上坐着两个人。

店内流淌着舒缓的音乐，暗淡的灯光落在她低埋的脑袋下，为她的上半张脸描出阴影。一个身穿制服的服务生在吧台后忙碌着，看到田小野后立即走过来询问，田小野说要等人，待会儿再点餐。他点点头离开了，田小野默默走向店内最深处，选了个最隐蔽的位置坐下。

因为担心苏冬阳找不到地方，田小野特意把手机放到桌面上，但是铃声并没有响起，直到五分钟后，她看到一个人推门走了进来。那人戴着鸭舌帽，帽檐的阴影把他整张脸都隐藏起来，但是光从他走路的姿势，田小野就能认出他是苏冬阳。

苏冬阳很快发现了角落里的田小野，快步走过来，默默拉开椅子，坐在她的对面。两人互相注视着对方，但都没有开口说话，只有柔和的音乐声流淌在两人之间。对视了一会儿，田小野把目光移到了桌面上。这时有脚步声响起，服务员走了过来，两人点了各自的咖啡。

待服务员离开后，苏冬阳才率先出声，问道："你最近怎么样？"

"还可以。"田小野依然没有抬头，低声答道。

店内太安静了，以至于她根本不敢正常讲话，总担心稍微大声一点儿就会被别人听到。

苏冬阳也是一样，始终把讲话声压得很低。他问："你知道我要出演《永恒之夏》吗？"

不明白他为什么首先提起这件事，田小野勉强挤出笑容，下意识地说："嗯，恭喜你。"

苏冬阳也笑了起来，不过却带着自嘲的意味："没什么好恭喜的，拜这部戏所赐，我最近真是麻烦缠身。"

田小野马上猜到他的意思，问道："是和 TINA 的绯闻吗？"

也许是因为问得太直接，苏冬阳竟不知如何作答了。他疲惫地叹了口气，算是默认了，接着马上辩解似的补充道："不过只是绯闻而已。"

"她一直对你挺好的。"田小野淡淡地说。

苏冬阳不置可否，停顿了一会儿，忽然抬头问："你会吃她的醋吗？"他凝视着田小野的目光，问得那样认真，又有些小心翼翼，似乎想要弄清楚分手是否与之有关。

察觉到他的意图后，田小野马上说："和其他人没有关系，只是我和你的问题……"

她正在思考应该如何解释，苏冬阳却把话题拉开了："其实《永恒之夏》电影版最初定下的男主角是朱明熙，但是他说什么都不接，才由我来代替……"

苏冬阳执着于这个话题，似乎是因为要引出什么，于是田小野静静听着，不再打断。

果然，苏冬阳下句话就说到了重点："听说他无论如何也想留在 GAW 工作。我知道他和你做的是一个项目，你们以前还一起开过网店，他可能更喜欢和你在一起的状态吧。"

田小野有些无可奈何，苦笑着说："那只是他不想拍戏的借口而已。"

苏冬阳依旧用认真的眼神注视着田小野，脸上没有一丝笑意，只有确定无疑的结论：

“我觉得那不是借口，他应该很喜欢你，所以才想和你在一起。”

田小野的笑容瞬间凝固，嘴角不自然地动了动。如果朱明熙没有对她表白，她依然可以一笑置之，但是在清楚朱明熙的心意后，她觉得苏冬阳的话一点儿都不好笑。

原来苏冬阳早就知道了，说不定比自己都更早知道。想到这里，田小野突然有点儿头痛。她有以平常心谈论与苏冬阳分手的自信，却没有对朱明熙的表白侃侃而谈的自信。

“你是因为他才跟我分手的吗？”苏冬阳问。兜了一个大圈子，原来这才是他的目的。

田小野有点儿生气，再次强调：“我说过了，和其他人没有关系，只是我和你的问题。”

“我们到底有什么问题？”苏冬阳焦急地追问，音量不受控制地增大了。

“我们……”田小野垂着头，不敢直视他逼问真相的眼睛，轻声道，“我们的时机不对。爱情是在对的时间，遇到对的人。而我们只是遇到对的人，却没在对的时间。知道你背着经纪人偷偷跟我交往后，我一直提心吊胆，好像做了什么坏事，我不喜欢这种感觉。既然是不被允许的，为什么要明知故犯呢？与其遮遮掩掩，不如痛快地结束一切。”

“小野……”苏冬阳用有些哽咽的声音说，“对不起。”

“我知道你也努力争取过，你没有对不起我。看到你夺冠，我真心为你高兴。我为喜欢过你而自豪，也为被你认可而骄傲。这就够了。”

看到田小野心意已决，苏冬阳知道已经无法挽回她，长叹一声，做出最后的努力：“可是如果就这样结束了，我真的很不甘心。如果我们仍然彼此相爱，就再给这段感情一个机会，不要轻易放弃；但是，如果你真的爱上其他人，我就不再纠缠了……”

苏冬阳似乎已经猜到了什么，凝视着田小野的目光中带着某种觉悟。

田小野仿佛被他看透，忽然紧张起来。苏冬阳话中的“其他人”仅仅是泛指，还是已经有某个特定的候选人了？田小野无法从他执着的目光中读出更多信息。在骤然冷却下来的气氛中，田小野下意识地抱紧了胳膊，低头逃避苏冬阳追问的视线。

就在这时，苏冬阳的电话突然响了起来。他看了一眼来电显示，不敢有任何迟疑就马上接听。电话对面立刻传来赵慷急躁的叫嚷：“你在哪里？”声音大得连田小野都听见了。不等苏冬阳解释，赵慷又连珠炮似的连骂带吼讲了一大通，这次田小野没能再听清了。

“对不起，小野，我必须走了。”挂断电话后，苏冬阳立即起身，匆忙戴上鸭舌帽，向田小野道别。

田小野还没反应过来，他就已埋头快步从后门离去，边走还边压低帽檐，恨不得整个人都藏进帽子里。望着他匆匆消失在街角的背影，田小野心中莫名宁静。

终于结束了。自己亲手为这段感情画上了句号。她松了一口气的同时，又有些空落落的，仿佛青春中一段很重要的岁月失去了美丽的色彩，变成了一张仅供缅怀的陈旧黑白照片。

静静地坐了一会儿，待重新整理好心情后，田小野起身离去。

夜又深了一层，街上的行人更少了，酒吧和 KTV（提供卡拉 OK 影音设备与试唱空间的场所）集中的繁华处到处停满出租车。

街边不知道是司机还是路人的男人们，总是打量着田小野这个深夜单独行走的女生。她不由得加快脚步，一阵小跑回到家里。就在掏钥匙准备开门时，突然收到了苏冬阳发来的消息："小野，对不起，刚才我们好像被人发现了，所以我必须马上离开。"

原来如此，红人果然是非多，连跟朋友见面都要小心翼翼的。

"没关系，我已经到家了。"田小野一边开门，一边回复。

看了一眼手机上的时间，已经十一点半了。以前这时候田小野已经躺在床上玩手机了，但是今天却连洗漱的力气都没有，疲惫得以"大"字形倒在床上，盯着天花板上的纹路发呆。

她早就知道再次见到苏冬阳，自己的心境一定会发生变化，无法保持冷静的平常心。但是真正见过后才发现，那种变化并没有预想中大。原来时间真的可以冲淡一切，就连面对曾经那么深爱的人，也可以心平气和地讲出分手的理由，不再觉得心痛难忍，想要落泪了。

想到这里，手机突然响了一声。苏冬阳又发来一条消息："小野，刚才我们的话还没有说完，你能回答我那个问题吗？"昏昏欲睡的田小野花了很长时间回忆"那个问题"到底是哪个问题。难道是那句"如果你真的爱上其他人，我就不再纠缠了"吗？

这条消息跟上一条的时间间隔足足有十分钟，看来苏冬阳是经过了一番心理斗争才发来的。既然如此，田小野肯定不能假装没看到了。但是，应该怎么回答呢？也许苏冬阳只想得到一个彻底死心的理由，既然如此，自己何不如他所愿呢？

想到这里，田小野回复道："我有喜欢的人了。"

这次苏冬阳很快就发来追问："我认识吗？"

“认识。”

写下这个答案的瞬间，田小野无法否认自己的脑海中的确浮现出朱明熙的身影。但是，如果苏冬阳继续追问是不是朱明熙，她一定会毫不犹豫地否认。在这样的窘迫中，她只是需要一个假想对象去说服苏冬阳放弃而已，至于那个人究竟是谁，并不是最重要的。

这次她等了很久，再也没有等到苏冬阳的任何回复。

就这样结束吧。丢下手机，田小野筋疲力尽地躺在床上，闭起了酸涩的眼睛。

结果这天晚上田小野没有洗漱就睡得不省人事，直到迷迷糊糊中被闹铃吵醒，才发现已经是第二天清晨了。必须去上班的田小野拖着软绵绵的身体，去卫生间用冷水洗了一把脸。就在浸满冷水的毛巾覆盖面庞的瞬间，她又重新打起精神，仿佛是一台突然接通电源的机器。

准时来到公司，微笑着向大家打招呼，田小野自信没有人能看出她昨晚经历过什么。然而就在她推开办公室的门，看到很久没有出现的朱明熙早已恭候多时后，温柔和悦的笑容立即僵在脸上。不祥的预感侵袭全身，让她瞬间绷紧神经，进入戒备状态。

“你怎么来了？”田小野一边坐下一边问，仔细观察着朱明熙的表情。

朱明熙倒是不绕弯子，开门见山地说：“昨晚苏冬阳半夜给我发了条短信。”

“什么？”田小野就像屁股着火似的猛然站起，瞪大眼睛盯着他。

朱明熙把手机屏幕面朝田小野，得意扬扬地摇了摇。田小野一个箭步冲过去，从他手上抢过来一看，只见屏幕上显示着短信内容：“好好照顾小野。”

“他什么意思啊？”朱明熙假装无知，但嘴角藏不住的坏笑暴露了他的明知故问。

“我不知道。”田小野气呼呼地把手机还给他。昨晚发生的事情，她连一个字都不想提。

朱明熙可没那么容易放过她，优雅地轻移指尖，点开一条微博，又把屏幕朝向她，说：“我还看到这个了。”

那是一条娱乐公众号的爆料。记者拍到了苏冬阳匆忙离开咖啡店的侧脸，还有田小野坐在窗边的模糊身影。因为两人没有同框，可信度并不高，粉丝们一边倒地骂记者无中生有。

田小野倒吸一口冷气，幸好昨晚苏冬阳逃得快，不然被拍到他俩坐在一起就惨了！

第五章

称职的“假男友”

看到田小野面如死灰的样子，朱明熙更加确定自己的猜测。

"所以你们昨晚见面了？"手握铁证，他的语气显得十分笃定。

田小野回到座位坐下，没有搭理他。一半是因为没有从震惊中缓和下来，一半是因为心虚，害怕他猜到昨晚的事情。

结果他就是猜到了，不管田小野的心情如何复杂，他依然带着悠然自得的微笑，说："你为了跟他分手，就拿我当挡箭牌呀？"

凭他的聪明头脑，当然早就推理出全部剧情了，不然也就不会一大早连懒觉都不睡，堂而皇之地出现在这里了。

被戳穿后无地自容的田小野更加不吭声了，痛苦地咬住了嘴唇，悔恨之情溢于言表。

见状，朱明熙更加得意，摇了摇手机威胁道："如果你再不说话，我就回复他'我们是清白'的了。"

这次田小野终于沉不住气了，抬头盯着眼前一脸坏笑的朱明熙，低声下气地哀求道："你就帮我一次行不行？"

虽然昨晚她没有说出朱明熙的名字，却被苏冬阳猜到了。如果这时朱明熙再出声澄清，那事情就没完没了了，不如就这样将错就错下去。

"行。"朱明熙爽快答应下来，收起用来威胁田小野的手机，"不过，我觉得自己好可怜，明明被甩了却还要被利用。公司里那么多人都知道我在追你，但是你对我绝情绝义，我毕竟是一个小老板，这种处境很丢脸的。"

还不是你自己传出去的？田小野在心中吐槽。她没好气地问："那你想怎么样？"

"很简单呀，既然你想演戏，那我们就演足全套好了。不仅在苏冬阳面前，以后在所有人面前，你都必须承认你是我的女朋友。"

"你……"田小野无言以对，用眼神鄙视对他乘人之危的无耻行径。

朱明熙假装没看到，贼喊捉贼般反过来数落田小野的不是："那你总不能只在自己方便的时候说我是你男朋友，不方便的时候就又把我一脚踹开吧？你的心肠竟然如此歹毒，我算是看透你了！我也是有头有脸的人，怎么能这么没有尊严地任你玩弄呢？"

面对开启戏精模式的朱明熙，田小野一个头两个大，索性趴在桌子上不吭声了。

无论田小野同意与否，朱明熙从那以后就单方面地把自己当成她名正言顺的男朋友了。

为了给他留面子，田小野在人前从不反驳，私底下找他谈过无数次，但他依然坚持展开死缠烂打的攻势，丝毫未被田小野的话说服。

久而久之，习以为常的田小野就懒得理他了……

朱明熙在跟田小野交往的消息在公司里迅速传播。不仅是同部门的张易然和沈湉湉，就连人事行政部门都知道了，幸好没有传到媒体的耳朵里，不然田小野跳进黄河都洗不清了。

刚开始的几个月，田小野每次经过总经理办公室时都提心吊胆，生怕白海燕知道后找她谈话。

结果时间一晃从初秋进入寒冬，白海燕依然无动于衷。不知道这件事是不可能的，大概是懒得管，或者默许了。这样田小野就更加头大了，她可不想莫名其妙就变成朱家默认的儿媳妇。

她和朱明熙是清白的啊！可是已经没人相信这句大实话了……

朱明熙的战术大获成功。

田小野就像一只被温水煮熟的青蛙，起初总想着忍一忍事情就过去了，但等到事态越来越严重时，她想要反抗却已经来不及了。

很快就到了年末公司最忙的一段时间。为了赶进度，田小野和张易然、沈湉湉经常奋战到深夜。

渐渐熟悉后，三人之间的默契度越来越高，合作起来越来越得心应手。别看田小野平时没脾气，但对作品风格的把控非常严格，用她的话来说就是“我对这个系列有执念”。

新人加入后的设计组如虎添翼，碰撞出很多新想法，但田小野依旧坚定不移地以《百美图》为基础，一条直路走到底。也许她是对的，如今雅韵系列已经成为GAW的新招牌了。

朱明熙时不时会来公司露个脸，他已经跟张易然和沈湉湉混熟了。

两个新人一开始还有些拘谨，不敢跟明星太过亲密，但是发现朱明熙屏幕下的真面目后，就越来越肆无忌惮了，有时还敢拿朱明熙和田小野开玩笑，喊田小野几声“小老板娘”。

田小野又羞又气，朱明熙却总是纵容地投去赞许的目光，仿佛在鼓励他们"喊得好，以后也要继续保持"。

昏天黑地地忙了一个月，终于顺利完成所有设计稿的田小野几乎快要虚脱了，软绵绵地趴在办公桌上，瞥了一眼电脑右下角的时间，已经是晚上九点半了。

张易然和沈湉湉住得远，田小野一个小时前就放他们回家了，只留下自己孤军奋战。她重新打起精神，再次确认了一遍所有工作都已完成后，才懒洋洋地打了一个长长的大哈欠，一边揉着疲劳过度的干涩双眼，一边慢吞吞地走出办公室。

这时其他部门还有同事在加班，寂静中偶尔响起搅拌勺碰到咖啡杯的清脆声响。田小野尽量不打搅他们，轻手轻脚地向电梯走去。经过前台时，接待桌后突然传来一声："小野。"

田小野吓得全身汗毛都奓开了，惊讶地扭头望去，只见朱明熙正微笑着向自己挥手。

她拍了拍被心脏猛烈撞击的胸口，压低声音问："你怎么还在呢？"

在她的印象中，朱明熙早在张易然和沈湉湉下班前就已经不见了，她还以为他早就回家了呢。

"我在等你啊。"朱明熙愉快地收起手机，起身向田小野走去。刚才田小野忙得眼冒金星，他却在一旁玩手机，实在说不过去，所以干脆移动到前台等待。

"这么晚了，你还有事吗？"田小野疑惑地歪起头。

"工作都做完了吧？"朱明熙别有用心地问。

摸不清他套路的田小野老老实实地点头回应："嗯。"

"那你明天请假吧，我批准了。"朱明熙的声音一下高昂起来，洋溢着幸福的喜悦。

"啊？"田小野目瞪口呆地盯着他。

现在距春节正式放假还有一天，的确有不少住得远的同事早就请假回家了，田小野却没有提前离岗的打算。朱明熙的好意令她措手不及，她为难地说："可是我不想请假……"

"为什么？你不累吗？"这次换朱明熙惊讶了，他还是第一次遇到田小野这种工作狂。

"该做的都做完了，明天上班可以光明正大地摸鱼，怎么会累呢？"没有员工敢当着直属上司的面讲这种话，但是田小野从来没拿朱明熙当上司看。论偷懒，朱明熙才是高手呢。

"可是我都帮你写好请假条了。"朱明熙变魔术似的拿出一张请假单。

请假人是田小野，请假事由是回家，右下角还有朱明熙龙飞凤舞的亲笔签名。请假单平时就放在前台的资料架里，他一定是刚才闲得无聊时写的。

“你干什么呀？”田小野生气地抬手去抢。

朱明熙像跳华尔兹似的优雅地转了一个圈，不仅避开田小野的攻击，还灵巧地滑到前台，把请假条端端正正地放到桌面上；为了防止被风吹走，还用订书机压住了。

“我已经安排好了，春节我们去海边玩吧。”朱明熙兴致勃勃地发出邀请。

“我要回家。”田小野转过身，气呼呼地按下电梯按钮。

“你平时工作那么忙，好不容易放个假，就陪我去嘛。”知道田小野吃软不吃硬，于是开始撒娇了。

这次田小野可不心软，斩钉截铁地答道：“不去。”

“可是我们在交往哦。”

“没有。”

“我是你男朋友啊。”

“不是！”

田小野刚要奓毛，只听“叮”的一声，电梯门敞开了。朱明熙抢先一步跨进去，很绅士地按住开门按钮。两人你看我我看你，僵持了三四秒，最终还是田小野妥协了，叹了一口气，无奈地跨进去。

深夜的大厦里静悄悄的，平时上下班高峰期总是每层楼都停一下的电梯，这次一口气降落到负二层。

当电梯门突然敞开，露出昏暗幽静的车库后，田小野才猛地反应过来。她刚想按一楼按钮，返回大厅去，却突然被朱明熙拉住。

“你干什么？我要回家了。”田小野吓了一跳。如果是白天，朱明熙带她来车库无非是想载她去哪儿玩，但现在都快十点了，劳累了一天的她只想赶快家里，倒头呼呼大睡。

“我送你回去吧。”朱明熙笑眯眯地推着田小野的肩膀向前走。

田小野被迫向前移动着，边走边推辞：“我家很近的。”走路也就十多分钟，开车送太夸张了。出车库拐个弯就到，还不如直接走路送方便呢。

谁知朱明熙却纠正道：“是回老家。”

“老家？”田小野蓦然停下，整个人都吓呆了。把这个词在脑袋里掂量了两下，最后只剩下一个答案。她不敢置信地瞪着朱明熙问："我姑父家？"

"嗯，回老家跟你姑父说一声，然后你就陪我去旅游。"朱明熙明媚灿烂的笑容都快把整个车库照亮了。

田小野只觉五雷轰顶，大叫起来："你疯了吗？回去都半夜了！"

"谁让你加班到这么晚。"朱明熙很委屈似的看着她。

为什么变成我的错了？田小野太佩服他颠倒是非的本领了。

朱明熙生怕她脱逃，不由分说地把她往前推，见她反抗得更激烈了，干脆抬手揽住她的肩，连拖带拽地向前拉扯。

"等一下！我不能这样跟你回去，好歹要收拾一下行李吧。"

挣扎间，田小野已经被塞进车厢了。

"那我现在送你回去收拾行李，你动作快点儿哦。"朱明熙坐进驾驶席，不等田小野反应过来就直接踩下油门。汽车轻盈地驶出车库，拐了一个弯，停在田小野租住的公寓楼下。

"可是我还没跟姑父他们说呢，他们不会同意的……"田小野坐着不下车，搬出姑父来当挡箭牌，以为事情还有回旋的余地。她现在还是稀里糊涂的，不敢相信自己经历了什么。

朱明熙早有准备，见招拆招，马上答道："回去当面跟他们说，如果他们同意，你就跟我走；如果他们不同意我也不勉强，就当免费送你回家啰。"朱明熙的算盘打得可好了。

如果能把田小野带走当然皆大欢喜，就算带不走也能以男朋友的身份露一下脸，把跟田小野的情侣关系坐实了。

嘴皮子上的功夫田小野可不是他的对手，犹豫了一下只好同意了。反正早点儿回家过年也不是坏事，而且于翰林肯定不会同意她和男生出去旅行，到时候就让于翰林去拒绝他好了。

回公寓简单收拾好行李后，田小野坐上了朱明熙的车。

这时已经十点多了，就连市区的公路上都冷冷清清的，只有上夜班的出租车活力充沛地呼啸而过。就算高速公路晚上不堵车，算上在服务区休息的时间，回到家里怎么也该两三点了。

田小野在车上给于翰林打电话说自己马上回来，于翰林听后吓了一跳，忙问怎么这么急。她支支吾吾地说正好搭上朋友的顺风车，从头到尾不敢提朱明熙的名字。于翰林虽然觉得奇怪，但是没有追问下去，叮嘱了几句路上小心后就挂断了电话。

得偿所愿的朱明熙心情大好，凝视前方的双眼炯炯有神，闪烁着喜悦和期盼的光芒，仿佛看到的不是一路延伸的单调公路，而是不久后与田小野朝夕相处的美好时光。

田小野问他为什么把行程安排得这么赶，他却理所当然地答道："现在马上就过年了，我老家又是旅游胜地，不早点儿出发会买不到机票的。去岛上的渡轮每天只有两班，错过了就要多等一天。春节假期本来就不长，哪有时间耗在路上啊。"

朱明熙的老家是一个海滨城市，附近有一座风光秀丽的小岛，他打算带田小野去那座岛上过年。

据说那里还没有完全被开发，去的游客并不多，海滩上的沙子又白又软，海水也是一片湛蓝，是个比国外很多海岛风景都好的地方。听他描述得好像人间天堂一样，

田小野不禁产生了一点儿向往。不过向往只是向往而已，田小野并不打算跟他一起去。

不知不觉中，时间已经过了十二点。无事可做的田小野靠在椅背上昏昏欲睡，不知道过了多久，迷迷糊糊地感觉到有人在推自己。她揉揉眼睛坐起来，还没看清周围的情况，就听见朱明熙的声音从旁边传来："到了。"

原来已经到家了，车就停在小区的入口处。

田小野打起精神，去后备厢取出行李后走回车门边，敲了敲朱明熙的窗玻璃问："那你怎么办？"

"我随便找个地方住一晚，明天再去找你。"朱明熙耷拉着眼皮，看样子也很困了。

"哦……"田小野怀着复杂的心情应了一声。

朱明熙大老远把自己送回来，总不能不让他进家门吧？但是，田小野从来没有带过男生回家，一想到于翰林和郭美涵惊讶的表情，她就又恐慌又后悔，不知道该怎么跟他们解释。

与朱明熙道别后，田小野拖着行李箱回到家里，已经快到三点了，于翰林和郭美涵早就睡着了，田小野不想打搅他们，连灯都没开，直接回到自己卧室，倒在床上就呼呼大睡。

虽然睡得很晚，这段时间早起上班形成的生物钟却把田小野早早唤醒。第二天上午刚过九点，她就迷迷糊糊地睁开了眼睛。阳光透过窗帘照射到床上，整个

房间都暖洋洋的。

看到熟悉而陌生的卧室，田小野恍惚中有种穿越的错觉，愣了一下才意识到自己已经回家了，下意识地拿起手机，发现有条未读消息，是朱明熙发来的："我待会儿去你家拜访哦。"

暂时不想理他，田小野把手机放回枕边，到卫生间洗漱去了。

于翰林和郭美涵早就起床，前者坐在客厅看手机，后者正在厨房里忙碌着。

田小野跟于翰林打了声招呼，看到餐桌上有一盒牛奶和两片夹着煎蛋的面包，知道是给自己准备的早餐，便在餐桌边坐下，低头默默吃起来。

厨房里传来洗菜的水流声，郭美涵忙得头也不抬。

田小野微微感到有些奇怪，现在才九点多，准备午饭未免太早了。她是突然回家的，平时就只有于翰林和郭美涵两人在家，用得着提前这么久准备吗？

通常能让郭美涵大清早进厨房的事由只有一个，就是于浩回家了。但这是不可能的，因为于浩的刑期还没满，不会提前回来。

田小野正想到这里，于翰林突然身，走到她身边坐下。田小野愣住了，把嘴里的吸管吐出来，诧异地问："怎么了？"

"你哥回来了。"于翰林注视着田小野的眼睛，轻声说。

"什么？"田小野低声叫出来。

"他提前释放了。"明明是个好消息，但是于翰林依然愁眉不展，显得心事重重的。

自从于浩出事后就很少见他笑过，提前释放只是一个开端，未来还不知要遇到多少挫折呢。

连能不能顺利找到工作都是未知数，反正想要再进入 GAW 那样的大公司是不可能了。

田小野总算明白郭美涵提前做饭的原因了。

严肃的气氛下，她只能低头啃面包，不知道该怎么接话。两秒钟后，她突然意识到一个非常严重的问题，猛地抬起头。

朱明熙马上要来，万一两人遇上就糟了！

想到这里，田小野"唰"地站起来，不顾于翰林惊讶的目光，用最快的速度一头冲回卧室。

本想马上打电话让朱明熙不要来，谁知刚抓起手机，就听"叮咚"一声，门铃居然响了。

低头一看，手机里又有条未读消息：“小野，我到了。”

完了，已经迟了……

听见于翰林给朱明熙开门的声音，田小野直接两眼一黑，扔掉手机倒在床上。为什么会变成这样？她拒绝接受这样的现实。

客厅沙发上，于翰林和朱明熙坐在正中，田小野坐在侧面的单人沙发上。

郭美涵在厨房探头张望了一下，听朱明熙自我介绍说“伯母好，我是小野的同事”后，笑着回应了一下，便又忙着做饭去了。

茶几旁的地板上放着几个硕大的礼盒，有坚果有茶叶有肉干有果脯，虽然不是什么贵重的东西，但作为一名同事来做客，这样周到的准备显得有些兴师动众，所以于翰林对他的身份非常好奇，从他一进家门就一直仔细打量着，那目光就像科幻片里机器人的扫描眼一样。

田小野紧张到极点，默默咬着嘴唇。她很想马上逃离这个连呼吸都困难的尴尬地点，但又害怕朱明熙说出什么惊天动地的台词，必须坚守下去才能安心。

感受到田小野投来的警告目光后，朱明熙一直回以“别担心，我自有分寸”的轻松微笑。

但是谁知道他到底有没有分寸啊？他作风另类已经不是一两天了！田小野可不敢太乐观，毕竟她已经吃过很多次亏了。

“伯父，你好，我叫朱明熙，是田小野的同事。”

幸好于翰林暂时没有想起朱明熙是谁，只把他当成一名普通的同事，忙抬头应道：“哦，你好，昨晚就是你送小野回来的吧？谢谢你了。”

“不客气，小野是我们公司的优秀员工，这点儿优待不算什么。”

接下来两人聊起田小野在公司的表现。朱明熙很给面子地把田小野从头到脚表扬了一遍，听说女儿这么有出息，于翰林当然很高兴，一直笑呵呵的，不一会儿就放下戒心了。如坐针毡的田小野全身僵直，不停在心里祈祷着：快点儿结束吧，快点儿结束吧……

这时朱明熙突然说到重点：“伯父，我这次来是想接田小野去旅游的。”

于翰林愣了一下，问：“是公司的活动吗？”

“对，是公司组织的。”

什么？没想到朱明熙居然亮出这招，田小野瞪着圆鼓鼓的大眼睛向他发出抗议。

居然假借公司名目骗自己跟他出去玩，这样于翰林就没有拒绝的理由了啊！虽然在春节举办员工旅游活动有些奇怪，但是于翰林没有想要拒绝的意思，低头沉思了片刻。

田小野急忙说："也不是每个人都必须参加。"言外之意就是告诉于翰林可以拒绝。

"但是机会难得，错过就太可惜了。这次说是公司的员工活动，但是会邀请很多业内名人参加，是一次很隆重的聚会，对小野以后的职业发展也有好处。"朱明熙连忙添油加醋地说。

如此一来，春节出游也就说得通了，于翰林看上去有些动摇。

就在田小野担心他马上就要同意之际，突然有个声音生硬地从旁边传来："那就让她去好了。"

三人同时抬头，只见于浩正从卧室走出来。他穿着保暖衣和长裤，一副很居家的打扮。脸看上去有些脏，头发也有些蓬乱，大概是刚起床还没洗漱的缘故。他横眉怒目地瞪着朱明熙，毫不掩饰心中的厌恶。

朱明熙惊呆了，忙用眼神问田小野："他怎么回来了？"就算是见惯大场面，临危不乱的他，也被这突如其来的变故吓得乱了阵脚。

田小野连解释的力气都没有了，长长地叹了一口气，仿佛在说：该来的还是来了。

这时于浩已盛气凌人地走到朱明熙面前，用带着露骨逐客意思的口气问道："你来干什么？"

无论朱明熙为何出现在这里，他都只想用一个"滚"字回应。

不明状况的于翰林见于浩如此失礼，马上板起脸低喝道："你怎么对客人说话呢！"

于浩不但不让步，还指着朱明熙的鼻子，用气得嘶哑的声音叫道："爸，他就是朱明熙！"

于翰林这才恍然大悟，想起来为什么朱明熙的名字如此耳熟，却无法对于浩的愤怒产生共鸣，依然竖起眉头瞪着丢人现眼的儿子。

于浩见于翰林站在外人那边，气得胸口闷痛，用刺耳的声音尖叫道："就是他害我坐牢的！"

"我可没害你。"忍无可忍的朱明熙终于回应了。他可不是好惹的，直接跟于浩吵起来，"车是你开的，人是你撞的，关我什么事？为了帮你减刑，我还为你筹了一笔钱呢。我不求你知恩图报，只求你别血口喷人好不好？"

这时，听见动静的郭美涵忙从厨房跑出来，被客厅里剑拔弩张的气氛吓呆了。护子心切的她下意识跑到于浩身边，抱住于浩的胳膊，焦急地质问于翰林："怎么了？

刚才还好好的，怎么吵起来了？”

有郭美涵撑腰，于浩就像拿了个喇叭似的，提高分贝嚷道：“让她走，马上走，这个家已经留下不她了！她就是胳膊肘往外拐，整天就知道吃里爬外！”

“那正好。”朱明熙懒得跟他浪费口舌，起身对田小野一扬下巴道，“小野，去收拾东西。”

“可是……”田小野还想说点儿什么，但下一秒已经被朱明熙拉走了。

“啪”的一声关上卧室门，隔断从客厅传来的说话声。反正于浩肯定又在添油加醋地扭曲是非黑白，这里是他的地盘，朱明熙惹不起躲得起，只求马上带田小野逃之夭夭，开开心心地出去过年。

“唉……”浑身无力的田小野一头倒在床上，不要说收拾东西了，她连说话都没力气了。

朱明熙坐在床边，尖声尖气地问：“他怎么回来了？”

田小野头也不抬，一阵唉声叹气后，有气无力地说：“好像是提前释放了，我也是刚知道，本来想通知你的，可是来不及了。”

“算了，这样也好，你就直接跟我走吧。”朱明熙抓住时机，又发动了新一轮劝诱。田小野没有吭声，不是不想走，而是太累了，没力气答话。

“怎么？难不成你还想跟他过年啊？不怕被他挤对死啊？”

朱明熙说得不错，这个年留在家里恐怕是过不好了。

于浩不回来还好，一回来的确容易发生争吵，而且刚才朱明熙已经成功把炸弹引爆了，就算待会儿他走了，田小野也会沦为可怜的出气筒。

这样还不如一走了之呢。反正自己只是一个碍眼的外人，不如让他们一家三口好好过个团圆年。

这样自暴自弃地想着，田小野终于下定决心。就在她刚想起身收拾东西的时候，门外传来“笃笃”的敲门声。

门没锁，田小野刚抬起头，于翰林就走了进来。他的手上提着一个纸袋，里面似乎装了很多什么资料。

田小野和朱明熙立即端端正正地坐好，用疑惑的目光看着表情凝重的于翰林。

他在电脑椅上坐下，轻轻叹了口气，把纸袋放在田小野脚边，很疲惫地说：“这些都是你妈妈的遗物，我帮你收好了。你以后做设计师应该用得上，都带走吧。小野，希望你原谅我没有把这些设计图保管好。”

这样做应该是为了杜绝像《百美图》那样的事件再次发生，即使他没有说出来，田小野也能从他暗淡的目光中看出他的后悔和自责。

本来这些话不该当着朱明熙这个外人的面说，但现在朱明熙除了这个小小的卧室也无处可去了，只能让他留下来旁听。

田小野心中百感交集，违心地说“没关系，我不在乎”是不可能的，但又不能在于翰林面前告状，悉数列举于浩的恶行，只能把委屈忍在心中，勉强露出一个淡淡的笑容，算是对于翰林的安慰。

也许是因为顾及朱明熙在场，很多话都不能细说，于翰林很快就起身离开了。

田小野开始默默地收拾行李，其实行李箱几乎没动过，只是把手机充电线放进去就行了。

朱明熙提醒她：“你不带泳衣吗？”好像很期待的样子。田小野没好气地低嚷道：“这么冷谁游泳啊！”朱明熙只能悻悻地闭嘴了。

这时田小野的目光落到地板的纸袋上，心想：不知道下次什么时候能回来，还是一起带走吧。行李箱里还有大半空间，她直接把整个纸袋都塞了进去。

当田小野和朱明熙一起走出卧室时，于浩已经不在客厅了，郭美涵还在厨房做饭，于翰林见他们拉着行李箱，吃惊地问：“这么快就走？留下来吃午饭吧。”

田小野无法想象朱明熙和于浩坐在一张桌子上吃饭的画面，急忙拒绝道：“不用了，我们还要赶飞机呢。”

其实她根本不知道飞机几点起飞，只是想马上逃离这里而已。

既然如此，于翰林不便多留，痛心地叹了口气，出门把他们送到电梯口。在等待电梯到来的几十秒里，他依依不舍地摸了摸田小野的头，千言万语只化作一句“注意安全”。

他无法挽留渐渐长大、慢慢独立、变得强大起来的女儿，只能无奈地送她远行，为她祝福。

汽车驶上高速公路，冷风从车窗的缝隙里灌进来，刀子似的刮在田小野脸上。朱明熙好几次让她关窗，她都无动于衷，享受着这种逆风而行的感觉，仿佛是一种追求自由的仪式。

他们赶到机场已经临近中午了，午饭吃的飞机餐，一下飞机又马不停蹄地赶去码头，刚好搭上下午的渡轮。他们一整天都在匆匆忙忙地赶路，水都没喝几口。直到坐上渡轮后，望着眼前烟波浩渺的景色，田小野才终于安下心来好好休息。

冬季天黑得早，六点一过就像傍晚一样。海天相接处，橘红色的夕阳缓缓沉下，整片天空都被染成美丽的金色。海面上泛起粼粼波光，好像碎金一样，还有不知名的海鸟长声啼叫着飞快掠过，为单调的景色增添了几分灵动的生机。

眼前的一切更让田小野相信，这艘驶向小岛的轮船能将她带到一个世外桃源般的地方，与世无争，宁静安乐。

早上发生的那些不愉快都被抛诸脑后了，此刻她沉醉在美好的景色中，忘却了所有烦恼。不，其实还有一个问题困扰着她……

不知道朱明熙这次行程到底怎样安排，如果有什么过分的安排的话，田小野绝对会严词拒绝，决不妥协。他们并非真正的男女朋友关系，现在只停留在朱明熙一厢情愿的阶段。

她已经做好了所有费用 AA 的准备，确保是以普通朋友的关系来旅行的。

结果，事实证明田小野的担心是多余的，因为最后出现在她眼前的不是酒店，而是一幢令人叹为观止的豪华海景别墅！别说什么平摊酒店费用，她想每天换个房间睡着玩都完全没问题。

直到这一刻田小野才深刻意识到她和朱明熙的阶级差异。他爸爸是大导演，妈妈是大明星和女强人，他可是名副其实的富二代啊！

自己怎么差点儿忘了呢……

本来田小野还奇怪朱明熙为什么没带行李，以为他打算到了酒店全买新的，现在总算明白了。

别人来这座岛上是度假，他来就是回家，别墅里面什么都有，还有随传随到的保姆和管家满足他的所有要求，他的确有资格空手来。

“你怎么了？”看到田小野傻愣在大门口，朱明熙疑惑地偏着头问。他一定猜不到田小野已经在脑海中刷新了一遍世界观，又重新认识了他一次。

“没什么……”田小野耷拉着肩膀，有气无力地说，“只是觉得自己太傻了……”

就这样，田小野的惊喜之旅在火红的晚霞和清爽的海风中，正式拉开了序幕。

别墅地上地下共五层，除了楼梯之外，还有室内电梯，大大小小的房间有十来个，一个有喷泉的小花园，梦幻得就像童话里的城堡一样。

田小野住的是海景房，阳台外面就是沙滩。暗沉的天色下已经看不清远方的海平线了，只有阵阵海浪声有节奏地传来，带着拂去烦躁和疲惫的魔力，令心情变得格外宁静。真期待明天清晨能看到美丽的海上日出。

田小野一边美滋滋地想着，一边把被海风吹乱的头发梳理整齐。刚想躺在床上休息一下，床头柜上的座机电话就突然响了起来。当然是朱明熙打来的，让她赶紧收拾好到一楼餐厅吃饭。

明明住在一起却还要打电话，田小野已经懒得吐槽这种奢侈生活了。

晚饭是保姆精心准备的海鲜大餐。因为得天独厚的地理优势，每一样食材都格外新鲜。即便只是简单的料理方式，用的作料都很清淡，也能轻而易举地做出一道不亚于大厨手艺的美食。

又累又饿的田小野也不讲究什么用餐礼仪了，反正餐桌上就只有她和朱明熙两个人，她敞开肚皮毫不客气地美餐了一顿，风卷残云般把每个盘子都一扫而空，直到吃得见底才停下来。

“怎么就只有我们两个人？你不是说还邀请了很多贵宾吗？”大快朵颐后，田小野主动聊起她最在意的这件事。

“是啊，不过他们要年后才来。”

原以为什么聚会都是朱明熙瞎编的，没想到竟真有此事，吓得田小野连忙吃了个小龙虾压压惊。

“你怎么不早点儿告诉我？我什么都没准备呢。”

“你需要准备什么？衣服我都帮你准备好了，在你房间的衣柜里。”

“我是说工作方面的准备！”田小野一阵心累。难得有机会跟业内名流见面，她总不能像跳广场舞那么随便吧？

“不用了，哪有人愿意过年谈工作？你别那么扫兴好不好？”朱明熙投去一个“真拿你没办法”的无奈眼神，又说，“你只要打扮得漂漂亮亮的，站在我身边就行了。”

“是这样吗……”田小野将信将疑，眨巴了一下眼睛。

也许只有她这种“底层”劳动人民才像小蜜蜂一样勤勤恳恳，那些功成名就的知名人士大概都在享受人生吧。朱明熙懒散的性格不就是被优越的生活环境养坏的吗？

这样一想，田小野就释然了。

吃过晚饭后，田小野回到房间继续收拾行李。她想把衣服一件一件挂起来，结果刚打开衣柜门就被里面自带发光特效的精美小礼服惊艳了。

真的太漂亮了！连摸一下都感动得想哭，怎么舍得穿呢？

田小野就像发现宝藏似的一件一件拿出来欣赏，把脸贴在那些舒适的面料上轻轻摩擦，陶醉在美丽的衣服之间。

正因为从事服装设计工作，她才更知道这些小礼服的价值，每一件的设计和剪裁都是她想跪倒拜师的级别，平时不要说亲手摸了，就连看都没机会看到。一想到自己将把它们穿在身上，就有种亵渎圣物的罪恶感。

把每件衣服都摸了个遍后，又小心翼翼地把它们挂回衣柜。她突然觉得自己带来的随身衣物根本就不配跟这些小礼服一起挂在衣柜里，只能垂头丧气地把它们塞回行李箱。

这时，田小野的注意力转移到于翰林交给她的那个纸袋上，激动的心情骤然低落下来。

一想到里面装着母亲的遗物，她就忍不住回忆起小时候跟母亲在一起的情景。堆满杂物的小房间里，母亲埋首于工作台前画图的身影是她模糊的童年记忆中最鲜明的一幅画面。

她把纸袋里的设计稿全部拿出来，一张一张地仔细翻阅着。这些都是母亲的心血结晶，真希望自己能快点儿成长起来，让这些设计被更多人知晓。

看着看着，突然有一张光盘从资料里掉了出来。

田小野好奇地拾起光盘，发现盘面上一个字也没有，不知道里面到底是什么。

她皱起眉头正在纳闷，突然听到有人敲门。这时候除了朱明熙不会有别人来，田小野急忙应了一声“来了”，忙不迭地跑去开门。

他来得真巧，田小野正好有事求他帮忙。不等他坐下，心急的田小野就忍不住问道：“你这里有电脑吗？”

“电脑？”朱明熙大概以为她要工作，扬起眉正要好好讲解一下劳逸结合的重要性，就被洞悉他意图的田小野打住了。

“我想看点儿东西。”说着，田小野举高那张刻录碟。脑海中“不想当着朱明熙看”的犹豫和“好想当即立刻马上看”的急迫在激烈交战着，很快后者战胜了前者。因为无论里面是什么，能不能被外人看，她都迫不及待地渴望尽快一睹真相。

朱明熙一听说那是田晓珍的遗物，比田小野都好奇，马上抱来一台带光驱的笔记本电脑。

读盘成功后，显示里面有三段视频文件。文件名是一串数字，好像是十多年前的日期。朱明熙点开其中一个，似乎是什么纪录片。不等片头播放完，田小野就“啊”

地叫了起来。

"这就是我妈妈当年拍的那个纪录片！"果不其然，简短的片头播完后，屏幕上赫然出现纪录片的名字《匠心系列：人偶艺术》——正是当年田晓珍和于翰林结缘的那部纪录片。

田小野隐约记得小时候在电视上看到过，长大后她还专门上网找过，想要重温一遍。只可惜年代久远，所有视频网站上都没有保存。

当年她为此遗憾了好久，以为再也没法看到母亲年轻时的音容笑貌了，没想到今天能以这样的方式了却多年的夙愿。

朱明熙陪田小野一起重温，看着看着就被深深吸引了。每段视频只有半个小时，虽然画面不太清晰，但是能看出制片人的良苦用心。无论是古朴幽雅中透着深深文化底蕴的镜头，还是意味深长的旁白都令人回味无穷，哪怕十多年后重温也不觉得过时。

节目一共采访了五六个人偶手工艺人，田晓珍就是其中之一。她像田小野一样眉清目秀，看上去有些弱不禁风，但是在对梦想的追求上从不妥协。谈话中，她坚定的眼神和自信的笑容给朱明熙留下了深刻的影响。

田小野将来一定会像她一样优秀吧。

朱明熙偷偷瞥了田小野一眼，发现她眼眶发红，隐隐泛着泪光，嘴唇微微咬住，仿佛在拼命忍耐着想哭的冲动。朱明熙很想安慰她，但又舍不得打断，只能默默陪着她继续看下去。

突然，田小野指着屏幕叫了一声："啊，那个布偶……"

朱明熙吓了一跳，移眸望去，可是画面已经切换了，他没看到田小野说的那个布偶。田小野飞快地擦去眼角的泪花，握着鼠标把视频倒退几秒，最后暂停在布偶出现的那一帧。

"这就是张易然包上挂着的布偶啊！"田小野指着那个布偶说。这时节目正在介绍一个名叫周梅娟的布偶艺人，那个布偶摆在她的工作室里，正是她的作品。

"是有点儿像……"朱明熙捏起下巴，仔细看了好久，脑海中突然浮现出一个大胆的猜测，"张易然不是说那个是他妈妈做的吗？该不会……"

"是啊。"田小野用力点头。之所以看到那个布偶后会这么激动，就是因为跟朱明熙想到一块儿去了。

那种布偶的设计带有鲜明的个人特色，普通人很难模仿出来。田小野当初录取张易然的时候，就隐约觉得那个布偶有些眼熟，这下终于真相大白了，她果然是见过的！

从节目中可以看出，田晓珍和周梅娟是一对好朋友，两人还一起接受了采访。难道天底下真有这么巧的事，田小野无意间跟妈妈的闺蜜的儿子成了同事？

想到这里，田小野急促地问：“他妈妈姓什么？”

“我怎么知道，你问他呀。”朱明熙说着，拿起田小野放在电脑旁的手机，用眼神催促她马上打电话问张易然。

现在还不到十点，张易然肯定没睡觉。如果不马上问个清楚，今晚自己就别想睡觉了。

实在忍不住的田小野很快就下定决心，拨通了张易然的电话。

今天是上班最后一天，从明天起就正式放假了。这时候接到田小野打来的电话，张易然浑身一颤，还以为是工作上出了什么问题，通知他回公司去加班呢。

没想到电话那头田小野像吵架似的，急匆匆地问道：“张易然，你妈妈叫什么名字？”

“我妈妈？”张易然愣住了，下意识地回答，“周梅娟啊……”

这次轮到田小野目瞪口呆了。这个意料之中的答案令她的心脏剧烈跳动起来，她双眼直勾勾地盯着墙壁，如果张易然站在前面，脸上肯定会被盯出一个窟窿来。

“喂？听得见我讲话吗？”半天没听到田小野的声音，张易然还以为信号断了呢。

“张易然，你妈妈在吗？你告诉她，我是田晓珍的女儿。”

田小野也不知道自己为什么这么冲动。

即使与周梅娟相认又怎么样呢？她们隔着一代人，从未见过面，能聊什么呢？说不定周梅娟都快忘记田晓珍是谁了。

电话那头传来张易然和什么人的说话声，模模糊糊的，听不清楚。不一会儿，有脚步声飞快靠近，紧接着就是一个温和的女声传来：“喂，你好……”

听到这个简单的问候后，田小野突然眼眶一热，差点儿哭出来。

她从未想过自己竟然有机会和母亲生前的好友通话。周梅娟不但没有忘记田晓珍，而且还十分关心田小野的近况，惊叹于命运的巧妙安排。她主动约田小野有空去家里做客，以便好好叙旧。

十分钟后，田小野挂断了电话，脸上红扑扑的，心跳铿锵有力。

她莫名地受到了鼓舞，好像打了兴奋剂一样，浑身充满干劲。没想到这次谈话这么愉快，两人之间没有一点儿隔阂。

原来当她还是婴儿的时候，周梅娟还抱过她照相呢。田小野越发期待与周梅娟见面了。

越来越临近除夕，照理说白海燕和朱展文应该来别墅与朱明熙团聚了，朱明熙却说他俩春节前饭局多，根本不可能提前来这个交通不便的偏僻小岛上，让田小野不必紧张。

回忆起来，去年春节田小野就是在朱明熙的陪伴下度过的，没想到今年依然与他为伴。不可思议的缘分一直将他俩紧紧相连，仿佛一切都是命中注定的安排。

来自北方的保姆包了大大一盘饺子，手工擀出的饺子皮就是好吃，厚厚的有嚼劲，味道好得足已成为田小野珍贵的回忆。客厅的茶几上摆满零食，大部分都是海鲜，什么油炸墨鱼圈、酱爆鱿鱼须，还有必不可少的麻辣小龙虾，让田小野过足了嘴瘾。

电视里播放着春晚，田小野一开始倒是看得很认真，朱明熙却蜷缩在单人沙发里，头也不抬地刷手机。没有人陪着讲话，田小野看着看着就觉得无聊了，快到十一点的时候，她就已经哈欠连天，睡眼蒙眬，直到十二点被烟花绽放的巨大声响吵醒。

从客厅巨大的落地窗向外望去，远处漆黑的天空中正在进行一场盛大的烟花表演。五颜六色的火光将天幕照亮，烟花像流星一样飞向四面八方。

田小野马上兴奋起来，从沙发上一跃而起，拿出手机冲到窗边拍照。只可惜手机照不出夜景的绚烂，怎么都拍不出震撼的照片。无奈之下，她只好把美景留在眼底，贪婪地凝视着瞬息万变的天空，发出一声又一声惊叹。

"咔嚓"一声，身后突然传来闪光灯的响声。

田小野回头一看，只见朱明熙正举着手机拍照。发现田小野的目光后，他立即心虚似的转过身去。这下更是欲盖弥彰，田小野立即反应过来：没错，他一定在偷拍我！想到这里，田小野飞快地冲过去，一边抢手机，一边嚷嚷着："你干什么呢？不许发朋友圈！"

"我没发朋友圈，我在P图呢。"朱明熙狡辩着左摇右晃，灵巧地避开田小野的追扑。

"P图干什么？ P完还不是要发？"

"反正又没照到脸。"

田小野伸长胳膊向朱明熙的手机抓去，不料朱明熙却像投篮一样把手机扔了出去。

手机在半空中划出一条弧线，掉在沙发的另一端。田小野掉头还想去追，却被朱明熙一把拽住了。他坏笑着说："我已经发出去了。"

"你……"田小野气得一时语塞，连呼吸的节奏都被打乱了。

"全世界都知道我是你男朋友，过年连照片都不发一张很不正常的。"

朱明熙总是一堆借口，田小野气呼呼地鼓起腮帮。她"哼"了一声，刚把头偏过一个小小的角度，眼角余光就瞥见一幕恐怖的画面——白海燕和朱展文居然站在玄关处！从那里一眼就能望到客厅的一切。最可怕的是，不知道他们已经看了多久。

一定是刚才的烟花声太大了，所以田小野根本没听见开门声。不知何时烟花表演已经结束，世界重新恢复安静，只有电视里的节目声依旧朗朗传来，却无法掩饰现场的尴尬。

时间骤然停止在这一刻，田小野全身血液都快凝固了。

“爸，妈……”这时朱明熙也看见那两名意外的观众了，“你们怎么回来了？”

“早知道你们玩得这么开心，我们就不回来了。”朱展文笑嘻嘻地说出一句意味深长的台词。他似乎早就知道田小野的存在，并没有多问什么。白海燕扭开头，无声地叹了口气。

手足无措的田小野涨红脸低着头，恨不得马上冲回房间躲起来。她以前只在电视上见过朱展文，印象中这位蜚声中外的大导演总是板着脸很严肃的样子，今天看到他展露笑容反而有点儿不适应。不是说好了不回来吗？为什么好巧不巧偏偏这时候到家……

听见朱明熙正大光明地向朱展文介绍“爸，这是我女朋友”时，田小野根本不敢反驳。因为事情经过太复杂，解释起来太麻烦。唉，看来以后几天可不好过了……

第六章

让我们“重新”开始

白海燕和朱展文这时候出现是有原因的。明天这里将举办一场小聚会，他俩作为主人当然必须提前准备一下。聚会时间是白天，因为留下来过夜不方便，所以大部分客人都要乘傍晚的渡轮离去。朱明熙只知道年后有聚会，但没想到是大年初一，也就没有提前告诉田小野。

听完朱明熙的解释后，田小野一点儿都不想原谅他。刚才在客厅里好丢脸，而且一想到明天要见那么多大人物，顿时就紧张得睡意全无了。如果提前知道，她还有时间做点儿心理准备，现在这样的状况简直就是赶鸭子上架。

"总之，你今晚好好休息吧。"朱明熙趁田小野爆发之前，聪明地告辞离去。

可是田小野怎么可能睡得着？哪怕躺在床上也只是辗转反侧，眼睁睁看着时间从深夜流逝到黎明。天快亮的时候，刚要迷迷糊糊地睡着，就被朱明熙叫起来梳妆打扮换衣服。

哈欠连天的田小野像个人偶似的，坐在梳妆台前任由朱明熙摆弄，眼皮沉甸甸地耷拉着，只留下两道狭窄的缝隙，软绵绵的脖子快要撑不起重得像秤砣似的脑袋了，一下一下地点着。田小野就这样在半梦半醒中熬过一个小时，突然听见朱明熙说："好了。"

田小野这才抬起眼皮，懒洋洋地向镜子望去，结果眼睛瞬间睁大，所有困倦都一扫而空。她忍不住发出一声"哇"的惊呼，几乎快要不认识镜中的自己了。

黑眼圈消失不见，只有一双炯炯有神的大眼睛顾盼生辉，脸蛋不仅小了一圈，而且肤质白皙胜雪,吹弹可破,就连前两天熬夜加班长出来的几颗小痘痘也都遁隐无踪了。

"你是怎么做到的？"蓦然惊醒的田小野抚摸着自己的脸颊，用崇拜的眼神凝视一脸得意的朱明熙，这已经不是化妆术，而是换头术了。

"快点儿换衣服，小心别把妆弄花了。"

大功告成后，朱明熙难得低调一次，没在田小野面前自吹自擂，而是匆匆收拾着铺满桌面的各种化妆品。田小野从衣柜里挑了一件最中意的连衣裙。虽然现在是冬天，但是别墅有供暖，进门就要脱外套，温度刚刚适合穿春装。

等她准备完毕，已经快到十点了。上午只有一班渡轮上岛，所以所有客人都是一起来的。听见楼下客厅里传来热闹的人声，田小野知道再也躲不过了。

她偷偷从门缝里观察着楼下的情况，发现大部分都是白海燕的同龄人，有几个是看起来很眼熟，却叫不出名字的老演员。点缀其中的还有几名年轻漂亮的女性，据朱明熙介绍说是朱展文新戏的主角。虽然她们现在都是新人，但是电影上映后马上就能一炮而红了。

“我们下去吧。”朱明熙不耐烦地催促。

“再等等……”田小野紧张得不停拍胸口，但就是鼓不起下楼的勇气。

“你不饿啊？”朱明熙用食物诱惑她。客厅里早就摆满了精致豪华的海鲜自助餐，客人们一边谈笑一边任意取用，如果一直躲在房间里可就吃不着了。

“不饿。”田小野违心地说。在饥饿和紧张之间，她觉得紧张才是毁灭性的，饥饿倒还能忍得住。

朱明熙叹了口气，无奈地说：“那我去拿点儿东西给你吃。”

原来还有这个办法？田小野就像在沙漠里看见绿洲一样，眼神中充满饥渴，忙不迭地点头答应。

结果朱明熙一下楼就被包围了，各路叔叔婶婶都拉着他问长问短。田小野攥着拳头暗中观察，饿得都有些焦急了，心里只想：怎么还没聊完啊？快拿吃的上来啊。

不知道他们到底谈了些什么，突然，朱明熙对着门缝招了招手，喊道：“小野，快下来！”

什么？所有人的目光齐刷刷地射向二楼，田小野没想到自己这么快就被背叛了。朱明熙的视线暴露了她的位置，她没法继续躲下去，只好深吸一口气，壮起胆子打开门。毫不夸张地说，在她走出房门的那一刻，就像头顶有一盏聚光灯跟随似的，顿时成为全场的焦点。

田小野明明紧张得心脏都快爆炸了，却还竭力维持着镇定的神态。田小野一边催眠自己不要怕，一边顺着环形楼梯缓缓走下，尽量让姿态显得优雅一点儿。这种被所有人注视的感觉，就像欧洲宫廷片中公主登场的画面一样。她能够一直坚持走下去而没有腿软，真想给自己鼓掌。

来到朱明熙身边，田小野微笑着点头问候三个不认识的婶婶。婶婶们友善的目光中明显带着审视的成分，嘴角的社交微笑也显得颇为高深，好像都在心中默默地为田小野打分似的。

田小野正在纳闷，朱明熙突然拉着她介绍道：“这就是我女朋友。”

什么？田小野吓得汗毛倒立，差点儿一掌推开他。可是婶婶们直勾勾的视线令她变得行动迟缓，错过了辩驳的最佳时机，只好硬着头皮继续站在原地，维持着礼貌的笑容。

结果，不到十分钟，别墅里的所有人都知道田小野和朱明熙的关系了……

因为是春节期间，热情的叔叔婶婶们都殷切地向田小野手里塞厚厚的大红包。觉得受之有愧的田小野不停用眼神求助朱明熙，本想让他帮自己拒绝掉，不料朱明熙居然笑嘻嘻地全部接了过来，而且道谢道得可甜了，把叔叔婶婶们哄得开心极了。

目瞪口呆的田小野只能在一旁静静膜拜，心想，难怪他当年能成为网络红人……

聚会一直持续到下午，临近傍晚的时候，应酬繁多的白海燕、朱展文和客人们一起离开了，别墅里又只剩下田小野和朱明熙。保姆忙着收拾餐具，田小野本来也想帮点儿忙，却被保姆诚惶诚恐地拒绝了，无奈之下，只好靠在沙发上闭目养神。

柔软的沙发垫就像棉花糖似的，托着田小野疲惫的身体。虽然没做什么体力劳动，但是精神上的疲惫却令她恹恹欲睡。朱明熙与她截然相反，神采奕奕地拆红包数钱，一副小财迷的嘴脸。

"怎么样，当我的女朋友不亏吧？"朱明熙把厚厚一沓钞票当扇子扇了起来。

"你自己留着吧。"田小野毫无兴趣，看都懒得看一眼。

"为什么？这是大家给你的见面礼。你就当是演出费呗，假扮我的女朋友辛苦了。"

"唉，欺骗了大家，我心里真不好受……"田小野抬起眼皮看了朱明熙一眼，"你怎么就这么问心无愧呢？"

"因为我没有说谎啊，我本来就是你的男朋友，为什么要愧疚？"朱明熙一副理所当然的样子。田小野点点头，似乎明白了什么，没有再追问下去。

沉默了一会儿，朱明熙突然问："你不否认了吗？"以前朱明熙每次自称她男朋友时，她都会三秒之内严肃反驳，这次却什么都没说。这种默许的态度令朱明熙又意外又惊喜。

看着朱明熙认真凝视自己的眼神，田小野心底最后的防线正在急速崩溃。

是啊，为什么突然不想否认了呢？如果是演戏，现在戏已落幕，不用再演下去，朱明熙却沉迷在角色中不愿结束。也许是受到他的影响吧，不知不觉中，田小野也渐渐入戏了。

"你是认真的吗？"田小野忽然问。

朱明熙居然一秒钟就明白她的意思了，急忙表态："当然是认真的！"

“可是我们一点儿都不配，恋爱还是应该讲究门当户对……”

光是苏冬阳就已经让她受尽挫折，更何况是条件更加优越的朱明熙呢？就算交往又能怎样？反正过不了多久就会分手，他最后还是会娶一个门当户对的豪门千金为妻……

“你怎么这么封建啊？看不出来我爸妈很喜欢你吗？”朱明熙急得连语速都加快了。

“手。”田小野忽然抬起左手，在半空比了一个C的形状。

朱明熙马上会意，立即伸手比出另一个对称的C。两个C合在一起，变成了一个爱心。“咔嚓”一声，田小野用右手拿手机拍了一张照，说：“从今天起，你就是我男朋友了。”

幸福来得太突然，朱明熙不敢置信地盯着低头默默编辑朋友圈的田小野。

田小野已经选中了刚才拍下的照片，正在输入文字：“让一切重新开始吧。”

真的是恋爱宣告啊！朱明熙紧张得心脏“扑通”直跳，直到看到发送成功的那一秒，他才敢相信这一切都是真的。田小野不但接受了他，而且还向所有人宣布了这段关系。

“小野……”朱明熙感动地望着田小野，千言万语涌上心头却无法表达出来。要不是他早就到处宣布过他是田小野的男朋友，他也想发一条一模一样的朋友圈来秀恩爱。

不到一分钟，田小野已经收到很多点赞了。

以前她和苏冬阳交往时都没有发过朋友圈，这是她第一次公开宣布自己恋爱了。她的朋友圈所有亲戚朋友都能看到，当然也包括于翰林，也许待会儿于翰林就会打电话来旁敲侧击了。但是，田小野不怕麻烦，已经做好了从头到尾解释一遍的心理准备。

别看她刚才答应得很草率，但是，只有她自己知道，做出这个决定有多么认真。她很害怕再受一次失恋的打击，但是她愿意再冒一次风险，因为这次的这个人值得她这样做。她深深地信赖着他，也许这本来就是爱的另一种形式，只不过她以前从未承认过。

她心里一直留着他的位置。以前她把那个位置解释为最好的朋友，现在却渐渐意识到，那个位置早已超越了朋友的高度。她变得更离不开他，变得更需要他，更想要和他在一起。

突然，田小野的手机响了一下，收到一条消息：“别高兴得太早，你们欠我的，我会全部讨回来。”是于浩发的。在一片愉快的祝福声中，这句满怀恶意的留言让田小野浑身冰凉。

她总觉得这句话不是一时冲动逞口舌之快，而是真的做好了什么可怕的打算……

田小野没把于浩的警告告诉朱明熙，反正就算说了也于事无补，只会令两人的关系进一步恶化罢了。虽然已经渐渐独立，但是田小野不可能跟养育她长大的于家彻底断绝关系，如果她继续和朱明熙交往，两人以后肯定还会经常见面，她实在不愿意见到每次都不欢而散的局面。

岛上的别墅区离市区有些远，逛街不方便，离海边却很近，田小野每天下午的固定活动就是跟朱明熙一起去海边散步。这里游客很少，大部分是住在海边的本地人，也有像朱家这样从外地来度假的。

阳光晴好的时候，海水一片蔚蓝，水温比想象中高，还真有人下水游泳。不仅是人，田小野还见过几次隔壁家的宠物犬美滋滋地和主人一起戏水呢。岛上悠闲的生活仿佛令时间的流逝都变得缓慢了，与朱明熙一起看过很多次落日后，她才蓦然意识到，假期马上就要结束了。

一开始怎么也不愿意来，没想到到最后却变成有点儿舍不得走。每天仿佛都无所事事，但又仿佛过得非常充实。朱明熙的陪伴带给她最简单的快乐，哪怕只是坐在花园的秋千上聊聊天，看看远方被晚霞染红的天空，都觉得生活充满乐趣，一点儿也不觉得枯燥和乏味。

也许这就是恋爱的感觉，自然、简单和快乐。

假期最后一天，朱明熙送田小野回家，从渡轮转飞机，再坐地铁，整整花了一天时间。还是舍不得分开的两人一起吃晚饭，一起逛夜市，一起坐在广场边看着音乐喷泉的表演。直到时间临近十二点，假期余额不足十分钟的时候，他们才恋恋不舍地踏上归途。

那天晚上，田小野直到下半夜才睡着。明明已经很累了，头脑却很清醒，一遍遍地回忆着发生在这个假期里的无数甜蜜画面，连她自己都不敢相信她居然和朱明熙交往了。这就像一场令她措手不及的意外，又像是一场恶作剧般的梦境，很愉快又很荒唐。

假期结束后，一切都该重新回到原先的轨道，不能被恋爱冲昏了头。带着这个信念，田小野第二天精神抖擞地准时来到公司。她努力令自己显得与以前一样，但是总觉得同事们看她的眼神怪怪的，笑容也有些暧昧，把她的故作从容衬托得好像自欺欺人的蹩脚表演一样。

最可气的是，张易然和沈湉湉总是拿她开玩笑，说她"面带春光，生活滋润"。田小野每次都很不服，心想：我明明一切就很正常啊！

她每天都在努力维持自己设计总监的形象，却越来越感到力不从心。某天，不知道怎么突然想起朱明熙，居然无意识地傻笑了好久，反应过来后连她自己都吓坏了，连忙把合不拢的嘴捂住。

田小野这才意识到事态的严重性，糟了，看来自己果然有智商下降的趋势……

朱明熙每天陪她加班，送她回家，除此之外，其他好像没什么改变。他们依然会打闹，依然会互怼，聊的最多的还是工作，只有在偶尔收到小礼物的时候才有点儿情侣间的亲昵。

短暂的寒假结束后，大四最后一学期终于开学了。田小野只回去报了个到，基本上已不用留在学校。她的生活重心早就转移到GAW，只盼望能早点儿毕业转正。平淡的日常令田小野渐渐遗忘了于浩的那条留言，直到一个月后的一天……

“小野，白总让你去一趟办公室。”白海燕年轻能干的女助理敲门进来通知田小野。

“怎么了？”看女助理一脸凝重，田小野的心顿时沉了一下，有种不好的预感。

“你去了就知道了。”说完，她情不自禁地叹了口气。

看到她深锁的眉头，田小野的心情更加沉重了，完蛋了，肯定是工作上出了什么纰漏，要过去挨训呢。这样想着，田小野迈着迟缓的步子，战战兢兢地敲响总经理室的门。

门虚掩着，冰冷的空调风从门缝吹出来，让田小野的心又凉了一截。听见里面传来一声“请进”，她深吸一口气，拍拍已经紧张得僵硬的脸颊，装出还算自然的样子走了进去。

“白总，你……”刚想开口问候一下，但是话说到一半就戛然而止，田小野彻底凝固了。

只见靠墙的小沙发上坐着两个人，其中一个居然是她再熟悉不过的，也是她万万没想到会出现在这里的于浩。于浩微微扬起嘴角，带着一点儿耀武扬威的神色和掩饰不住的讥诮。

于浩身旁坐着一名身穿西服的陌生人，大概比于浩大三四岁，稀疏的头发梳得油光发亮，戴着金边眼镜。不知道是不是心理作用，田小野总觉得他眯起来打量自己的狭长眼眸中，闪着不怀好意的光芒。

白海燕示意田小野关好门，然后介绍道：“于浩你应该认识，旁边那位是他请的律师。”

律师？田小野更加不安了。如果没有于浩过年时发来的那条警告，她只会觉得莫名其妙，现在却有种堕入圈套的感觉，连手心都变得冰凉起来。

"他说你剽窃了他的设计。"果不其然，白海燕接下来这句话证实了田小野的预感。

她忽然看到沙发前的茶几上，以及白海燕的办公桌上都摊着很多打印的资料，一眼就能认出那些都是雅韵系列的设计，有她自己画的，也有她参考过的《百美图》原图。

"白总，你是知道的，雅韵系列都是以我妈妈的遗稿为基础设计的，跟他没有关系……"

不等田小野说完，于浩就冷笑一声，打断道："怎么跟我没有关系？这些图都是我画的。"说着，他从茶几上拿出其中几张，在田小野眼前高高扬起。田小野看得清清楚楚，那些都是他亲手交给自己的田晓珍遗稿，怎么就变成他画的了呢？

"这些才是你妈妈的遗稿。"说着，于浩又抽出几张图，神色更加得意了。

两相对比，田小野的脑袋轰然炸开。虽然能从前者中找到一点儿后者的影子，但是前者又与后者截然不同，很多地方都做了明显改动。自始至终被田小野当成田晓珍遗稿的设计图都是被于浩修改过，真正的田晓珍遗稿她今天才第一次见到，于浩根本就没有还给她！

意识到上当受骗后，田小野气得浑身发抖。田晓珍去世时她还很小，记忆非常模糊，以至于看到于浩的修改稿后，没有仔细辨认就把它们当成田晓珍的遗稿使用了。这下真相大白，可是为时已晚，雅韵系列早就上市一年多了，剽窃于浩设计的罪名根本就解释不清楚了。

"所以你参考的到底是哪张图？"

白海燕的声音仿佛从深海传来，朦朦胧胧地笼罩在田小野耳边。她忍受着因打击带来的头晕目眩，竭尽全力才能继续维持站立的姿势。

"那张……"田小野低着头，忍着快要夺眶而出的眼泪，用几不可闻的声音回答。她缓缓抬手指向于浩最初拿出的那几张图，虽然觉得很不甘心，却不得不承认这个事实。

白海燕沉重地叹了一口气，抚着额头说："我明白了，你先回去吧。"

田小野逃也似的转身就跑，一头冲出令她窒息的总经理室。

回到自己的座位，她长时间趴在桌上一动不动，但奇怪的是怎么也哭不出来。太多疑问萦绕在脑海中，待她渐渐冷静下来才能厘清头绪。

还记得雅韵系列刚刚上市时，她曾和郭寒露一起去探望过于浩，那时她给于浩展示过第一批款式。也就是说，那时于浩就知道她参考了他的设计，他却只字不提。也许，他早就已设下陷阱，想等田小野把雅韵系列做成功后再来狮子大开口地进行索赔。

田小野彻彻底底地被他蒙骗了。回想起于浩在监狱里后悔得捂脸哭泣的样子，田小野只感到一阵深深的心寒。她以为于浩已经彻底悔悟，以后一定会洗心革面，甚至有点儿被感动，没想到他却在眼泪的背后计划着这样一个可怕的陷阱。雅韵系列原本就是由他负责的，他不甘心自己的一切被夺走，所以才会这样报复GAW和田小野。

“小野，你怎么了？”张易然的声音突然从头顶传来。

田小野缓缓抬起头，发现张易然和沈湉湉不知何时已来到她身边，担心地看着她。

其实在这一年中，田小野有无数次机会修改设计，特别是在张易然和沈湉湉加入后，雅韵系列本来可以跳出之前的模式，但是出于对母亲的尊重，她一直坚持保留《百美图》的风格，没想到这样却正中于浩下怀，让他的计划可以顺利进行。

只可惜后悔已经来不及了，田小野知道自己注定要为这样的决定付出代价。勉强挤出一抹苦涩的笑容，田小野用泛红的双眼凝视着张易然和沈湉湉，说：“我没事，只不过雅韵系列可能要暂停了……我们这个小团队可能要散伙了……”

“什么？”张易然和沈湉湉异口同声地尖叫起来。

田小野把事情经过讲了一遍，说着说着就忍不住哭了起来。她又委屈又后悔，更觉得对不起白海燕和大家的信任。她甚至不敢自称受害者，哪怕被骗了也是她自己把项目搞砸的。

沈湉湉一边用纸巾帮田小野擦眼泪，一边劝道：“你先别哭了，大家都知道是怎么回事，不会怪你的，我们都支持你。”张易然也急忙应和，跟沈湉湉你一句我一句地安慰她。

可是，光支持有什么用呢？剽窃就是剽窃，她确实盗用了于浩的设计，这是无法改变的事实啊。田小野越想越难过，事到如今，就算辞职也无法挽回公司的损失了……

侵权案很快就闹大了，田小野在于浩设下的圈套面前百口莫辩。虽然白海燕和朱明熙都支持她，没有给她太大压力，也没让她过多参与其中，但是从事实上来说她的确侵权了。雅韵系列上市的服装和于浩的设计极为相似，而且田小野在设计时也的确参考过那些图，她不知道应该怎样反驳和解释，这一切纠纷远不是用“不知情”三个字就能化解的。

几天后，张易然突然来办公室说：“小野，我把事情跟我妈说了，她非常生气，还说愿意为你做证。那些设计本来也不是于浩原创的，他也是参考你妈妈的遗稿啊。

只要能证明他也是剽窃，那就告不到你什么了。"

朱明熙正好也在办公室，不等田小野回答就抢先说道："这种侵权案一般都要本人起诉才会立案，田晓珍去世多年，就算由亲人起诉也很难证明《百美图》出自她手。而且小野设计雅韵系列的时候，的确参考了于浩的修改版，这方面的证据很容易在她的电脑里找到。"

"我妈做证也没用吗？"张易然不死心地问。

"那也只是人证而已，口说无凭，很难被采信的。"朱明熙无奈地耸了耸肩。

"我妈还说，田阿姨当初好像为那套设计申请过专利。"

"什么？"朱明熙忍不住惊叫起来，双眼蓦然睁大，疲惫感顿时消失，变得迥然有神。就连一直萎靡不振趴在桌上的田小野也蓦然抬起头，直勾勾地盯着张易然。

张易然被他俩激动的反应吓得向后缩了一下。朱明熙再也坐不住了，冲上前抓住他的肩膀问："你确定吗？真的有设计专利吗？"

"我不是很确定，我妈也只是听她提起过，最后到底有没有申请成功就不知道了……"张易然心虚地小声说。即便如此，他提供的这个情报依然让朱明熙和田小野看到了希望。

"我去问问我妈，她肯定有办法查到。"朱明熙说完就夺门而出，向总经理办公室冲去。

田小野虽然也想跟去，但是微微起身后又立即坐回原位。说实话，这次闯了这么大的祸，她实在没脸面对白海燕。就算白海燕不责怪她，她也过不去自己心中的坎儿。

出事后，以前忙得不可开交的雅韵工作组已经形同虚设了，手上的项目全部暂停，仓库也已不再出货，大部分工作都已陷入停滞，给 GAW 带来难以估量的损失。

经过这几天的慎重考虑，她已经做出了最坏的打算——那就是辞职。之所以没有立即付诸行动，是因为她不能闯祸后马上落荒而逃，而是必须留下来，看看有没有能帮上忙的地方。等到宣判后，无论公司决定怎么处罚她，她都不会有任何怨言。

白海燕和张易然双管齐下，一起打听《百美图》是否申请过设计专利。结果还是张易然的线索来得更快，第二天就带来了一个好消息："我妈说，田阿姨当初在为一个玩具厂做设计，如果真的申请过专利，肯定是通过那家公司申请的。老板姓周，如果能找到他就好办了。"

于是那天下午，雅韵工作组的任务就变成了调查这家玩具厂。在网上搜索了一阵后，他们遗憾地发现，玩具厂早就倒闭了，周老板也不知道身在何方。毕竟那是十多年前的老厂了，这样的结果并不意外，但朱明熙还是不死心，第二天就开车载着田小野去了一趟工厂旧址。

那里早已人去楼空，只剩下一套破旧的厂房，听附近的人说，再过不久就要拆除了。朱明熙和田小野到处打听周老板的近况，只可惜没有遇到任何能帮助他们的人。两人在空旷的工厂附近找了一天，最后只能垂头丧气地无功而返。

回去的路上，朱明熙一边开车一边安慰田小野："没关系，我妈神通广大，无所不能，一定能查到什么新线索。她现在比你还着急呢，一定能想到办法的。"

"如果我当初没那么坚持沿用我妈的设计就好了……"田小野追悔莫及，用有些哽咽的声音艰难地说道，"我不该把雅韵系列当成实现我个人理想的途径，不该那么私心……如果我采纳了张易然和沈湉湉他们的方案就没事了，我为什么要坚持用于浩给我的那套图呢……"

"你不用这么自责，是非公道自在人心。别看于浩现在嚣张跋扈的，法律未必会维护他。"

"可是，我已经给公司造成很大的损失了……"做好的衣服不能出货，工作组又停工了这么多天。就算最后于浩败诉，这段时间的损失也拿不回来了。

"我妈是见过大场面的人，才不会为了这点儿损失耿耿于怀呢。"

"可是这件事终究是我的错，我不能让别人替我承担损失……"

"你以后好好工作，这点儿损失一会儿就赚回来了。我妈这么器重你，你可别让她失望。什么引咎辞职之类的话，你可千万别提哦。"朱明熙早就把田小野的心思看穿了。

田小野叹了一口气，望着窗外飞驰而过的农田，不再吭声了。她无法向朱明熙保证不辞职，这段时间她已经萌生过无数次辞职的念头。如果辞职能让于浩放弃上诉，她早就毅然决然地离开了。她很想跟于浩谈判，想问他怎样才能放过自己，却一直缺乏勇气。

结果就在这天晚上，不等她先开口，于浩就主动约她见面了。

见面地点定在离田小野住处不远的咖啡厅里。这里白天很热闹，一到晚上就安静下来，只有两三个客人。于浩不知道从哪里听说了《百美图》有设计专利的事情，显得有些急躁不安。理亏心虚的他不敢像当初在办公室那样盛气凌人，一见到田小野现身就连忙赔上笑脸。

"小野，听说你今天找证人去了？"

他的消息倒是挺灵通，田小野只是诧异而戒备地看着他，暂时没有接话。

于浩接着说："找证人干什么？我们毕竟是兄妹，我能害你吗？我没有针对你，我恨的是 GAW，只要你替我报仇，我是不会亏待你的。"

听到意料之外的言论，田小野惊得目瞪口呆。她越来越猜不出于浩今天邀她出来的目的，而于浩的发言也一次次地突破她想象力的极限。

"《百美图》的事情我不是故意骗你的，如果我早就实话实说，现在还怎么报仇？他们毁了我的前途，我怎么咽得下这口气？听说《百美图》有专利我比你还高兴，我们可以联合起来把 GAW 告上法庭。"

于浩自己也知道不可能百分之百胜诉，他耀武扬威地带着律师去找白海燕，只是不甘心被 GAW 无情抛弃，想要报仇雪恨而已。如果真刀实枪地打起官司来，他也是心虚的。

见田小野不吭声，于浩继续苦口婆心地说："你跟朱明熙没有未来，你不是喜欢苏冬阳吗？我当初费那么大劲撮合你们，不就是想让你们在一起吗？你居然跟他分手了，也太辜负我的一番苦心了吧……"

"我是不会和你联手的。"实在听不下去的田小野生硬地打断了他的话。

于浩一下哽住了，讨好的笑容倏然消失，他恼羞成怒地威胁道："好，那我实话告诉你。设计专利的最长保护期是十年，就算你找到周老板也没用，专利早就失效了。"

"你到底想怎么样？"田小野无意继续纠缠下去，只想尽快结束这场不愉快的谈话。

于浩终于讲出自己的要求："你回去告诉白海燕，我可以不告 GAW，但是我要他们向我认错，重新聘请我回去工作。"

"你用这种方式回去有意义吗？"田小野无法理解他的想法。

"有没有意义不重要，反正我就是要争这口气。"愤然丢下这句话后，于浩起身离去，最后还是田小野帮他买的单。

"他居然有脸提出这种要求？"田小野第二天就把于浩的话告诉了白海燕。

白海燕拍着桌子，一脸不可思议地冷哼了好几次，气到不知道该说什么反倒笑了起来。

一旁的朱明熙听到这个要求后，紧张地拉着田小野追问："你怎么敢一个人去见他呢？他还说了什么？”男朋友的责任感让他感到很愧疚，生怕田小野吃亏受气。

田小野没有回答他，而是抬头对白海燕说出了一直以来的想法：“白总，这次是我闯的祸，我愿意承担责任。无论是否答应聘请他，我都自愿辞职，把总监的位置让给其他人。”

“你说什么？”朱明熙差点儿被田小野气疯了，“没人可以取代你，你怎么可以辞职呢？”

“我不走他就会一直怀恨在心，认为我抢了他的位置。况且我本来也做错了，无论是他的设计还是我妈妈的设计，我都不该参考。我知道以我现在的能力还远远配不上总监的位置，白总赏识我，给我这个机会，只是看上了《百美图》而已。如果没有那套设计，我根本什么都不是，然而，我现在才知道那都是于浩的作品，我实在没脸再留下去了……”

田小野说着说着几乎快要哭出来，声音越发哽咽，这段时间郁积在心中的负面情绪眼看就要决堤宣泄。她是沾了《百美图》的光才能进入 GAW，之前还能安慰自己是为了将母亲的遗作发扬光大，但是现在知道真相后，她就无法再厚着脸皮以这样的借口留在 GAW 了。

白海燕没有吭声，似乎在思考着什么。朱明熙见苗头不对，急忙说：“妈，你在想什么？快点儿留住小野啊。”白海燕却做出一个惊人的决定。

“小野说得没错，如果没有《百美图》，她不可能成为总监，甚至连 GAW 都进不了。虽然这次被于浩摆了一道，让我颜面尽失，但是雅韵系列不能一直暂停下去，接受他的要求息事宁人才是明智之举。”冷静而残酷的声音令办公室的空气瞬间冻结。

田小野默默地低下头，不敢有半句怨言。她早就预料到白海燕会做出这样的选择，所以此刻还算冷静，朱明熙却忍不住大叫着质问：“妈，你怎么能接受这么荒唐的要求？”

“为什么不呢？既然之前用的都是他的设计，就证明他是有能力的。如果小野继续担任总监，她不可能继续用于浩的《百美图》，所以雅韵系列的风格也必须做出巨大改变，但这样做是很不利的。只有让于浩接手才能继续维持现有风格做下去，虽然他的手段卑鄙了一点儿，但是从公司利益考虑，聘请他才是最明智的。”

白海燕分析得头头是道，但是朱明熙根本听不下去。他从头恶心到脚，指着神色坦然的白海燕，恶狠狠地发出威胁：“如果你真的聘他，我就再也不会踏进这个破公司！”

白海燕冷笑着回答：“那正好，我给你安排几部戏去拍，你也闲太久了。”

朱明熙气得无话可说，拉着田小野的手，扭头冲出办公室。“我们走，别跟这种唯利是图的女人废话。”毫无准备的田小野差点儿被他拉得摔倒，踉踉跄跄地勉强跟上。

到了没人的地方，田小野拽住朱明熙，让他停下脚步。

决定去见白海燕之前，田小野就已经猜到是这样的结果，现在心中倒是平静坦然。只是没想到朱明熙会这么生气。他为自己打抱不平，已经让她心满意足了。她非常理解白海燕的决定，所以不希望朱明熙为了这件事再与白海燕闹出什么不愉快。

“你别和白总斗气了，其实她是对的。”田小野替白海燕说好话，不忍心再给公司添麻烦，也不忍心看到项目一直停滞下去，“这次的事情拖得越久损失就越大，而且本来就是我的错，我应该承担责任。如果我离开公司就能让雅韵系列重新启动的话，我是毫无怨言的。”

“可是这样太便宜于浩了！”朱明熙咬牙切齿地说。

“恶人自有恶报，他总有一天会自食其果，只不过我们不能用公司利益去跟他斗气。他最多就是损失一点儿时间和精力，而 GAW 损失的却是实打实的真金白银，太不划算了。”

“可是……”朱明熙还想说点儿什么，却被田小野认真坚定的眼神劝服了。

他以前最生气的就是田小野在于浩面前的软弱和妥协，以为这次也是一样，但是没想到田小野却思考得这么深刻，连他都有些自愧弗如了。

“既然你这么深明大义，我还能说什么呢？”朱明熙发出无奈的叹息，“我妈能招到你这种大公无私的员工真是上辈子拯救了宇宙，不对，应该说是遇到你这种儿媳妇……哎哟。”

他还没说完，胳膊上就被田小野狠狠拧了一下，痛得叫唤起来。

“我没说错啊。”他一边龇牙咧嘴地发出痛苦的吸气声，一边用力搓揉着被拧痛的地方。

“你答应过我不在公司讲这种话的！”两人正式交往后，害怕被同事说闲话的田小野对他提出的第一个条件就是必须公私分明，不能在公司秀恩爱，不能谈和工作无关的事情。

“可你不是已经辞职了吗？从现在开始，那个约定就作废了。”朱明熙狡猾地笑着，故意用夸张的动作搂住田小野的肩膀，一脸得意地说，“这样想想也算因祸得福了，从今以后我就可以随时随地、光明正大地和我女朋友在一起了。”

说完他搂得更紧了。田小野居然找不到理由反驳，只能无奈地叹了一口气，还以为辞职后会消沉几天才能恢复过来，没想到竟然一点儿都不难过。这一切，也许是因为有他在身边吧。

离开 GAW 后，田小野又变成了一名普通的学生，开始频繁出现在大学校园里。身为大四毕业生的她，要把大量精力花在最后的毕业设计上，就算没有被迫辞职，她也会向白海燕请假，在大学生涯的最后几个月把重心转回到校园里。

她每次都想等到工作暂告一个段落，不那么忙碌的时候提出请假，但是这样的机会迟迟没有到来。工作刚忙完一件又来一件，仿佛永无止息，请假的事就一直拖延下来。这次于浩的捣乱，让她终于有了不得不离开的理由。虽然有点儿舍不得，但这也许就是命运的安排。

离职后，她依然与张易然和沈湉湉保持着联系，从两人口中得知于浩已经就职，成功篡夺了她这一年来的所有心血结晶。

张易然和沈湉湉都为她打抱不平，反倒是她好言好语地安慰两人不要生气，该做好的工作还是应该做好。可是两人与于浩的关系依旧不断恶化，几乎每天都要吐槽那位好大喜功、难以相处的新上司，好几次都说要辞职。田小野也不知道该不该劝说，因为要让她自己跟于浩共事，她一定也会受不了。

就这样过了一个月，正是春暖花开、欣欣向荣的季节。每当柔和的春风拂面吹来，田小野总是忍不住仰起头，深深嗅着风中植物的清香。没有工作的压力，她的心情轻松多了，就连脚步都变得轻快起来。毕业设计进行得非常顺利，老师还经常表扬她呢。

这天傍晚，田小野刚从图书馆出来，突然发现路边有两个熟悉的人影正在用力向她招手。

"你们怎么来了？"她诧异地问着，快步向好久不见的张易然和沈湉湉走去。

寒暄了几句后，张易然从挎包里拿出一沓设计稿交给田小野，说："这是我们的新设计，总觉得交给于浩太浪费了，所以我和湉湉商量后决定，还是交给你吧。"

"交给我有什么用，我又不在 GAW 了。"田小野感激他们的信任，却有点儿哭笑不得。

"我们的意思是……"张易然与沈湉湉交换了一下眼色，忽然压低声音，很慎重地说，"我们自己重新开始吧。"

"重新开始？"田小野抬眸望去，神色中多了几分严肃。

沈湉湉忙接着说："我们可以重新开个网店，品牌名我都想好了，就叫'花月霓裳'。我还能联系到一些栗子工坊时期的老朋友，让他们帮忙打广告。"她是田小野的忠实粉丝，很久以前就加过很多栗子工坊的买家群，不愁没有宣传门路。

张易然也说："而且小朱总已经答应我们，会帮我们做宣传的，出钱出力都可以。"

果然有他的一份，这点田小野倒是不意外。

几天前朱明熙就总是神秘兮兮的，暗示她近期将有大事发生，原来是正在策划这件事呢。正因为有了他的支持，张易然和沈湉湉才能放弃 GAW 高薪稳定的工作，果断地辞职创业。

"小野，我们一起干吧！"沈湉湉上前一步，紧紧拉住田小野的手，目光中充满期盼。

田小野没有回答，而是低头仔细看着那些新出炉的设计稿。它们的风格与雅韵系列有相似之处，却加入了全新元素，显得更加清新时尚，仿佛是雅韵系列的升级版。如果放下对《百美图》的执念，其实这样的设计更符合市场的需求。

"好，那就重新开始吧。"田小野终于下定决心，微笑回答。张易然和沈湉湉悬着的心终于落回原位，嘴角扬起兴奋的笑容，忍不住举手欢呼起来。

图书馆门口可不能大声喧哗，田小野吓得连忙把手指竖在嘴边，发出"嘘"的声音。他俩这才紧张捂住嘴，露出不好意思的笑容。

看着这两名好搭档，捏紧手中的设计稿，田小野的心中充满的力量，一股迫切渴望破壳而出、重新展翅的冲动鼓舞着她。输给于浩后，她尽量不让自己钻牛角尖，把注意力转移到毕业设计上，但心中始终是不服气的。如果再给她一次机会，她一定可以超越于浩。

在田小野忙着为毕业设计做最后冲刺的时候，张易然和沈湉湉已经从 GAW 离职，全身心投入新工作室的准备中。幕后主使兼投资人朱明熙也没闲着，带着他俩到处找办公室，洽谈渠道和工厂，购买办公设备。一伙人热火朝天，斗志昂扬，同仇敌忾，田小野每次去办公室探班，仿佛都能看到他们身后冒出的熊熊奋斗的火焰。

工作室位于一个商住两用的大楼里，虽然与 GAW 相距不远，却仿佛是两个世界。没有宽敞明亮的大厅和吹着空调风的高级电梯，只有残留着小广告痕迹的斑驳墙壁和黑漆漆的水泥地板，经常维修停用的电梯里挂着一台脏兮兮的电扇，就连空气中都带着一股潮湿味。

虽然条件简陋了一些，但是心怀梦想的年轻人一点儿都不嫌弃，享受着创业的乐趣。

不久后，花月霓裳推出的第一批服装上架了。虽然得到了栗子工坊老粉丝们的支持，却销量平平。最后还是朱明熙凭借自己的人气，发挥出强大的带货能力，在社交网站上有意无意地做了几次宣传后，花月霓裳才渐渐好转了起来。

再往后，他们每次推出的新品都供不应求，最后只好换了一家大工厂，成倍增加售后和发货人员。几个月后，买家的口碑效应越来越明显，蒸蒸日上的销售业绩让田小野目瞪口呆。虽然她从未怀疑过大家的能力，但是整个过程居然如此顺利却是始料未及的。

六月末，当田小野拿到毕业证书时，横空出世的花月霓裳已经能与之前的雅韵系列分庭抗礼了。大家原本是被于浩逼迫才集结起来的，但是现在，每个人都把追梦当成了主要目标。

田小野加入后，工作室有了主心骨，发展得更加顺利了。借着花月霓裳的大好形势，他们开始横向发展，着手创立了张易然喜欢的萝莉塔服装品牌，以及沈湉湉喜欢的童装品牌。

在 GAW 工作的时候，每天都只能画公司需要的图，而不能画自己喜欢的东西，哪像现在这么自由呢？而且工资也比 GAW 时期高多了。

尝到创业的甜头后，大家都毫无保留地发挥出自己的全部潜力，不在乎加不加班、熬不熬夜，反正一定要在能力范围内把作品做到最好。这份追求尽善尽美的决心感染着买家，令他们更愿意支持花月霓裳这个良心品牌，自发推荐给身边的朋友。

盛夏炙热的阳光把树叶烤得卷起了边，街上每个人都带着恹恹欲睡的表情，唯独工作室的他们有着花不完的力气，每天神采奕奕地忙碌着，哪怕大汗淋漓也依然满脸笑意。

“于浩要是知道花月霓裳是我们做的，不知道该有多生气呢。”某天下午，来工作室探班的朱明熙得意地跷着二郎腿，对田小野说。

“他早就知道了。”在电脑前忙工作的田小野头也不抬地说，“而且已经威胁过我了。”

朱明熙“唰”地坐直，紧张地问：“威胁你什么了？”

“还能威胁什么？告我抄袭呗。”田小野用手指轻快地点击鼠标，嘴角带着浅浅的笑意，“不过我们早就摆脱雅韵系列的影子了，他也不敢怎么样。”

朱明熙出神地望着她，很长一段时间什么都没说。

感觉到气氛有些不对劲的田小野终于抬起眼眸，疑惑地问：“怎么了？”

朱明熙无奈地叹了一口气，有些欣慰又有些忧虑地说：“总觉得你越来越像女强人了，不再是以前那个受气包。可是，我不想你变成我妈那样……”

田小野“扑哧”一声笑了起来，问：“那你是不是后悔了？”

朱明熙连忙把椅子移到田小野身旁，紧挨着她坐下，凑到她耳边轻声说："我只后悔没有租一个大点儿的办公室，谈恋爱太不方便了。"说着，他抬眸望向两米之外正在假装努力工作，但其实都竖起耳朵在偷听他俩说话的张易然和沈湉湉。

这时，朱明熙暗暗做了一个重大决定：哼，今天下班时间一到就把他们赶回家，这样就没人来打扰我和小野的二人世界了。

第七章

朱明熙的灾难

于浩捏着刚领到的工资条，忍着满腔怒火敲响总经理室虚掩的门，听见里面传来一声“请进”后，立即迫不及待地推门闯入。白海燕抬头看了他一眼，问：“怎么了？”

“白总，我觉得你对我不公平。”于浩径直冲到办公桌前，把工资条递到白海燕面前。

白海燕漫不经心地瞥了一眼，没有细问就猜到他的来意了，说：“绩效奖金是人事部综合各项因素做出的，不是我一个人看心情想给多少就给多少，也不是你想拿多少就拿多少。”

“我接手后雅韵系列的销量比以前更好了，这次我的年中绩效奖金却低得可怜。我知道你对我有成见，但是我在工作上的付出是有目共睹的。我一心一意想做出成绩来证明自己的实力，但你这样做太打击我的积极性了。”于浩连珠炮似的一口气说了一大堆，语速因为愤怒而变快，显得十分焦躁。

白海燕倒是气定神闲，不紧不慢地说：“反正我是问心无愧的，你觉得我不公平，是因为你自己心里有鬼。”虽然嘴角带着和煦的微笑，那笑意深处却是藏不住的嘲讽和轻蔑。

于浩一眼就把她看透了，冷笑道：“如果你这样解释我就待不下去了，请你另请高明吧。”说罢，他抢走桌上的工资条撕成碎片，狠狠扔到地上，然后“啪”地摔上门，头也不回地走了。

听到响声的同事纷纷扭头望来，于浩已经冲出了公司，却没有一个人上前挽留。大家都知道他是靠什么卑鄙手段逼走田小野当上总监的，都看不起他的所作所为，特别是在张易然和沈湉湉离职后，他的人际关系几乎差到极点，每天都独来独往，不和任何人讲话。

他辞职走人是早晚的事，没人会感到惊讶。白海燕也早就料到了，而且已经提前找到了接替他的合适人选。当初留下他只是为了保住雅韵系列，其实白海燕早就有逼他辞职的打算。收留他进公司容易，逼走他更容易，只不过他主动离职就告不到公司了，可谓是两全其美。

这个道理于浩也明白，但是他斗不过白海燕，只能负气而走。他比以前更渴望报仇，想让这些瞧不起他的人对他刮目相看。他要自己创业，既然田小野可以，他当然也可以！

天色越来越暗，城市被五颜六色的灯光照亮。透过办公室的窗户向外望去，拥挤的车流在公路上缓慢移动着，脚步匆忙的行人像蚂蚁似的在街边行走。这样的晚高峰一直会持续到九点半，然后热闹了一天的市区就会慢慢安静下来，仿佛连空气都跟着冷却了。

张易然和沈湉湉下班后，田小野照例留下来加班。她住的地方离公司很近，不用担心错过末班车时间，而且公司空调的制冷效果更好，所以她更愿意待在办公室里消磨时间。自立门户后她就没有顶头上司了，工作全靠自觉，想多做点儿就多做点儿，想偷懒也很容易。

办公室的房租和电费都由朱明熙一个人承担，作为投资人的他一点儿也不担心赔本，生怕累着田小野，总是想方设法打搅她工作，不是让她陪他逛街吃饭，就是让她陪他聊天看片。要不是田小野定力好，能自律，早就“近墨者黑”，被他影响成一个废人了。

“小野，我们去吃烤串吧。”看到田小野关闭工作软件后，朱明熙马上凑了过来。

以前田小野好几次加班到这个点都被朱明熙拐去吃烤串了，这仿佛已经变成一种加班后补充能量的仪式，不过今天她却没有马上同意，而是很谨慎地问：“还是上次那家店吗？”

朱明熙连忙点头，实话实说：“我还有优惠券没用完呢。”况且那家店味道也不差，他不明白田小野为何有此一问，显得有点儿莫名其妙。

结果田小野叹了一口气，好心劝道：“我劝你还是换一家吧。”她边说边在手机上操作了一会儿，打开某条微博递给朱明熙看。上面是两张模糊不清的照片，但熟悉朱明熙的人都可以一眼认出是他，地点正是朱明熙最近格外中意的那家烤串店。

去年《永恒之夏》和《偶像计划》热播时，朱明熙的确爆红过一段时间，但是最近一年他却在娱乐圈里销声匿迹了。没有狗仔愿意花精力跟踪这个“过气的小鲜肉”，他自己也乐得清闲，整天跟田小野他们腻在一起，但是最近不知道为什么，总有一个名为“猪猪女孩”的账号喜欢在微博上发布他的偶遇照。这次烤串店的照片也是猪猪女孩发布的。

“我早就知道她了。”朱明熙一边翻阅留言一边说，“我最近总是在这一带出没，她可能就住在这附近，所以经常能偶遇我。本来我还很担心她是跟踪狂，想找人调查一下呢，但是现在看来，她就是一个普通的粉丝而已，不会对我造成什么危害，不用管她。”

"你真是心大……"田小野不知道该说什么才好。她担心了好久才决定说出来，没想到朱明熙早就知道了，而且一点儿也不在意，显得她好像杞人忧天似的。

"走吧，我们去吃烤串。"朱明熙已经站了起来，把手机还给田小野。

可田小野依然忧心忡忡，反复查看着猪猪女孩的资料，说："因为经常发布偶遇照，她的粉丝越来越多了。也许她一开始没有恶意，但若是想要获取更多关注度，或者被其他心怀不轨的人利用，从'与你偶遇'变成'故意跟踪'怎么办？"

"我既没做坏事，长得又不丑，素颜更加分，难道还怕她拍照吗？"

"可是我们……"

看到田小野欲言又止的样子，朱明熙总算知道她在担心什么了。他搂住田小野的肩膀，故意凑得很近，带着满脸坏笑说："我巴不得她早点儿拍到我们在一起的亲密照呢，这样就能向全世界公布我们的关系了，所以我们不仅要去那家店，而且还要多去几次，牵着手去。"

那些偶遇照中的确有朱明熙和田小野两人独处的照片，不过不是并肩而行，就是隔桌而坐，怎么看都是和普通朋友在一起，完全没有情侣间特有的甜蜜气氛。照理说猪猪女孩应该拍到过更亲密的照片，但不知道为什么她从来没有发布过，也许真的是一个善良的粉丝吧。

"如果你有这种打算，那我就不奉陪了。"田小野假装生气的样子，把朱明熙的手从自己的肩膀上拿开。朱明熙刚要解释，田小野的手机铃声突然响了起来。

来电显示是郭寒露打来的，田小野有点儿吃惊，连忙接听。

"喂，小野，你在家吗？"

"我在公司呢……"但其实公司离家也不远。之所以没有爽快地说出后半句话，是因为田小野心底更倾向于接下来和朱明熙一起去吃烤串，为待会儿拒绝郭寒露先做个铺垫。

"哦……"

但是，郭寒露这声饱含忧虑的叹息，却令心软的田小野瞬间改变了主意。

虽然朱明熙不停对她摇头摆手使眼色，她却无情地转过背去，面朝墙壁说出实话："我刚加完班正打算回家呢，我家就在公司附近。露露，你有事吗？"

听到这句话，朱明熙简直是头痛欲裂，心如绞痛。他无奈地双手抱头趴在桌子上，自个儿郁闷去了。

田小野知道郭寒露毕业后也在这一带上班，能猜到她大概遇到了什么麻烦，想见自己一面，而通常能让她找田小野倾述的麻烦，一般都与某个人有关。朱明熙大概就是因为猜中了这点，才一直示意田小野赶紧拒绝吧。

果不其然，郭寒露接着说："有点儿关于你哥的事，想找你商量一下……"

还没走到烤串店，那股令人大量分泌唾液的麻辣味就已经飘散出来。刚来到门边，热情的服务员就笑眯眯地赶来迎客，田小野探头向店内深处张望了一下，发现郭寒露早就到了。

因为已经在电话里说过朱明熙会一起来，所以郭寒露看到朱明熙后一点儿也不惊讶，但是神情依旧略显尴尬，不太自然。

田小野和朱明熙在郭寒露对面坐下，略微寒暄了几句。郭寒露微笑着回应，努力扬高音调，很想装成平常的样子，但是微微锁起的眉宇间透露出化不开的淡淡忧愁。

田小野打发朱明熙去取串，她自己偷偷问道："我哥又怎么了？"

"他辞职了，而且想让我跟他一起创业。"

"他辞职了？什么时候的事？"田小野忍不住叫起来，瞪大眼睛盯着神情严肃的郭寒露。当初他挖空心思才重新回到GAW，怎么这么快就辞职了？

"上个礼拜的事。好像是因为不满公司的年中奖金。"

"哦……"田小野喝了一口水，若有所思地点点头。GAW一年两次的绩效奖金的确很重要，奖金高的人年薪就直接翻倍了，难怪于浩会这么计较。

"把你挤走后，其实他在GAW也做得不开心，我早就猜到他会辞职了。"郭寒露叹了一口气，接着说，"但是，我没想到他居然想要创业，而且还让我跟他一起辞职……"

"那怎么行？"田小野立即反对，"现在创业风险这么大，万一他失败了怎么办？你现在工作这么好，为什么要跟他一起吃苦呢？"

"可是他一时半会儿也请不到什么可靠的人，我是他能想到的最好人选了。"

这话倒是不假。除了郭寒露这个笨蛋，正规大学毕业的高才生谁愿意去一家随时都有可能倒闭的公司呢？

突然，田小野意识到这件事背后可能有陷阱，忙问："那他付你工资吗？"

郭寒露唉声叹气地说："他开给我的工资倒是不低，只不过……"

虽然她没把后半句话说出来，但是田小野已经心知肚明了。于浩开出的高工资只是画了一个饼，郭寒露未必真的可以吃到。就算两人签过正式合同，于浩也一定会厚着脸皮拖欠工资，而郭寒露吃了亏也不会闹到劳动局。大概就是因为算准了这点，于浩才会找上她吧。

想到这里，田小野既为郭寒露感到不值，但又没有办法，着急地问："那你们现在到底是什么关系？"为他牺牲了这么多，如果还是没名没分的，那就太可怜了。

"是啊，他承认你是女朋友了吗？"朱明熙突然出现，边说边把装串的盘子放在桌边。

谈得正专注的两人都被他的从天而降吓了一跳。田小野生气地瞪了他一眼，他却故意假装没看见，用好奇和关切的目光直勾勾地盯着郭寒露，催促她快点儿回答。

郭寒露犹豫了一下，轻轻点了点头。

这样的答案本该让田小野松一口气，郭寒露点头前那片刻的犹豫却令她担忧不已。也许郭寒露说谎了，在这样的形势下，就算他俩不是恋人关系，她也只能硬着头皮承认。

朱明熙一边把肉串放上铁板，一边很随意地说："那你就辞职跟他干呗，夫唱妇随嘛。能让我们倒这么多霉，他也算是一个精明能干的人才了，搞不好真能干出一番大事业呢。"

这番话表面听上去没毛病，像是在为郭寒露出谋划策，但是字里行间总透着一丝冷嘲热讽。田小野连忙给他使眼色，警告他闭嘴。他也懒得多管闲事，专心致志烤串去了。

朱明熙闭嘴后，郭寒露接着说："可是，如果我辞职了，就必须从公司宿舍搬走。我才刚实习了几个月，还没有存到什么钱，又不能向家里要。如果自己找房子，负担太大了……"

"那怎么办？我有什么能帮你的吗？"田小野真心想要帮郭寒露一把。

但是，郭寒露却轻咬嘴唇，犹豫了好一会儿才低声说："他打算答应他，找个可以办公也可以住的地方。"

"你真的决定了？"田小野吓得差点儿站起来。

郭寒露依然低着头，很尴尬，却没有否认。田小野也不知道该说什么了，求助似的看了朱明熙一眼。朱明熙却头也不抬地继续往肉串上刷油，把肉串烤得"吱吱"作响，看表情好像很开心的样子，大概正满怀期待地想要看一场好戏吧。

既然他不愿帮忙，田小野只好自己想办法。郭寒露丢了那么好的工作，她肯定不敢让父母知道。虽然她一直喜欢于浩，但真要做出这么大的转变却有诸多顾虑，所以才会来找田小野商量。如果跳槽到正规公司，每个月能准时领到工资，田小野绝对支持她。但是，于浩的新公司根本就是一个坑，能不能领到工资都是未知数，别说交房租了，会不会血本无归都不一定。这事儿可真不好办……

“露露，你自己想好了吗？”不敢擅自替郭寒露拿主意的田小野决定先探探她的口风。

郭寒露很快说出答案：“我是愿意支持他的……”虽然声音很低，态度却很坚定。

田小野只能轻轻点头，不打算再劝下去了。

忽然，郭寒露抬起头，恳求道：“小野，如果我爸妈问起来，你一定要帮我保密。”

田小野终于恍然大悟，原来这才是郭寒露今晚约她见面的真正原因。郭寒露不是犹豫不决拿不定主意，而是已经打算辞职了，只不过需要一个人帮忙圆谎而已。

既然如此，还有什么好说的呢？虽然田小野心里有些不愿意，却只能闷闷不乐地应了一声：“好吧……”只要郭寒露自己想清楚就好。

看着郭寒露不安的表情，田小野很心疼她，也很同情她。希望她单方面的傻傻付出能够得到回报，希望于浩再也不要辜负她的一片真心了。

郭寒露辞职后，与田小野的联系渐渐变得频繁起来。她在心里憋了很多话，但是一个字都不敢告诉亲人，只能向唯一知道她秘密的田小野倾诉。

两人几乎每天都会在网上闲聊几句，一个月后对话框上居然出现了“友谊的巨轮”！恋爱中的田小野和朱明熙才只是偶尔出现一下“畅聊之火”而已……

正因如此，田小野从她口中得知了于浩的一举一动。

于浩注册的新公司名叫“华衣坊”，他凭借之前积累下来的人脉和经验，一开始倒是比较顺利，但是当第一批产品即将下厂生产时，之前谈好的多家投资方都撤资了。原因是白海燕私下联系投资方控告于浩盗用她公司的设计，不准进行生产。当初她对栗子工坊也用过这招，仗着是业内巨头就打压欺负小公司。于浩和当初的田小野一样，虽然很不甘心，却没有办法，只好放弃古风路线，改做网络爆款，但是因为缺乏特色，加上没有名气很快陷入僵局。

虽然没有赚到什么大钱，但是维持普通生活基本足够。于浩心里总是愤懑不平，想要打个漂亮的翻身仗，让白海燕颜面扫地，郭寒露却比较安于现状，不求荣华富贵，只求平凡幸福。

辞职前，郭寒露已经做好以后要欠债生活的心理准备，现在每个月几千元的收益已经令她心满意足了。不过，由于两人的钱都混在一起用，她并没有领到当初于浩承诺的工资，只是不定时地领些买菜和买日用品的生活费而已。

但是，郭寒露并没有计较这些，因为于浩做了一件比付工资更令她惊喜和意外的事。

华衣坊成立后不久，于浩就带她回家去见了于翰林和郭美涵，她在于家受到了准儿媳的待遇，不仅领到了一个大大的见面红包，还被催问什么时候结婚。受宠若惊的郭寒露就像掉进蜜罐似的，被甜蜜冲昏头脑，恨不得从娘家拿钱贴补于浩创业，哪里还会要工资呢?

哪怕在事业上遇到了一些阻碍，但是只要爱情上顺顺利利的，她就别无所求了。

每当谈起这些事，郭寒露总是显得幸福而自豪。虽然只是通过文字交流，但是田小野不难想象出她嘴角的笑容。以前跟于浩进展不顺利的时候，她总是把委屈憋在心里，但是现在美好的未来触手可及，她就变得开朗健谈了，忍不住想要与人分享这份喜悦，得到一些祝福。

只要她开心就好。田小野从来不泼冷水，哪怕心中依然有些不安。既然于浩会带她回家，就证明已经对这份感情认真了，田小野没有必要再扮演棒打鸳鸯的坏人。

天气越来越热，拥挤的电梯里总是散发出一股刺鼻的汗臭味。办公室里陈旧的空调已经无法满足大家对冷气的需要了，最不耐热的朱明熙赶紧又添置了三台风扇和一台冰箱。他在冰箱里塞满各种冷饮和冰淇淋，算是给大家的暑期福利。

如今花月霓裳的销售量已经渐渐稳定下来，虽然没有太大的涨幅，但也不必担心会积压库存。看到一切都井井有条地进行着，大家紧绷的心情也渐渐放松下来，经常一边工作一边聊天，不再像从前那样加班加点地埋头赶进度了。

"小野，我觉得我们的商品照片还不够好看，不如请个模特来拍吧？"某天张易然突发奇想，向田小野提出建议，"网店主要就是靠照片，如果拍得好，销量肯定还会暴涨。"

沈湉湉也跟着附和："是啊，现在哪有网店只发实物照啊？都有美美的模特上身照。"

"嗯，是该考虑这个问题了……"田小野停下手上的工作，认真思考着他俩的建议。

之前忙着赶进度，光是让每期新衣准时上架就已经累得筋疲力尽了，根本没有时间和精力拍片和修图。但是，照片对网店销量的影响之大，她也是心知肚明的，张易然说得一点儿都不夸张。既然今天他俩提出这个想法，的确是应该早做打算了。

"还要招聘模特呢，你们有认识的熟人吗？"田小野问。

"这幢大楼里什么公司没有？随便联系一家摄影工作室就能联系到模特了。"张易然早就计划好了，对沈湉湉眨了眨眼说，“你不是认识一个摄影师吗？”

一听话题突然转到自己身上，沈湉湉就像受惊的小白兔似的，吓得身体猛然一缩。田小野移眸向她望去，只见她低着头，涨红脸，突然变得有点儿羞涩和难堪，忙问：“怎么了？”

不就是认识一个摄影师吗？用得着这么害羞吗？又不是什么见不得人的事情。就在田小野大惑不解之际，沈湉湉用蚊蚋般的声音，轻轻说：“他……他是我……的男朋友……”

“你的男朋友？”田小野大吃一惊，平时看到张易然和沈湉湉那么默契，还以为他俩是一对儿呢，没想到居然看走眼了。

“是搬来这里办公后认识的……”沈湉湉小声地说，“他的公司就在楼下，叫‘简光摄影工作室’。”

这幢商住两用大楼里汇聚了近百家五花八门的小公司，除了摄影工作室之外，还有美容院、私人影院、舞蹈教室、课外补习班、老年康复中心等。以前电梯维修，田小野走楼梯下楼时，还看到不少餐饮店和美甲店呢，也不知道开在这种大楼里怎么会有生意上门……

“太好了，他有时间帮我们拍照吗？”行动派的田小野恨不得马上开工。既然是沈湉湉的男朋友，说不定能谈一个友情价，而且以沈湉湉的眼光，她男朋友的摄影技术一定不差。

“最近倒是有时间，但是下周末就要去海岛帮客户旅拍结婚照了。”

“看来只能这周末拍摄了。他有认识的模特吗？”田小野问。这期的新衣样品已经拿到，可以马上拍摄，但是合适的模特可不是一时半会儿就能找到的。

“这个恐怕……”沈湉湉露出为难的神色，微微歪起了头。

田小野也学着她的样子皱眉苦思起来。就在这时，张易然突然一拍手，高声道：“这有什么难办的？我们身边不就有个大好人选吗？”

“身边？”田小野和沈湉湉你看我，我看你，都以为张易然指的大好人选是对方。

谁料下一秒张易然就语出惊人地宣布：“让老板去拍啊！”

他就像一个运筹帷幄的军师，一切尽在掌控中，越说越起劲：“只要老板答应，那宣传效果肯定是杠杠的。他不用每期都拍，就第一期帮我们撑个场，以后我们就联系其他模特了。”

“可是我们做的是女装哦！”田小野指出他这个方案中的最大 BUG（缺陷）。

"他不是很适合女装吗？"张易然早就知道朱明熙曾经还有个"茉莉亚"的身份。

"不行不行，他妈知道后肯定会大发雷霆的……"田小野拼命摇头，不敢想下去。

"那就不公开他的真实身份吧。"见田小野激烈反对，张易然做出了一点儿让步，"虽然宣传效果会差一点儿，但是以老板的颜值，肯定还是能一炮而红。反正现在大家妆前妆后的差异都很大，再加上他还是男扮女装，只要我们不泄密，肯定没人会发现他是谁。"

"可是我总觉得……"瞻前顾后的田小野始终下不定决心。

张易然耸了耸肩，问："那还能怎么办？难道你们两个愿意拍吗？"

听到这话，田小野和沈湉湉立即交换了一下眼色，然后异口同声地回答："那还是让他拍吧。"就这样，朱明熙立即就被出卖了。

三个人一拍即合，马上就做好了分工。张易然负责搜集参考照片，沈湉湉负责联系摄影师，田小野负责说服朱明熙。

"好呀。"朱明熙非常爽快地一口答应下来。过程顺利得连田小野都不敢置信，打电话前费尽心思准备好的几百字台词根本就没机会说出口。

"你听懂了吗？要拍照哦，而且还要穿女装哦。"田小野又强调了一遍。

"我当然听懂了，反正是匿名，有什么不敢的？"朱明熙一副无所谓的态度，翻过身舒舒服服地躺在床上。最近天气太热，他已经好几天没去办公室了，今天突然接到田小野打来的电话，还以为公司出什么大问题了呢，没想到居然是这种小事。

"那你这周末有时间吗？"

"我随时都有时间，我好歹也是花月霓裳的成员，也要尽自己的一份力，不能总是闲着看你们忙来忙去吧。"难得他还有这份觉悟，田小野快要感动得掉眼泪了。

刚刚正经了两秒钟，朱明熙立即原形毕露，趁机提议："对了，最近天气这么热，我们干脆找个又凉快又漂亮的避暑山庄拍外景吧。我早就想带大家出去玩一趟了。"结果他还是玩性不改，想要打着工作的幌子出去一日游。

田小野懒得说他了，反正只要他愿意出镜就谢天谢地了。

第二天把这个好消息带去公司后，张易然和沈湉湉差点儿跳起来拍手庆祝。

大家立即聚在一起开了个会，很快就把外景地点确定下来。花月霓裳是古风汉服，当然要选在一个古色古香的地方拍摄。经过一番讨论和筛选后，最后全员一致通过，选定了一个依山傍水、号称天然氧吧的大峡谷。这里既可以踏凉溪，又可以过浮桥，还有竹海和飞瀑，而且景区占地面积非常大，游客不会太集中，应该很容易找到不被打扰的安静拍摄地。

一个星期后，一行人乘坐旅游大巴开开心心地上山了。

沈湉湉的男朋友名叫吕聪，是个又高又瘦、很有文艺范儿、看上去干干净净的男孩子。他和娇小可爱的沈湉湉站在一起就是最萌身高差。他头发略长，微微带卷，显得脸颊很瘦削。也许是因为经常熬夜的关系，他苍白的脸色里透着一些憔悴，不过笑起来的样子却很清爽。他的话不多，性格内向，但是很有礼貌，所以田小野对他的第一印象还不错。

一行人先坐索道上山，再顺着山路拾级而下。山中凉风习习，清爽宜人，与山下烈日炙烤下的市区仿佛是两个世界。大家说说笑笑，不一会儿就混熟了。临近中午时，正好经过一处地势平坦的桃树林，因为早已过了花期，林子里空荡荡的，几乎看不见游客。

铺好一张野餐毯后，大家席地而坐，美美地分享了早就准备好的卤味和零食。接下来就是工作时间了，吕聪和张易然负责选点和布景，田小野和沈湉湉负责帮朱明熙化妆打扮，但是她俩的技术远不及朱明熙精湛，最后沦落到只能做点儿拿衣服和举镜子之类的小活儿。

不一会儿，手脚麻利的朱明熙已经准备就绪。他穿着一袭素雅的齐胸襦裙，白色打底，辅以藕粉色的花朵刺绣，头戴很有少女感的丫鬟髻假发。妆容清淡自然，仿佛是一名淳朴清秀的农家小姑娘。总之，与茱莉亚时代的浓妆艳抹截然相反，连田小野都快认不出他了。

这期新衣只有五套，拍照经验丰富、五官没有死角的朱明熙几乎每张秒过，没有废片，不一会儿就全拍完了。

大家提前完成工作后还剩下大把空闲时间，就这样收拾东西下山好像有点儿不尽兴，于是在男生们的极力鼓动下，田小野和沈湉湉也半推半就地换上了汉服。

拍摄同款不同色的衣服时，两个模特同框的对比效果看上去更直观，沈湉湉很懂事地把机会让给田小野。田小野明知道会沦为绿叶陪衬，但是经不住大家的鼓动，只能说服自己一切都为了公司利益，鼓起勇气拍了。但是看到相机里的原片后，她马上就后悔了。

与从小就当模特、每个动作都是戏的朱明熙相比，她的表情和动作都生硬极了。两人同框的结果几乎可以用“画风不同”来形容。在朱明熙的帮助下补拍了好几次，田小野终于抓到诀窍，稍微自然了一些，不过最后依然不得不承认："我输了……"

其他三人听后不但不反驳，还纷纷安慰她"没关系，你已经尽力了"，令她备受打击，更加失落。这时，朱明熙忽然凑过来，在她耳边小声说："你最美。"从而天降的赞美令她羞得面红耳赤，知道不过是他的假意奉承，田小野想要装作生气的样子，却忍不住甜蜜地笑了起来。

好吧，算你懂事，我的心情好多了。

一个星期后，吕聪出发旅拍前发来了修好的成品照片。大家兴致勃勃地围在沈湉湉的电脑前抢着看，时不时地还会发出几声夸张的惊叹。比起朴质的原片，修过的成片色彩更加明亮鲜丽，再配上一些古风文字和边框装饰后，品味一下提升了好几个档次，比起杂志上刊登的大片也一点儿都不逊色。当然，最大的功臣还是朱明熙，他再次证明了颜值的力量。

难得拍出这么好的照片，张易然义不容辞地熬夜加班，当晚就把热腾腾的照片在网店和微博上发布了。第二天早上睡了个懒觉，迷迷糊糊之际接到沈湉湉打来的电话。沈湉湉在电话中兴奋地嚷嚷着："易然，爆了爆了！"吓得他还以为发生火灾了呢，立刻清醒过来。

结果沈湉湉说的不是"易燃易爆炸"，而是昨晚发出的照片在网上爆了。很多与网红有关的自媒体在纷纷转发他的微博，照片里的"美少女"一夜之间变成了新晋的"初恋女神"。在美女效应的带动下，花月霓裳的关注度也跟着水涨船高，当天的销量果然翻了一倍。

田小野打电话把这个好消息告诉朱明熙，朱明熙得意地说："那是当然啦。"

"所以……你以后能不能继续拍呢？"田小野厚着脸皮提出这个要求。其实这才是她打这通电话的使命，张易然和沈湉湉都带着一副"成败在此一举"的肃然表情在旁边偷听呢。

"好呀。"朱明熙毫不犹豫就一口答应下来。闻言，田小野马上对张易然和沈湉湉做了个"V"，他俩立即轻轻击掌，绕着办公桌转了好几圈，进行无声地庆祝。

但是好景不长，大家只高兴了三天，就遇到了一点儿意外状况。

网上居然有人认出花月霓裳的汉服模特就是当初因为男扮女装而销声匿迹的茱莉亚，更可怕的是，他们竟然连茱莉亚就是朱明熙的内幕都扒出来了！

这下事情就闹大了，不仅是网红公众号，就连娱乐公众号都开始转发相关信息。

白海燕先是把朱明熙臭骂了一通，然后又马上做公关，只可惜还是控制不住如山洪暴发般的舆论发展。眼看网上关于汉服模特、茱莉亚和朱明熙的对比照片越来越多，事实真相被扒得越来越清晰，这时候再矢口否认的话，反而显得欲盖弥彰、做贼心虚，朱明熙索性直接承认了。

本来就不打算在娱乐圈发展的朱明熙倒是无所谓，把名声闹臭了他正好有借口退出了，只是急坏了白海燕。她不仅没收了朱明熙的手机，还不准他上网，不准他继续跟花月霓裳工作室的人来往，采用各种手段威逼他出去拍戏，想利用剧组管住他，不让他继续为所欲为。

正因如此，朱明熙好久都没在工作室露面了。不仅是田小野，就连张易然和沈湉湉都陷入深深的自责中。他们非常后悔当初带着玩闹之心邀请朱明熙当模特，明知道他是公众人物，一举一动都备受瞩目，却还抱着侥幸心理做出这么荒唐的事，最后果然捅出了大娄子。

那段时间工作室沉浸在低迷而压抑的气氛中，平时总爱说说笑笑的三人经常一言不发地从上班坐到下班。网上的言论越来越不堪入目，甚至有人开始质疑朱明熙有女装癖，而且性取向也不正常。面对这些诽谤，猪猪女孩等粉丝们团结一致，气势汹汹地跟网友开火。但是这样的骂战是没有意义的，朱明熙的名声依然一落千丈，变成了一个笑话。

这天快要下班的时候，田小野突然接到朱明熙的电话。

“小野，你晚上有空吗？”他的声音听上去倒是很明快，仿佛一点儿也没有受到丑闻影响。

“有倒是有……”反倒是田小野显得心事重重，欲言又止。

“我知道是谁在背后煽风点火了，而且已经想到办法对付他了。”

“咦？”田小野吓了一跳。她还以为这件事只是不小心而导致的偶发事件呢，没想到真有一个幕后主谋，娱乐圈的水果然深不可测。恨不得马上揪出主谋的田小野二话不说就答应了。

一家干锅店里，田小野和朱明熙一边等上菜，一边聊了起来。

心里藏不住秘密的朱明熙一开口就直切主题，揭晓谜底：“是于浩散布出去的。我妈已经找人调查过了，最早一拨在网上散布消息说我就是茱莉亚的账号都是他的小号。”

"事情都过去那么久了，他怎么还这么记仇啊？"

"新仇旧恨加在一起，他当然见不得我们好。"

现在明星更迭速度比翻书还快，茱莉亚早就成为历史了，普通网友中很难有人还记得曾经有过这么个网红，只有像于浩那种心怀不轨的人才会一直念念不忘。刚听到于浩的名字时，田小野还有些吃惊，但是冷静下来一想，又不得不承认这种背后捅刀的事的确符合他的作风。

朱明熙拉长声音叹了口气，说："现在好多人都觉得我的性取向有问题，对我冷嘲热讽，我妈也催着我赶紧进剧组拍戏，我的日子越来越不好过了……"

"对不起。"田小野深深地埋下了头，她总觉得自己难辞其咎，应该向备受其扰的朱明熙道歉。

朱明熙没有责怪她的打算，但是看到她这副难过愧疚的模样，心里不禁有些暗暗得意。其实今天他故意当着她的面诉苦，就是要让她陷入自责，以便推进接下来的某个计划。

见时机已经成熟，朱明熙马上说："与其道歉，不如想办法补救一下。"

田小野这才想起他打电话时的确说过"已经想到办法对付他了"，于是好奇地抬起头，问："怎么补救？"

"当然是公开我们的关系啊。"朱明熙轻轻敲了几下桌子，显得有些着急，"只要我有女朋友，网友还有什么好说的？谣言不就不攻自破了吗？"

"啊？"田小野吓了一跳，嘴巴大大张开，半天合不上。

还好这时服务员正好来上菜，把装满鱿鱼、牛蛙和鸡中翅的干锅架在酒精炉上。待他离开后，朱明熙才接着问："你不愿意吗？我们已经交往这么久，早就该公开了。"

"可是……"虽然说不上不愿意，但是总觉得有点儿顾忌。

"我不管，反正这次是你哥闯的祸，你有责任替他善后。"朱明熙开始耍无赖了。

"我只是一个普通人，公不公开无所谓，但你是公众人物，难道不怕暴露隐私吗？"

"暴露隐私总比被误会好吧？我的一世清誉都被你哥毁掉了，现在连你都不肯救我？"

"不是不肯……"田小野一被指责就结结巴巴，不知道该怎么解释。

朱明熙见她有些松口，马上趁热打铁积极进攻："那就是答应了？"

唉，真是拿他没有办法。看到他那兴致勃勃、迫不及待的样子，田小野已经知道自己被算计了。其实他一点儿也不想兴师问罪，搞不好正在暗暗窃喜撞到这个天赐良机吧。

犹豫了一会儿，田小野终于举旗投降，轻轻地点了点头。

春节答应跟朱明熙交往时，连她自己都不知道这段感情可以持续多久。现在半年时间已经过去，他们不仅没有分手，而且连一次架都没有吵过，平平淡淡之中又有数不清的甜蜜和幸福。虽然田小野嘴上从来没有承认过，心里却早已清楚，她已经越来越喜欢他了。

也许这就是天意吧，天意要让他们在这种形势下公布这段恋情。

想到这里，田小野终于不再挣扎了。只要放下那些许不安，心中就忍不住期待起来。再过不久，所有人都知道她是朱明熙的女朋友了，不要害怕，大胆地自豪起来吧。

“来，庆祝一下。”朱明熙夹了一块鸡中翅放到她的碗里，笑得开心极了。能让田小野同意公开情侣关系，也算是因祸得福了，真要感谢于浩的成全呢。

在白海燕的运作下，朱明熙公开女朋友的消息在网上掀起轩然大波。

田小野还专门抽出一天时间去拍了情侣写真，从几百张照片里选出一张最漂亮的当作新闻图使用。这套写真的主题就是“休闲”和“自然”，她脸上化着几乎看不出来的裸妆，但其实是化妆师花了两个小时才完成的杰作。摆拍的动作看上去很像生活照，但其实每个小动作都被摄影师纠正过无数次。一天折腾下来，她对充满心机的娱乐圈再一次有了深刻的认识。

白海燕之所以参与其中，大概是权衡利弊以后，觉得公开女朋友的存在更加有利吧。她费尽心思想要经营好朱明熙的形象，但偏偏朱明熙总是一次次地给她“惊吓”。这次为了扳回形势，她已经制定好全套方案，公开女朋友只是一个开端，还有很多后续安排等着呢。

不过，对此暂不知情的田小野还沉浸在朱明熙的浪漫告白中，享受着短暂的甜蜜时光。照片中朱明熙牵着她的手，两人深情脉脉地对视着，配上一句“人生遇见你，未来不错过”。田小野专门把这张页面截图保存下来，没事就翻出来看看，看着看着就忍不住偷笑。她没想到自己竟会为了这种事如此开心，本来还以为会一直像鸵鸟一样躲起来不敢见人呢。

网友的评论两极分化很严重，有人发来祝福，也有人泼来冷水，还有粉丝因为朱明熙脱单而直接退圈的。这些田小野早就猜到了，摆平心态后就不会再去计较那些黑粉和键盘侠的发言。只不过，她唯一有点儿在意的就是猪猪女孩的消失。

恋情公布的当天，猪猪女孩就发布了一篇退圈声明，从此以后就再也没有出现过。这个曾经上传过很多偶遇照的账号始终是一个心腹大患，就这样消失也好，田小野这样自我安慰着，但心底深处总觉得有一丝说不出的异样。

那之后，朱明熙和田小野就经常出双入对地频繁出现在公众视线中，几乎每天都在白海燕的安排下参加各种活动，而且每次都要化妆和做造型。生活节奏被打乱的田小野渐渐有点儿吃不消了，开始尝到甜蜜背后的一丝苦味。

这天，田小野刚上班一个小时，正在电脑前构思新设计，谁知朱明熙一个电话打来，让她马上陪他去一个地方。这段日子田小野早就习惯对他的召唤随传随到了，但依然忍不住用略显疲惫的声音问："又去哪里啊？我还有工作呢。"

"去了你就知道了。"朱明熙故意保密，神秘兮兮地笑着说。

"好吧，你等等。"田小野只能马上关闭电脑，跟张易然和沈湉湉交代了一下工作后就提前下班了。最近通告太多了，她总算体会到了当艺人的辛苦。不要说朱明熙这种天生懒散的人，就连她这种勤劳的小蜜蜂都快累得招架不住了。

汽车穿过闹市区的车流，窗外景物纷纷向后退去。田小野看着公路越来越窄，两旁房屋也越来越矮，心底的疑问越来越深了：看样子不像去商场、餐厅那种地方。

最后汽车驶入一个很像幼儿园的设施内。田小野抬头一看，目光正好扫在主建筑楼大门口的牌子上。她下意识地念出上面的文字："阳光儿童康复中心？"

这时，一直对目的地保密的朱明熙终于说出原因："现在网上依然有很多人质疑我男扮女装的动机，于是我妈就为我联系了这里。"

"啊，难道……"田小野忍不住叫了一声，已经猜出这个康复中心的特别之处了。

朱明熙不再隐瞒，轻轻点了点头，说："没错，静静就在这里。"他移眸望向窗外，自言自语般说，"我倒是不怕被质疑，只是有点儿想见她了，不知道她还记不记得我。"

他充满怀念的目光显得无比真诚。受到他的感染，田小野也开始期待起来。

关于静静的故事，田小野很久以前就听他说过。那时候朱明熙是《帕拉拉小魔女》的粉丝，有次参加漫展时穿着小桃仙的衣服，被患有自闭症的女孩静静看到了。从来不主动与人亲近的静静一反常态，缠着要跟他合影，静静妈妈便希望他们以后能通过视频聊天，并愿意支付一定酬劳。朱明熙不好意思接受，便撒谎说自己在做主播，让他们来自己的主页看。

就这样，朱明熙带着做慈善的初衷，走上了主播的不归路。后面发生了很多故事，他退出了主播界，而且也很久没和静静联系了。这次白海燕能从人海中找出静静，着实让他非常惊讶。也许是觉得静静的故事能为朱明熙洗清污名吧，白海燕为他们安排了这次重逢。

田小野和朱明熙刚下车，就有一名接待人员走上前来。

她只有二十多岁，穿着粉白色的制服，大概是这里的老师，圆圆的脸庞看上去非常亲切。她把大家带到一楼的活动室，康复中心的小朋友和老师们早就在这里恭候多时了。

孩子们齐声唱起了欢迎的歌曲，然后热烈鼓掌。他们乍一看与普通孩子无异，但是仔细看就会发现他们的眼神都有些呆滞，没有神采，害怕与人对视。活动室经过一番精心装扮，天花板上挂着拉花和三角旗，墙壁上还贴着五颜六色的花朵图案。

一个看上去大概是院长的中年男人走上前来，热情地跟朱明熙和田小野握手。就在这时，人群里突然传来一个稚嫩的声音："小桃仙！"

大家扭头望去，只见一个系着低马尾的小女孩正直勾勾地盯着朱明熙。她已经是该上学的年纪了，却比同龄人显得更加幼小瘦弱。虽然脸上几乎没有表情，眼神中却绽放出夺目的光彩。一名妇女牵着她走上前来，手上拿着一个相框，正是当初与朱明熙的合影。

妇女一把握住朱明熙的手，用激动得有些发抖的声音问："你……你还记得我吗？"

朱明熙立即笑了起来，说："当然记得，你是静静妈妈吧？"随后他蹲下来，让视线与小女孩的双眸位于同一高度，问道："你是静静吧？"

静静不敢说话，害羞地躲在妈妈的身后，用好奇的目光打量着朱明熙。

田小野低头看着那张合影。朱明熙戴着粉红色的假发，穿着粉红色连衣裙和白色长筒袜，说实话真有些"辣眼睛"，但不知道为什么，她却有些眼眶发热，差点儿流下感动的泪水。

无论别人如何误解他，他依然温柔地接纳着陌生人，积极地与世界产生交集，自由散漫的外表下是一颗如此纯洁的心。

愿网络上的污言秽语早日散去，愿善良的人都得到善意的对待。

第八章

忍受伤害的底线

八月盛夏，苏冬阳和 TINA 主演的《永恒之夏》电影版终于如期上映。这部根据热门 IP 改编，又有流量明星出演的影片从开拍之日起就一直是媒体的宠儿，如今上映在即，宣传更加如火如荼。即便是不关注这部电影的人，都能在网上、电视上、广告牌上看到它的身影。但是，开机前突然更换男主角闹出的风波，这时又被旧事重提……

"所以，为了破除我和苏冬阳不和的谣言，我妈让我也去参加这部电影的宣传活动。"

接到朱明熙打来的电话时，田小野正在吃午饭。大热天没什么食欲，就点了一碗能刺激唾液分泌的酸辣粉。她本来吃得挺欢，但接到这通电话后就有些食不知味了。

"我也要去吗？"田小野不安地问。这么长时间过去，她依然不知道该怎么面对他。分手后苏冬阳就去了剧组，田小野再也没有联系过他。

田小野那吞吞吐吐的语气让朱明熙有些不爽，能听出她依然很在乎苏冬阳。即便已经不再爱他，也还是会因为他的存在而变得畏首畏尾、瞻前顾后。

朱明熙酸溜溜地说："我都不怕你怕什么？你想躲他一辈子啊？"

田小野没有吭声，陷入深深的矛盾和纠结之中。她本来就不勇敢，遇到麻烦的本能反应就是能躲则躲，但朱明熙偏偏喜欢把她从隐蔽处揪出来，强迫她面对各种打击和意外。这段时间她的心理承受力早就被锻炼强大了，但这次对方是苏冬阳，她又犯起了老毛病。

了解她这一性格缺陷的朱明熙不给她留退路，态度强硬地逼迫道："我们现在参加什么活动不是一起行动？如果你突然缺席，被唯恐天下不乱的记者写成'感情破裂'怎么办？"

"唉……"反正就是说不过他。田小野没做太多挣扎，一声哀叹后不情不愿地同意了。

这次活动在市内一所知名大学的大礼堂内举行。活动内容没什么新意，先是播放宣传片，再进行主创人员的采访，最后安排了十分钟的记者提问。田小野和朱明熙作为特别嘉宾，只在最后的拍照环节露了一下脸。主持人象征性地采访了朱明熙几句，让到场的记者们有话题可写。田小野从头到尾就是一个陪衬，全部工作就是保持礼貌得体的微笑就行了。

活动结束后的聚餐才是重头戏。学校专门在文化楼腾空了一个房间做宴会厅，里面摆满以糕点和水果为主的自助餐，所有参加活动的人员都被邀请来到这里进行更深入的交流。

朱明熙从小就是社交红人，在这种场合更是熟人遍地，总是被这位叔叔和那位婶婶拉去谈话。最近媒体热炒他交女朋友的新闻，大家的话题也总是围着这个打转。田小野作为他的女朋友，赔笑赔得脸都酸了，最后干脆找个借口中途溜走，独自坐在角落里喘气休息。

中午那碗酸辣粉没吃完就匆匆出发，现在田小野觉得有点儿饿了，为自己夹了几块色彩鲜艳的水果蛋糕，正打算大快朵颐的时候，突然听到身后传来一声："小野。"

声音很低，却让田小野浑身颤抖了一下。她不用抬头就能猜到来人是谁。明明已经很注意跟他保持距离，不靠近他身边，没想到稍微一松懈就被他逮住了。他一定也在暗中观察，等待时机吧，所以田小野刚和朱明熙分开几分钟，他就主动过来了。

"你……你好……"光两个字就结巴了，田小野心中的紧张全都从哆嗦的声音里流露出来。时间真可怕，才过了这么一段时间，曾经相爱的两个人就变得连问候都如此生疏了。

"好久不见，你还好吗？"苏冬阳在田小野身边坐下，"恭喜你交男朋友了……哦，不对，你们应该已经交往很久了，直到最近才公开。"

他好像比田小野更紧张，说话都有些语无伦次了。当初田小野就是以朱明熙为借口和他分手的，所以他一直以为田小野和朱明熙已经相恋很久了。田小野本来以为他比自己更容易放下，但是今天重逢才发现，他似乎还有些余情未了的样子。

不敢在这个话题深聊下去，田小野连忙转移话题："刚才的宣传片里，你表现得好棒，我都快认不出你了。"

"嗯。"然而苏冬阳似乎不感兴趣，只是轻轻应了一声便没有后文了。

没办法，田小野只好再换一个话题："那个，我哥出狱了……"

虽然提于浩很煞风景，田小野绝对不会主动跟外人聊起他，苏冬阳却是例外。他大学时代就和于浩是关系要好的室友，就连成为练习生后两人也经常联系，而且苏冬阳追求田小野的时候，于浩的确提供了很多情报和便利。这时候只能拿于浩来当共同话题了。

这招果然立竿见影，苏冬阳立即有了回应："我知道，他好像在创业。"

于浩创业是最近一两个月的事，身边只有屈指可数的几个人知道。田小野没想到苏冬阳跟他联系得如此频繁，不由地有些吃惊。不待她深入追问下去，苏冬阳就主动交代了。

“他想找我当合伙人，就像你和朱明熙那样，一个负责设计，一个负责宣传。”

“他居然找过你？”田小野忍不住拔高了音调。看来于浩是专坑熟人，不仅是郭寒露，居然连苏冬阳都不放过。苏冬阳现在是新生代当红明星，于浩怎么会不打他的主意呢？

苏冬阳叹了口气，有些无奈和愧疚，轻声说：“我因为有合约限制，不是自由之身，所以没法答应他，但是他一直没放弃，最近还在找我谈这件事呢……”

“你可千万别答应！”田小野正襟危坐，严肃地睁大眼睛瞪着苏冬阳。听他的语气，好像还在为没帮上忙而愧疚呢。他就是太善良了，怎么到现在还没认清于浩的真面目呢？

“我看过他的网店，销量还不错，听说是他和郭寒露一起经营起来的。”

“那个……”田小野可不想跟他讨论于浩白手起家做到现在有多么不容易，满脑子都只有一个问题，那就是，“他该不会找你借过钱吧？”

于家的家底基本上已经在帮他赔偿那场交通事故时就掏空了，于浩创业的钱究竟来自何方，这个问题一直困扰着田小野，不过今天终于找到线索了。

果不其然，苏冬阳听后立即点头道：“我是借了一点儿钱给他。”

“他还了吗？写借条了吗？你可别被他骗了。”田小野一着急语速就变快了。

苏冬阳却还不慌不忙地说：“他现在事业才刚刚起步，等稳定以后再还也可以。”

言外之意就是根本没还过！田小野只觉得一阵头痛，真不知道该说什么了。也不知道于浩到底哪点好，为什么郭寒露和苏冬阳都对他这么死心塌地呢？

两个人刚聊了一会儿，苏冬阳就被人叫走了。他身为《永恒之夏》电影版的男主角，是这场活动的灵魂人物，当然有很多宾客要招呼。他离开后，田小野长长地松了一口气，立即用目光在人群中搜索朱明熙的身影。要是被他看到自己和苏冬阳在一起，他又要醋意横飞了。

结果没想到当田小野发现朱明熙的身影后，醋意横飞的居然是她自己。

宴会厅角落里的一张高脚小圆桌旁，朱明熙正和TINA有说有笑地聊得正欢。田小野这才想起来，他俩以前可是全网热传的绯闻情侣，出双入对的亲密照片多如牛毛，连田小野这个正牌女友都望尘莫及。想到这里，田小野心里越来越不是滋味，嘴巴也高高地噘了起来。

怎么办？要过去打招呼吗？万一被朱明熙看出来她吃醋了怎么办？最要命的是，要是TINA以为她是来宣誓主权的就更不好解释了。想到这里，田小野决定还是一个人静静地待在原地多观察一会儿，把盘子里没有吃完的蛋糕吃完再说。

突然，人群中一个奇怪的身影吸引了田小野的注意。那人以高高的多层糕点架为掩护，举着手机正在偷拍什么。镜头对准的方向，正好就是朱明熙和TINA的所在处。

"你干什么！"田小野三步并作两步冲上前去，一把抓住了男人的手。这一切都是下意识的行为，几乎没有经过大脑思考，如果多思考一秒钟她就不会这么冲动了。

男人四十多岁，挺着快把衣服撑破的硕大啤酒肚，圆乎乎的脸上全是肉，架在鼻梁上的那副小眼镜看上去就像是要陷进肉里一样。他力气很大，看到田小野冲过来夺手机就用力一掀，差点儿把田小野掀倒在地上。其他人以为有人打架，吓得尖叫着向两旁避让。

"强哥，怎么了？"TINA跳下座位，惊恐地盯着两人。

原来他们认识，田小野恍然大悟，有点儿尴尬，不禁有些后悔刚才的冲动。这次的宴会是很小规模的内部聚会，狗仔队一般是混不进来的。但是，既然是熟人，为什么要偷拍呢?

害怕做错事的田小野很小声地解释道："我……我看到他在拍照……"

TINA顿时显得有些尴尬，忙说："只是一场误会，他是我的经纪人。"

那个被唤作"强哥"的男人整理了一下被田小野扯乱的衣服，高傲地哼了一声。其他围着看热闹的人听说是误会，紧张的神色才恢复自然，慢慢散开了。

就在这时，朱明熙突然走过来，站在田小野身后，摆出要与强哥对立的架势，说："那也不能随便拍照吧。"见他立场坚定地站在自己这边，田小野终于找回一点儿底气。无论对方是谁，总之，偷拍就是不对，她作为朱明熙的女朋友，当然要保护好他。

"我就说以前网上怎么会有那么多莫名其妙的照片，原来是有人故意炒作。"朱明熙直击要害的发言令强哥和TINA的表情都变得有些难看，就连田小野都听出他话锋里尖锐的讽刺和谴责，偷偷对他使眼色，让他别闹得大家下不了台，他却非要战斗下去。

"以前你怎么偷拍都无所谓，我就当牺牲一下清净，随你们炒作绯闻，但是现在可不一样了……"说着，朱明熙突然一把搂住田小野的肩膀，"我有女朋友了，你们休想破坏我们的感情，我也不想被别人说三道四。如果再让我发现你们恶意炒作，就别怪我不客气。”

咦？田小野都被吓傻了，第一次看到如此霸气的朱明熙，有点儿不太适应。

“我们走。”说完，朱明熙搂住田小野的肩膀，大摇大摆地走出宴会厅。

田小野从头到尾都没有反应过来，脑袋一直是发蒙的状态。她被迫把身体歪向朱明熙那边，迟钝地移动双腿跟上他的步子。四周投来的目光带着高温，烧得她脸上火辣辣的。她心中又紧张又高兴，还有一种说不出的舒爽。刚才强哥气得歪鼻子的表情真是好看极了。

“怎么样，我表现得不错吧？”离开宴会厅后，朱明熙停下脚步，得意地看着田小野。

“嗯。”田小野咬着嘴唇，忍住快在脸上漾开的笑意。如果是以前，她肯定会尽职尽责地批评他乱来，今天却忍不住想要鼓掌庆祝。完了，自己好像不知不觉中已经被他传染了。

“求表扬。”得寸进尺的朱明熙嘟起嘴巴凑过来。田小野直接一巴掌拍了过去。

坐车返回办公室的途中，田小野收到了一条陌生号码发来的短信：“小野，对不起，这些都是公司的安排，我也是身不由己，我不想破坏你们的感情。”看样子是 TINA 发来的。不知道她为什么会有自己的手机号，也许是从苏冬阳那里要来的吧。

田小野本来不想回复，但想了想，还是回了一句：“没关系。”TINA 这么诚恳地道歉，如果自己不搭理，未免显得太高傲了。之前与 TINA 有过几次接触，她不像是那种城府很深、处处算计的坏女人，倒是那个胖成肉球的经纪人，怎么看都不是善茬。

TINA 又发来一句：“其实我早就有心上人了。”

为了挽回田小野的信任，她不惜故意说出自己的隐私。田小野隔着屏幕都能感受到她的焦急和迫切，发自内心地回了一句：“祝你早日得到幸福。”

仅仅只用文字交流，无论多么真诚的态度和发自内心的祝福都会打些折扣。田小野不知道是不是因为自己的回应太冷淡了，令 TINA 不知道怎么接话，她只发来两个字：“谢谢。”

田小野收好手机，不打算继续回应了。其实她已经猜到一切都是经纪人所为，而 TINA 只是一个傀儡而已。别看 TINA 在舞台上星光熠熠，好像是王冠加冕的女王，但她看经纪人的眼神中却隐约透着一丝小心翼翼，连说话都不敢大声，身体也下意识地微微缩紧。

“怎么了？”坐在田小野身旁的朱明熙终于忍不住了，关切地询问。刚才手机响了好几声，田小野头也不抬地忙着回复，他心里痒得就像有只小手在挠一样。

“是 TINA 发来的，她为了刚才的事向我道歉。”

“原来是她哦。”朱明熙明显松了一口气，大概之前还以为是苏冬阳发来的吧。

“她说一切都是经纪人的安排，她也不想那样。”

“我知道她是无辜的，我最不爽的就是那个趾高气扬的经纪人。”原来朱明熙早就心知肚明了，愤愤说道，“这次把他臭骂一顿，看他以后还敢不敢乱炒作我和 TINA 的绯闻。”

“TINA 的名气已经这么大了，应该不需要炒作了吧。”

“现在娱乐圈竞争这么激烈，女明星如果没有讨论度的话，过不了多久就‘凉’了。”

“专心做好作品不行吗……”田小野忍不住叹了口气，想想还是自己的职业好，虽然不如明星那样光鲜亮丽，但不用挖空心思费力经营，只要专心做好设计就能得到回报。

“所以我才不喜欢拍戏嘛，剧组里人人都戴着假面具，跟我套近乎，不就是想接我爸的戏吗？”朱明熙软软地向后仰靠在座位里，谈起这些就浑身泄气。

“对了，你为什么不拍你爸的戏啊？”田小野好奇地问，不料却踩到了朱明熙的痛处。

他好像很不服气的样子，说：“还能为什么，他嫌我演得烂呗。”这副“明明很在意，却偏要装出无所谓”的别扭模样把田小野逗笑了，没想到他也有被嫌弃的时候。

笑着笑着，田小野忽然发现有些不对劲。朱明熙一直看着她，表情还有些傻傻的。

“怎么了？”田小野下意识地摸了摸自己的嘴角，以为不小心粘了蛋糕屑。

朱明熙捏了一下她的脸颊，说：“太好了，还是去之前的那个田小野。”

莫名其妙的一句话令田小野摸不清头脑，疑惑地望着他。

他叹了一口气，说：“本来我还担心你见了苏冬阳之后，对我的态度会有所改变呢。我很想把你藏起来，但又想相信你。总之，就是很忐忑，很不自信……真奇怪，以前明明只在我爸面前会有这种感觉，你和他可不是一个级别的……”

“我喜欢的是你。”不等朱明熙絮絮叨叨地说完，田小野就忍不住打断了他的话。

“什么什么？你再说一遍。”朱明熙“唰”地扭过头来，看着田小野。

田小野微笑着，毫不吝啬地又重复了一遍：“我喜欢的……”

刚说到这里，她就发现朱明熙手忙脚乱地从包包里翻出手机，打开了某个 APP。

察觉到他的意图后，田小野急忙一把抓住他，害羞地嚷道："等一下，你拿手机干什么？不许录音！"

几天后，TINA 的经纪公司发公告澄清了与朱明熙的绯闻。这招倒是比直接发布绯闻照更有话题度，网友们又开始热烈讨论朱明熙、田小野、TINA 和苏冬阳的恋爱关系了。这次有人挖出了田小野和苏冬阳是校友的陈年往事，为这段扑朔迷离的四角恋加入了新料。

虽然田小野早就删除了网上给苏冬阳的留言，但不知道是谁走漏了风声，她曾经暗恋过苏冬阳的事一下子传得沸沸扬扬。苏冬阳的粉丝为他出气，全都跑来攻击田小野，把田小野骂得好几天不敢上网。朱明熙也受到牵连，两个人一夜之间就从模范情侣变成了过街老鼠。

第一次遭遇这么恐怖的网络暴力，田小野本该在家躺着休息，进行心灵治愈，但她依然咬着牙坚持上班，仿佛只有这样才能证明自己没有倒下。不仅张易然和沈湉湉密切留意她的情绪变化，就连怕热懒得出门的朱明熙也天天不辞辛劳地来公司报到，生怕她消沉下去。

当了几天缩头乌龟后，田小野乐观地以为事情已经过去了，经过一番心理斗争后，战战兢兢地打开网页一看，没想到骂战不但没有结束，还愈加升级了。相关话题一直在热搜榜上居高不下，她的知名度已经媲美明星了。

田小野克服内心的巨大恐惧，匆匆浏览了几个页面，没想到她无意间看到了猪猪女孩的发言。这个自从朱明熙公布恋情后就销声匿迹的神秘账号，居然在危难时刻又重出江湖了。

不看不知道，一看吓一跳，猪猪女孩这几天活跃极了，跟那些侮辱朱明熙和田小野的键盘侠唇枪舌剑，变成了一位冲锋陷阵的正义勇士。原来有人一直在拼命维护自己，受到鼓舞的田小野决定不再沉默，马上注册了一个小号，把猪猪女孩的精彩发言全都点了赞。

"所以你哪里'不再沉默'了，你应该直接用大号跟网友互怼啊！偷偷点赞算什么？"听完田小野振奋地向大家宣布"我已经做出了回击"后，朱明熙立即泼了一盆冷水过去。

"那可不行，那样会影响我正常工作的。"其实就是她自知骂不过网友，不战而退了。

"如果你真想回击，我帮你买一批水军。"朱明熙豪爽地说。

“千万别。”田小野吓得直摆手，“再这样吵下去就没完没了了。”

这时早已过了下班时间，按照惯例，朱明熙会和田小野一起吃饭并送她回家。他俩一边收拾东西，一边你一言我一语地讨论着。明明在网上被骂得狗血淋头，但是在现实里依旧恩爱如常。真不明白网友们为何对别人的恋爱有那么大兴致，牺牲了大把时间去说三道四。

“你们还不走吗？”临出门前，田小野见张易然和沈湉湉还稳如泰山地坐在座位上，不由得好奇地问。他俩住的地方离公司比较远，一般都是准时下班的。

“还剩一点儿工作，做完就走。”“我也是。”张易然和沈湉湉先后说道。他俩看上去真的很忙的样子，就连说这两句话时都只是匆匆抬了一下头，目光又马上落回电脑屏幕上。

田小野和朱明熙感到有些异样，但又不好追问下去，交换了一下眼神后，便双双离去了。

在接下来很长一段时间内，办公室里只有敲击键盘的声音响个不停。不是双重奏，而是沈湉湉的个人独奏。她正专心致志地对着电脑输入什么，十个指头飞快地在键盘上移动着，停都停不下来。不知何时，张易然已经悄然来到她的身后。

“喂。”张易然突然发声，吓得沈湉湉“啊”地惊叫起来。几乎同时，她敲下某个键，隐藏了所有窗口，只露出桌面，然后惊魂甫定地扭过头，不满地瞪了张易然一眼。

“你在干什么啊？”张易然装出好奇的语气。其实在刚才出声喊沈湉湉之前，他就已经看清了沈湉湉正在微博热门话题下面回复着什么，现在只是明知故问而已。

也许是从他的神态和语气中猜到一点儿什么，沈湉湉没有撒谎，而是大大方方地承认道：“我看到有人又在网上骂老板和小野，正准备骂回去呢。”

“你就是猪猪女孩吧？”

这突如其来的质问把沈湉湉吓得当场愣住。她眼神躲闪，结结巴巴地说：“啊？我……我怎么可能……”惊慌失措的模样让张易然更加肯定自己的猜测了。他默默掏出手机，打开某个页面递到沈湉湉眼前，正是刚才沈湉湉激情澎湃打字回复的那个话题。

沈湉湉不说话了，低着头轻轻咬住嘴唇，紧张和不安的神色瞬间在全脸扩散开来。

张易然就像侦探揭晓谜底时那样，平静而慎重地说道：“我已经观察你好久了。每当你的打字声稍微暂停的时候，这个话题下面就会多一条猪猪女孩的回复。不是一次，而是十次，十次都完全吻合，所以我才敢肯定就是你在用猪猪女孩的账号发言。”

在铁一般的证据面前，沈湉湉无话可说，目光颓然地落在地板上。

"所以之前那些偶遇照也是你拍下来发的？"张易然拉开一把空椅子，在她身边坐下。

沈湉湉轻轻摇头。

"这不是你的账号吗？怎么可能会不是你拍的？"张易然突然拔高音调。

"那时候……我的账号被盗了，是别人用这个账号发布了那些照片。其实我在GAW时发现老板和小野在一起之后，我就已经退圈了。我是最近才重新使用的。"

张易然想了想，还是打算相信她，又问："你当初为什么退圈？"

这次沈湉湉不吭声了，一直沉默地低着头。

没有办法，张易然只好自己试着猜测："你喜欢老板？"

沈湉湉吓了一跳，夹紧的肩膀突然耸动了一下，显然是被戳破后才有的紧张反应。

"我……我……我只是崇拜他而已……"阵脚大乱的沈湉湉几乎已经语无伦次，结结巴巴地辩解着，"就是粉丝崇拜偶像的那种喜欢而已……早在栗子工坊时代，我就已经开始关注他们了，现在能和他们一起工作就像做梦一样……我对他绝对没有非分之想！"

猪猪女孩确实没做过任何伤害朱明熙的事情，而且在这次舆论大战中也坚定不移地站在田小野这边。但是张易然万万没想到沈湉湉竟然隐藏得这么深，连他都被蒙在鼓里这么久。

"求求你，千万不要告诉老板和小野……"沈湉湉抬起头，带着快要哭出来的表情哀求着，"要是让他们知道我加入公司的动机不纯，我就只有辞职了……"

当初沈湉湉去GAW应聘时，只说自己是田小野的粉丝，但其实她是朱明熙的粉丝。因为在这件事上说了谎，她一直有些不安。后来看到朱明熙和田小野的关系越来越亲密，她越来越觉得猪猪女孩这个身份是一段黑历史，于是果断退圈。

看着沈湉湉焦急不安的样子，张易然无奈地叹了口气，说："好吧，我可以帮你保密，但你不要再用那个账号了，太容易穿帮了。"

还好这次是被他发现，万一以后被田小野和朱明熙发现可就没有挽回的余地了。沈湉湉松了一口气，当即表示永久弃用猪猪女孩的账号。

可是，就在第二天，沈湉湉做出了一件令张易然更加震惊的事。

"小野，其实……我就是猪猪女孩……"

只有三个人的办公室里，原本愉快而轻松的工作气氛因为这句话突然变得凝滞起来。田小野诧异地抬起视线，看着向自己低头认错的沈湉湉。不远处的张易然也无心工作了，伸长脖子张望着，表情看上去比沈湉湉还紧张几分。

“你说什么？”事发突然，田小野一时反应不过来。虽然她早就猜到猪猪女孩就是这个商圈附近的人，但是她从来没有怀疑过身边的沈湉湉。而且，一切都好好的，就算沈湉湉不主动承认，她也不关心猪猪女孩到底是谁，沈湉湉为什么会做出这么令人意外的举动？

这个问号在张易然的脑袋里就更大了，他比田小野更猜不透沈湉湉的想法。明明沈湉湉昨天才答应永久弃号，为什么今天却要主动“自首”呢？

两个人的疑惑让沈湉湉的心理压力更大了。公布自己的身份只是一个开端，最重要的是下面这件事。沈湉湉深吸一口气，把自己的手机交给田小野，说：“我昨天收到一条私信……”

就是这条从天而降的私信，让沈湉湉做出自首的决定。

满头雾水的田小野接过来一看，所有疑问都迎刃而解。收信人账号果然是猪猪女孩，而最令她震惊的还是私信内容。只见上面写着：“你好，我们是一家知名网络营销公司，看到你在粉丝圈里的知名度和活跃度后，想和你进行一些合作，酬劳丰厚。如果你感兴趣，请联系××××，×先生。”最后留下的是一个手机号码和一个联系人姓名。

这是什么意思？群发的垃圾私信吗？田小野马上点击头像查看发信人的详细资料，却发现只是一个没有任何内容的空号。可是私信内容又与普通的群发消息不太一样，那个人显然是看中猪猪女孩的影响力后才主动联系的，但他似乎有所顾忌，所以在得到猪猪女孩的同意之前不愿暴露自己的真实身份。

“你打电话了吗？”田小野抬头凝视沈湉湉，紧张得连呼吸的节奏都加快了。

“我打了……”沈湉湉小声说。就是因为打了，才决定今天来向田小野“自首”，这件事的严重性已经超过隐瞒猪猪女孩的身份了。

“我不是贪图他的钱，只是有点儿好奇，想看看他到底想干什么。没想到他对我说，希望我假装是和老板关系亲近的人，帮忙发布一些无中生有的言论。我当然马上就拒绝了，而他也没有纠缠下去，见我不答应就立即挂断了电话。”

“太可恶了……”田小野气得捏紧拳头，“我就奇怪为什么这么多天过去了，这个话题的热度还是居高不下，果然是有人在幕后操作——他让你发布什么言论？”

“说老板原本一直在和TINA交往，是……是你横刀夺爱……”

“我才没有呢！”对方深深的恶意令田小野一阵心惊胆寒。

猪猪女孩是粉丝圈里公认的“能近距离观察到朱明熙一举一动”的人，如果这个谣言由她散布出去，肯定会有很多人相信，造谣者的险恶用心可见一斑。以前听朱明熙说有人在操纵舆论她还不信，但是现在铁证如山，她终于再一次感受到了娱乐圈的险恶。

对方这么做的意图已经很明显了，就是想要抹黑朱明熙和田小野，让 TINA 继续扮演一名无辜的受害者。田小野脑海中浮现出 TINA 经纪人邪恶的眼神，情不自禁地打了个寒战。

她马上把这条私信转发给朱明熙，朱明熙看了以后气得暴跳如雷，又马上转发给白海燕。以白海燕的人脉关系，不用半天就能查出那个手机号码的主人是谁，让风波平息下去。

“湉湉，你放心吧，我们很快就能揪出主谋了。”与朱明熙通完话后，田小野胸有成足地说。沈湉湉依然非常自责，低着头不敢看田小野的眼睛。张易然早就在座位上坐不住了，凑过来靠在田小野的办公桌边，一边骂幕后黑手，一边安慰沈湉湉。

“其实，我还有一件事……”大家的谅解并没有消除沈湉湉的愧疚，她吞吞吐吐地说，“我……我想……辞职。”

“为什么？”田小野和张易然异口同声地大叫起来。

“我当初去 GAW 应聘的动机不纯，只是想要趁机接近你们……后来又给你们的生活带来了这么大的影响……我实在没脸继续留下来了……”

沈湉湉说着说着就哽咽起来，带着哭腔的声音听得田小野一阵心疼。

“事情都已经过去了，我是不会在意的。而且这次你帮我们找到了幕后黑手的线索，立了大功，我想感谢你还来不及呢，你怎么能说想要辞职呢？”舍不得放沈湉湉离开，田小野一边挽留，一边握住了她的手。从陌生到熟悉，从磨合到默契，这大半年他们已经建立起深厚的友谊。花月霓裳有了今天的成就少不了任何一个人的努力。

“但是，我真的不知道应该怎样面对你们……”说到这里，沈湉湉再也忍不住了，流下大滴大滴的眼泪。她的声音也因为哭泣而变得模糊不清，田小野几乎无法听清她的话。

见她哭得脸都花了，田小野心疼地递去一张纸巾，温柔地说：“这样吧，我给你放一周长假，你先好好休息一下，然后再决定是不是真的要辞职。”

“是啊，湉湉，你不要一时冲动。”张易然也跟着劝说。

看着两个人真诚的表情，沈湉湉的眼泪流得更加厉害了。她也想要继续留在这个像家一样的地方，但是自己真的有这个资格吗？

与此同时，距离花月霓裳工作室两站公交车距离的某商业小区内，郭寒露接到了妈妈从老家打来的电话。于浩在这个小区内租了一套简陋的两居室办公，客厅和厨房里堆满库存，几乎没有落脚的地方，吃饭和睡觉都只能在卧室里。这套房相当于公司、仓库和住所三合一。

别看这里地方小，因为靠近商务中心，租金可不便宜，每半年交一次房租。华衣坊之前的收入仅足以支撑他们的日常开销，眼看马上就要到交租期限了，于浩手上的钱根本不够，这几天正在到处东拼西凑呢。

“露露，钱已经打过去了，你查查看到账没有？”

“到账了，我已经收到短信了。”郭寒露装出很开心的语气，脸上却毫无笑意。

几天前，她撒谎说因为住不惯公司宿舍，和室友关系不好，想要搬出去自己一个人住，但是这样的借口只能借到五千元，离过几天就要交的五万元房租还差很远很远。她知道于浩肯定又会不高兴，但是，她实在想不到能让家里一下子拿出五万元的借口。

“露露，你已经工作这么久了，没有存到钱吗？”

“刚毕业花钱的地方太多了，一不小心就花光了。我下半年就能存到钱了。”

郭寒露至今不敢告诉家人她已经辞职了，家人还以为她仍在原先那家大公司工作呢。那家公司的工资待遇并不低，只要不乱花钱就不会月光，难怪郭母会有点儿担心和怀疑。

“虽然家里不指望你赚钱补贴，但你要养成勤俭节约的好习惯。你都买什么了？”

“买了些质量好的衣服给自己撑门面，我总不能穿得像学生一样去上班吧。”

“这倒是，要给自己买几套好衣服。你拍几张照片给妈妈看吧，妈妈好久没看到你了。”

“好，我待会儿发给你……”

挂断电话后，郭寒露无力地靠在墙壁上。她不敢让于浩听见，只能躲在楼梯间里接电话。整理好心情，她慢吞吞地回到房间，在堆成小山的仓库里翻找起来。家里别的没有，卖不出去的衣服倒是要多少有多少。还好撒谎买衣服，如果撒谎买包，到哪里去找名牌包拍照啊。

“你在干什么？”于浩不耐烦的声音从卧室里传来，他正在处理订单。

郭寒露一边继续翻找，一边说：“我找几件衣服拍照，我妈想看看我。”

“她打钱了吗？”

“打了五千。”

“你不会多要一些啊？”

“我说的是要搬出去租房，能要到五千已经很多了，再多他们就会怀疑了。”

两个人隔着墙壁一问一答，声音都扯得很大，听上去有些烦躁，差一点儿就要吵起来了。

“就知道指望不上你，还是只能靠我自己想办法。”于浩沉闷地叹了一口气，打键盘的动作更加用力，发出阵阵噪声，好像是在发泄心中的烦闷。

每当这时总是郭寒露马上妥协。她放下刚从库存堆里翻出的几件衣服，轻轻地深呼吸几下，平复好情绪后走进卧室，在于浩身边坐下。于浩依然目不斜视地忙着手上的工作。

“最近我妈总是问我找到男朋友没有，还想给我介绍对象，都被我拒绝了……”郭寒露尽量用舒缓而温柔的声音，在于浩身边轻轻说道，“你什么时候有空跟我回老家一趟吧。如果我们把实话告诉他们，他们一定会支持我们创业的。我不想一直这样撒谎下去，每次和我妈打电话我都觉得良心非常不安……”

不等郭寒露说完，于浩就烦躁地打断：“去你老家还怎么发货啊？不赚钱了？”这段时间郭寒露已经变着法子在于浩面前提过好几次回老家的事了，之前于浩还会找借口搪塞，后来就干脆直接拒绝了。他们可没钱像花月霓裳那样租仓库、雇专门的发货人员，什么都得靠自己动手。如果离开本地，网店就只能暂时歇业了，于浩不愿承担因此带来的损失。

“回老家耽误不了几天时间，而且说不定还能向我爸妈借点儿钱……”

眼看郭寒露又要絮絮叨叨地劝说起来，于浩急忙岔开话题：“你没事做就去买点儿好吃的东西回来，今天有贵客要来，我们要好好招待一下。”

这个房间又小又乱，以前遇到有朋友来玩的时候，于浩总是在外面请客吃饭。今晚到底是哪位“贵客”造访，要在屋里做客？郭寒露猜不出个所以然来。

晚上八点，于浩说的那位“贵客”终于现身了。听到敲门声的时候，郭寒露正在准备碗筷，不等她有所行动，于浩就殷切地跑去开门了。随即门口传来几句寒暄，熟悉的嗓音令郭寒露蓦然停下动作，呆呆地回头望去，没想到真的看到了那个人。

原来是苏冬阳，郭寒露之前的疑惑全都解开了。他现在是当红明星，走到哪里都会被人认出来，的确不适合在外面吃饭。难得他走红后还不嫌弃于浩，愿意来这里做客，郭寒露不禁有些感动。她放下手中的碗筷，连忙也赶去迎接。

苏冬阳还是原来那个苏冬阳，笑着跟她打招呼，一点儿也没有成名后的架子。他好奇地打量着堆满客厅的库存，一边跟于浩聊近况，一边走进卧室。卧室里只有一张桌子，平时被用来当电脑桌，今天为了招待客人，于浩把电脑移开，摆上超市买来的熟食就变成餐桌了。

三个人围在桌边，坐在塑料椅上，就这么艰苦朴素地吃了起来。桌上除了几份凉拌菜、卤肉、麻辣鸡块之外，还有十二听罐装啤酒，是于浩特意嘱咐郭寒露买回来的。

酒过三巡后，话题渐渐敞开了。已经微微有些醉意的于浩发起牢骚，述说着在GAW遇到的不公平待遇和创业的艰难。苏冬阳一直扮演着安慰者的角色，对自己在娱乐圈遇到的糟心事只字不提。也许是酒精刺激了于浩心中软弱的一面，他说着说着就忍不住微带哭意。

“如果当初没有撞死人，我早就是GAW的总监，年收入几十万了……现在却连一个像样的工作都找不到，自己创业还要处处碰壁，被大公司欺负压迫……我不甘心整天混吃等死，可是怎么也等不到发大财的机会……现在连房租都快交不起了……”

他喝醉后就有些絮絮叨叨，反复抱怨着世事不公和遇人不淑。

饭菜早就吃完了，在郭寒露收拾满桌狼藉的时候，于浩和苏冬阳就把剩下的啤酒全都搬到阳台上去继续聊天。快到十点的时候，啤酒全都喝完了，于浩又打发郭寒露下楼去买了半打。

就这样，两个人一直在阳台聊天到深夜。郭寒露不好去打扰他们，便自己趴在桌边打盹。晚饭时她也喝了一罐啤酒，有些昏昏欲睡。迷糊之际，她隐约听见于浩又向苏冬阳提起合伙和借钱的事情，被苏冬阳以“经纪公司管得严”和“没钱”为由拒绝了。

本以为苏冬阳喝醉了就会答应呢，没想到他还挺清醒的，郭寒露不禁觉得有些好笑。其实她一直反对于浩找苏冬阳合伙，一来现在两个人已经不同圈了，硬要高攀只会自讨没趣；二来于浩之前借的钱都没还，苏冬阳又不是提款机，就算有钱也不会傻傻地填这个无底洞。现在这个世道，遇到困难不能毫无限制地找亲戚朋友帮忙，唯一的出路还是想办法把库存卖出去。

想着想着，郭寒露的睡意更深了。眼皮沉甸甸地覆盖在因为酒精作用而有些发热和干涩的眼球上，再也抬不起来。接下来又发生了什么，她全都不得而知，就这样睡了过去……

“我没想到你这么卑鄙！”

"我本来也不想这样，是你逼我的。"

不知道睡了多久，郭寒露的意识被争吵声唤回现实。她迷迷糊糊地睁开眼睛，脑袋里模糊一团，连自己身在何处都有些记不起来，过了好一会儿，才终于想起今天苏冬阳来做客的事。

争吵声是从外面客厅传来的。郭寒露从桌上缓缓抬起头，肩膀和胳膊都因为睡太久而有些酸痛。拿起桌上的手机看了眼时间，已经是凌晨三点了，难怪窗外一片浓重的漆黑。

"五万元对你来说只是小菜一碟，你连这点儿忙都不帮，我算是看透你了。"

"我以前没有帮过你吗？前前后后已经借过好几万给你了，什么时候催你还过？"

"如果你想息事宁人就付钱，不然我就把照片卖掉。"

"我直接送你五万，不用还了，但是从今以后，我不想再见到你！"

争吵声越来越大，当郭寒露走到卧室门口时，她看到于浩和苏冬阳正互相拉扯着。两个人都是面红耳赤，情绪激动，头发和衣服乱糟糟的，空气中飘散着刺鼻的酒气。

"怎么了？"郭寒露突然出声，打断了两个人的争吵。

见郭寒露醒了，两个人都稍微收敛了一下情绪。于浩惊慌失措地把高高举起的手机藏到身后，而苏冬阳则愤怒地指着于浩，向郭寒露发出一阵低吼："你最好趁早跟他分手！"说完，他就直接摔门离去。巨大的声响吓得郭寒露瞬间从迷迷糊糊的状态中清醒过来。

"你们怎么吵起来了？"郭寒露焦急地冲到于浩身边追问。她从来没见过苏冬阳发火，更没想到两个人会吵得动起手来。要不是于浩做了什么过分的事，苏冬阳不可能这么愤怒。

"没什么事，你别问长问短的，快去睡觉吧。"于浩把郭寒露推进卧室，自己则向阳台走去，想要吹风冷静一下。

郭寒露不放心，紧紧拽住他的手臂，硬要问出个结果。于浩刚开始还能耐着性子敷衍一下，后来就越来越暴躁，声音扯得又高又亮，听上去非常骇人。

就在这时，他的手机突然响了一声。他甩开郭寒露，拿起手机看了一下。因为是在黑暗中，手机屏幕的亮光非常刺眼，屏幕上的文字也格外清晰明亮。郭寒露一眼就瞥见了，那是苏冬阳转账成功的微信提示，金额是五万元。

顿时，郭寒露全都明白了，惊愕地问道："他答应借钱了？"但是绝非仅仅如此，肯定还有很多内情，她想起刚才两个人的争吵内容，有好几个地方都令她不能释怀。她再次拽住于浩，焦急地追问着：“你们刚才说什么照片？他为什么跟你绝交？你做什么了？”

“你别问了，快去睡吧。”于浩始终不肯松口。

郭寒露见问不出什么结果，只能无奈地叹了一口长气，闷闷不乐地上床睡觉了，但她毫无睡意，始终放心不下于浩。天快亮的时候，趁于浩还在熟睡中没有醒来，她悄悄坐起来，做了一个大胆的行为——偷偷解锁了于浩的手机。

打开相册的瞬间，她的脑海一片空白。与其说是愤怒，不如说是一阵悲哀疯狂涌上。她连哭都哭不出来，只觉得全身冷透了，好像在雪地里穿着湿透的衣服一样阵阵发抖。

她终于明白苏冬阳那些话的意思，也终于明白那时候于浩为什么下意识地把手机藏在背后。

一张一张仔细辨认着那些照片，回忆着画面中每个瞬间发生时的情形。她怎么也无法相信，当时跟苏冬阳有说有笑的于浩居然偷偷拍下了这些东西！

每张照片中都只有苏冬阳和郭寒露两个人，他们在晦暗的光线下推杯换盏，附耳谈笑，还专门挑选了看上去非常暧昧的角度拍摄。虽然没有什么过分亲密的动作，但是只要有心人添油加醋地乱写一些文案，就能破坏苏冬阳新好男人的人设，在网上掀起轩然大波。

郭寒露越想越害怕，越想越心凉。她忍住快要夺眶而出的眼泪，把这些照片统统删除了，删完后紧紧握着手机，像木偶似的一动不动地坐在床边。一个念头在她的脑海中逐渐成形，越来越清晰，像咒语似的盘旋在耳际，催促着她立即采取行动。

十分钟后，郭寒露深吸一口气，猛地跳下床，打开衣柜，把自己的衣服统统抱出来扔在床上，然后拖来行李箱打开，粗暴地把衣服全部塞进去。她就像突然被按下启动键，从静止状态瞬间解冻的机器人，所有动作一气呵成，而且又快又狠，仿佛只有这样才能抑制怒气。

“露露，你怎么了？”巨大的声响把于浩从睡梦中吵醒。他微微直起上半身，迷迷糊糊地看着一头冲进卫生间收拾洗漱用品的郭寒露。

“我们分手吧。”郭寒露埋着头，用尽全身力气把漱口杯和毛巾塞进行李箱，由始至终没有抬头看于浩一眼。压得十分低沉的声音中隐忍着哭意，她的眼眶早就泛红了。

晴天霹雳般的宣告令于浩猛地坐起来。他刚要张口询问，突然看见被扔在床上的手机，顿时全都明白了。他想要解释，但又不知道该说什么，只能重重地叹了一口气，放弃似的坐在床边，颓然地捂着头，一声不吭地听着郭寒露到处走来走去的声音而没有进行挽留。

直到郭寒露拖着行李箱边哭边离开，重重地甩上门，他才缓缓抬起头，恍惚地望着这个熟悉而陌生的房间。虽然依旧到处堆满杂物，却好像变得空荡荡的，寂静中透着死气沉沉。

原来她也会伤心欲绝地毅然离去。直到这一刻，于浩才终于有了实感。

第九章

幸福不会是假象

几场大雨击退了闷热的天气，温度骤然下降了五六度，夏末的日子变得没那么难熬了。田小野不再开着空调睡觉，一床凉席就足以让她清凉入梦。就在田小野睡得正香甜时，手机突然响了起来。

不是闹铃声，而是电话铃声。被吵醒的田小野在床上蠕动了几下，用很大的力气才勉强把眼睛睁开一道小缝，模糊看到来电显示是郭寒露。

"喂？"她把手机放到耳边，就又闭上了眼睛。

"小野……"手机对面只传来这两个字，接下来就是一阵小声的呜咽。郭寒露含混不清地说着什么，很快就泣不成声了。

田小野马上清醒过来，翻身坐在床上，紧张地问："你怎么了？是不是和我哥吵架了？"能让郭寒露这么伤心，一大早就打电话给她的事情，肯定和于浩有关。

"我……我和他分手了……"郭寒露哽咽着说。

一听比自己想象中严重多了，田小野睡意全无，捏紧手机问："你在哪里啊？"手机对面传来汽车的喇叭声，证明郭寒露不是在家里，而是在街上。现在时间这么早，一个人流落街头太可怜了，田小野忍不住想要马上奔赴她身边，好好地安慰她，听她把事情经过讲清楚。

"我在火车站。"郭寒露一边吸气，一边抽噎着说，"我已经买了上午十点的火车票。"

田小野立即猜到她的打算，忙问："你要回老家吗？你和我哥到底怎么了？"

郭寒露哭诉着所受的委屈。她结结巴巴地讲得太慢了，而且条理不清，田小野听得十分吃力，干脆打断道："你等我，我马上过去找你。"说完，她就跳下床，七手八脚地穿衣服去了。

清晨的火车站十分凉爽，路边的树木已经掉下落叶，传来秋季的气息。空旷的广场上只有寥寥几个拉着行李箱的旅客匆匆穿过，其他人大多集中在几个卖早点的摊位周围。因为离发车时间还有很久，郭寒露进不了候车厅，只能一个人坐在花坛边静静等待着。

当田小野气喘吁吁地赶到时，她早就停止了哭泣，只是眼睛和鼻头都红彤彤的，脸颊上也留着泪痕，看上去十分憔悴可怜。田小野一阵心疼，连忙在她身边坐下，问道：“露露，你没事吧？”说话时，她的视线一直关切地锁定在她的表情上。

郭寒露说不出话，只能轻轻摇摇头，用纸巾擦去刚从眼角溢出的泪水。独自一人静静坐着发呆还好，一旦要与别人交谈，泪腺就会突然变得十分脆弱，控制不住涌出眼泪。

“我哥这么做真是太过分了！不过你真的下定决心了吗？”田小野温柔地劝道。

“我没有钱又没有工作，不回家还能怎么办？”她低沉嘶哑的声音显得有些疲惫，似乎是因为之前哭得太厉害，以至于现在连讲话的力气都所剩无几了。

田小野叹了口气，心想：这倒也是，遇上她这种情况，回家真的是唯一的退路了。

事到如今，如果再替于浩说好话，连田小野都觉得自己虚伪。她一直打从心底希望两个人早点儿分手，现在终于如愿以偿了，但是看到郭寒露痛苦的样子，她却一点儿也高兴不起来。

就这样，两个人坐在花坛边聊了很久。大部分时间都是郭寒露在讲话，述说着这段时间与于浩生活的点点滴滴。他们一起找住处，一起买家什，一起去超市，一起找工厂，一起做设计，一起发货，一起吃饭，无论是多么细小而平凡的事情，此时都变成了无法重来的回忆。

田小野可以听出她对于浩依旧有感情，只是这次被伤得太深了，才不得不狠心做出分手的决定。其实她在心中依旧摇摆不定，不知道这样做是对是错，对未来有些恐惧和不安。

时间在不知不觉中流逝，广场上人流越来越多，车站入口处也排起了检票的长队。花坛边坐满陌生人，周围闹嚷嚷的，郭寒露没有心情再讲下去了。这时她已经平静下来，不再抽噎落泪，除了眼神依旧有些呆滞，没有神采之外，看上去已经没有大碍了。

她低头看了眼时间，说：“小野，我要走了。”

“嗯，我送你吧。”田小野马上站起来，挽着她的胳膊，替她拉着拉杆箱。

两个人刚要出发向检票口走去，就在这时，身后突然传来一个意想不到的声音：“露露！”不等两个人回头望去，于浩就已经飞快地冲了过来，一把扯住郭寒露的胳膊。

郭寒露吓得哆嗦了一下，下意识地后退了半步。田小野也没想到他会突然出现，一瞬间的惊吓后马上产生了保护郭寒露的意识，移步挡在郭寒露面前，生怕她被于浩伤害。

于浩顾不上田小野，拉下面子，诚恳地说：“我知道错了，你原谅我吧。”他拽住郭寒露的手十分用力，指头仿佛陷入肉中，郭寒露裸露的胳膊上已经出现了几道红痕。

"你干什么呀？快放开她。"田小野着急地抱住于浩的手用力拉，想要分开两个人。他们的争执引来路人纷纷侧目，大家都投来好奇的目光。

在视线的包围下，于浩终于松开手。重获自由后，郭寒露并没有扭头离去，而是原地站着不动，看样子很想听听于浩到底想说什么。田小野紧紧挽着她的胳膊，寸步不离地守着她。

"露露，我不想和你分手，你不要走好不好？"于浩难得这么低声下气地恳求。

郭寒露没有回答，默默低下了头。

于浩又说："我没想过要把照片公布出去，我只是吓唬苏冬阳而已。我了解他的性格，他一定会给钱的。如果你不偷翻我的手机，这件事早就过去了，我根本不想让你知道……"

所以说白了就是欺负老实人，田小野在心里暗暗为苏冬阳打抱不平。有了这次教训后，苏冬阳肯定再也不会理于浩了。想到这里，田小野偷偷瞥了郭寒露一眼，发现她把头埋得更低了。没有拒绝和反驳就是内心动摇的最好证明，她就是放不下、舍不得离开于浩。

"露露？"于浩试着轻轻牵住郭寒露垂在身侧的左手。

郭寒露马上把手抽了回去，低声说："反正我不能原谅你……以前无论你做了什么我都陪在你身边，但这次不行……"说到一半，她没忍住，伤心地抽泣起来。

"不会有第二次了，你就给我最后一次机会吧？"于浩没有放弃，又牵起郭寒露的左手，柔声细气地说着甜言蜜语，"我早就离不开你了……你走了，我一个人怎么过？"

这招对郭寒露还挺管用。虽然她没有回答，但是动作上已经不抗拒了，任由于浩牵着她的手。这时，于浩从衣兜里掏出一件东西，轻轻塞进郭寒露的左手掌心。

郭寒露愣了一下，就连一旁的田小野都大吃一惊。郭寒露打开掌心，发现那竟是一个戒指盒。刹那间，她和田小野同时猜到了于浩的意图。郭寒露连忙打开盒盖，只见里面装着一枚精美的铂金戒指。镶嵌在正中的那颗小小钻石在清晨的阳光下光彩流溢，煞是好看。

泪水顷刻间涌出眼眶，郭寒露捧着戒指盒不知道该怎么办了。于浩轻轻把盖子合上，握住了她颤抖的手，说："如果你留下来，我们就结婚。这枚戒指早就买好了，只是一直没有机会交给你。你试一试合不合适？"

如果这一幕出现在偶像剧中，这时候肯定有一台摄影机围着他们进行三百六十度旋转拍摄，还会配上浪漫感人的背景音乐。田小野忽然觉得自己的存在有些多余，下意识地松开挽住郭寒露胳膊的手，向后退开半步。

于浩应该没有说谎，就算有苏冬阳的那五万元，商场也不会这么早开门，所以这枚戒指的确早就买好了。原来于浩心中也是有郭寒露的，而且已经在考虑向她求婚了。想到这里，一直不看好这段感情的田小野改变了态度，愿意放下成见，真诚地祝福他们。

不知何时，他们四周已经围了一大群围观的路人。有些跟于浩差不多年纪、喜欢凑热闹的男生看到这一幕后，忍不住兴奋地拍手喊着："嫁给他，嫁给他……"

在这些好事之徒的带动下，越来越多的围观者开始跟着嚷嚷起来，还有人发出尖叫声和喝彩声。田小野在心里吐槽：你们知道什么事吗？就在这里瞎起哄！嫁错了你们负责啊？

无论如何，于浩的目的已经达到。郭寒露终于心软了，忽然破涕为笑，用手背擦去脸颊的泪水，把戒指盒放进了随身携带的包里，问道："你真的知错了吗？"

"当然知错了，你一走我就后悔了。露露，我不能没有你，你跟我回去吧。"

郭寒露开心地点了点头，发出一声铿锵有力的"嗯"。

周围的起哄声又变大了，人们纷纷鼓起掌来。田小野叹了一口气，揪紧的心终于落回原位。这对他俩来说应该是最好的结果吧，分分合合这么多次，这下终于修成正果了。

既然已经求了婚，马上就要忙着订婚和结婚了。郭寒露没有回老家，而是她的父母迫不及待地从老家赶过来，与于浩这个准女婿见面。他们连郭寒露什么时候谈的恋爱都不知道，这会儿突然听说女儿要嫁人，吓得都不知道该是高兴还是该担心了。不过，好在于浩各方面的条件都不错，相貌堂堂，能说会道，而且是大城市户口，父亲的工作体面，修养良好，母亲看上去也很贤惠热情，他们没什么不满意的。

两家人见面后，彼此都一见如故，马上就开始商量婚期，准备结成亲家了。

依郭美涵的意见，结婚还是春季最好，天气不冷不热，万物萌芽复苏，一派欣欣向荣，真实原因却是于家需要大半年时间才能筹措出婚礼需要的资金。婚期拖得太久怕会出现变故，但如果要趁热打铁马上办，于家又拿不出钱来，所以只有把婚期定在半年后最为合适。

两年前的车祸掏空了于家的家底，如今他们连买房的首付都拿不出来，还好郭家非常开明，只要看到女儿幸福就好，不介意有没有新房。而且于家的老房子是高档小区里的三室两厅，有一百多平方米，就算结婚后他们和公婆住在一起也不嫌挤。

一周后，郭寒露和于浩订了婚。

订婚仪式没有太过铺张，只邀请了一些关系亲近的亲戚朋友，在饭店里吃了一顿饭。田小野当然也出席了，虽然于翰林暗示她可以把朱明熙也一起带上，但是考虑再三后，她决定还是自己一个人来参加比较妥当。万一朱明熙和于浩又闹起来，那就不好收场了。

订婚宴在饭店里一个还算豪华的大包间里举行。除了可以围坐近二十人的大餐桌外，墙壁上还挂着电视，角落里摆放着三人沙发和茶几，还有单独的卫生间。饭后，难得相聚的长辈们都不愿离去，三三两两地凑在一起交谈，田小野和郭寒露也找了个没人的地方聊天。

田小野笑嘻嘻地拉着郭寒露的手，说："露露，你以后就是我的嫂子了。"说实话，她真有些不习惯这样的身份变化。今天人多热闹，到处喜气洋洋，经不住劝的她就喝了一点儿酒，现在整个人都敞开了，忍不住想要说话，而且就连微笑时嘴角咧开的弧度都比以前大得多。

郭寒露倒是滴酒未沾，与满脸傻笑的田小野相比，显得稳重冷静多了。明明是个好日子，她却有些闷闷不乐，低声对田小野说出一个秘密："我后来才知道，那枚戒指根本就不是于浩买的，而是于叔叔和郭阿姨买的。他不声不响地偷偷藏了好久，一直没有交给我。要不是看到我要回老家，他着急了，肯定还要藏下去，舍不得给我。"

"怎么会这样……"田小野有些惊讶。

"总觉得他心里不是那么想娶我……"郭寒露双眸低垂，悠然长叹。在这段恋爱长跑中，她一直处于弱势的一方，总是在不停地妥协和退让，于浩却把她的付出当作理所当然。这样的不平等关系让她产生了深深的自卑心理，一直害怕于浩不是真心爱她。

田小野想了想，郑重地说道："露露，不管你现在做出什么决定，我都会支持你。"

"我舍不得坚持至今的感情，但也很怕嫁给一个不爱我的人……"郭寒露幽幽说出一句田小野听不太懂的话。越是到了关键时刻，越是变得畏首畏尾，表面的微笑并不能拂去她心中越来越深的不安。

"你们在偷偷说什么？"于浩突然出现，吓得郭寒露连忙收声。

田小野不冷不热地回答："说我一定不会让你欺负露露。"

于浩今天心情不错，跟田小野开起玩笑："我好不容易讨到的媳妇儿，你别给我说丢了。"

"我才舍不得呢，我可喜欢这个嫂子了。"说着，她马上挽起郭寒露的胳膊，把头靠了过去。刚才那有些阴郁的气氛消散一空，兄妹俩开始你一言我一语地抬起杠来。

郭寒露和于浩的订婚宴还是顺利结束了，她和田小野说的事情似乎就这么翻过去了。以于浩和郭寒露订婚为契机，一切似乎都开始朝着好的方向发展，田小野已经很久没有这么开心过，也很久没有这么愉快地与家人相处了。她曾经偏激地想要孤独终老，但是回到家庭的怀抱后，却又因为这片刻的温暖而变得脆弱和不坚定，想要融入其中，舍不得离去。

离开饭店时，于翰林故意与田小野落在最后。他最关心的当然是田小野和朱明熙的感情发展，害羞的田小野却不愿多说一个字。后来话题又来到于浩身上，他那摇摇欲坠的公司始终是大家的心病。于翰林希望田小野能帮他一把，田小野终究还是心软地答应了。

一家人没有隔夜仇，她倒是愿意好心帮忙，但就怕朱明熙和其他人不乐意……

自从沈湉湉提出辞职后，就再也没有去过办公室。田小野说给她一周时间考虑，眼看一周时间已经过去，沈湉湉却还是没有消息。

哪怕天气依旧炎热，每天只有两个人来上班的办公室也是冷清寂寞的，平时就话多管不住嘴、喜欢和沈湉湉东拉西扯的张易然早就坐不住了。他几乎每天都会在网上跟沈湉湉聊上几句，旁敲侧击地询问她是否仍然坚持辞职，但每次都听不到想听的答案，急得心慌意乱。

再等下去也不是办法，张易然干脆把心一横，约沈湉湉出来吃饭。沈湉湉犹豫了一下就答应了，大概是因为她也有话想当面对张易然讲清楚吧。

地点选在一家云南菜餐厅，都爱吃辣的两个人以前就曾多次光顾这里，留下了很多美好的回忆。张易然早早就到了，熟悉沈湉湉口味的他提前点好几道上得很慢的大菜，这样等沈湉湉来的时候就可以直接动筷了。

大约十分钟后，沈湉湉的身影出现在店门口。不等服务员把她带到座位上，张易然就高高扬起右手，热情地向她打招呼："湉湉，这里这里！"

沈湉湉马上扬手回应了一下，快步来到他的身旁。

"你男朋友呢？"张易然奇怪她为什么一个人来，他明明提议要带吕聪一起的。

沈湉湉把包包放在身边的空椅子上，一边整理因为坐下而变皱的衣角一边笑嘻嘻地说："我和他分手了。"她的语气轻松自然，脸上也没有一丝难过的神色，好像只是随口闲聊似的，一点儿也不符合这么严重的台词。

"什么？什么时候的事？"张易然吓坏了，睁大眼睛半天没有说出话来。沈湉湉可不是那种随随便便谈恋爱和分手的人，她能恢复成现在这样，背后肯定偷偷流过不少眼泪。

"有一段时间了吧。"沈湉湉整理了一下发丝，垂下视线开始研究菜单了。

感觉她似乎不愿多说，张易然只能忍下心中的好奇，用机警的目光偷偷观察她。虽然她努力装出平常的样子，但是眼神总在沉默下来的时候变得黯然失色。她不愿与张易然过多对视，目光总是有些躲闪，似乎是因为害怕心中的矛盾和不安会因此而暴露出来。

这时服务员过来加水，沈湉湉又追加了两道小菜和饮料，都是她爱吃的菜，也都在张易然的预料之中。一切仿佛都没有改变，但又确实有东西回不去了，张易然在心中暗暗叹了口气，没想到沈湉湉却笑着问道："你怎么了？为什么愁眉不展的？"

"还不是因为你？你到底还回不回来啊？"张易然假装有些生气的样子。

"我……我还是有些害怕……就算你们可以原谅我，我也不能原谅我自己……"一提到这个问题，沈湉湉马上变得结结巴巴了。其实张易然早就知道她对花月霓裳感情犹存，舍不得离开，只是无法敞开心扉接受大家的原谅，非要用逃避来遗忘这段过去。

"虽然你隐瞒了身份，但是你没有伤害任何人，而且还帮忙揪出了陷害老板的幕后黑手，明明就是一个大功臣，可你为什么总是觉得自己有罪呢？"这是张易然最想不通的地方。

沈湉湉陷入了沉默。似乎是因为无言以对，也似乎是因为另有隐情，张易然看不太明白。

沉默绵延开来，直到服务员来上菜才被打破。刚起锅的炒菜热气腾腾，不仅浓香四溢，还冒出"吱吱"的油爆声，馋得人直咽口水。张易然赶紧给沈湉湉夹了一块她最爱吃的黄牛肉，抛开刚才那些严肃的话题，高兴地说："快吃吧，趁热才好吃。"

看着放在碗里的那块肉，沈湉湉的情绪突然崩溃了。她竭力伪装的平静在这一刻化作乌有，眼眸中突然涌上一阵水雾。刚才忍耐得多厉害，现在就反弹得多厉害。她用马上就要哭出来的声音说："我……本来就有罪……你们对我这么好，可是……可是我说谎了……"

"你到底说什么谎了？"张易然觉得她话中有话，肯定隐藏着什么。

"我……"

张易然看着着急，干脆替她开口，问："猪猪女孩真的是你吗？"

沈湉湉吓了一跳，猛地抬起头，随即便在张易然笃定的目光中渐渐冷静下来。终于，她低声承认："本来是我……"说到这里，她又咬紧嘴唇，在良久的沉默中进行着最后的心理斗争。张易然同情地看着她纠结矛盾的样子，发出微弱的叹息。

不知道过了多久，她终于鼓起勇气，说出了一直被藏于心底的秘密："但是后来被吕聪拿去用了……我很久以后才发现，跟他大吵了一架……他发誓再也不偷拍了，可是我们的感情却因此出现了再也无法修复的裂痕……没过多久就分手了……"她的声音越来越微弱。

张易然点点头说："这样我就明白了。"

他平静的反应令沈湉湉感到非常意外，她下意识地问道："你怎么知道的？"

张易然说："手机偷拍一般是竖版，相机却是横版。猪猪女孩发布的偶遇照中，有好几次你都和我们在一起，我确定你没有随身带相机，所以很容易就猜到拍照人是吕聪了。"

沈湉湉恍然大悟，低声说："以前热恋时我喜欢向他汇报行踪，他也喜欢问我在哪里。我还以为他是关心我呢，没想到却是为了蹲点偷拍……"

"弃用猪猪女孩的账号也和这件事有关吧？"张易然又问。

"嗯。"话说开后，沈湉湉就不再欲言又止了。她轻轻点头，说："其实我发现老板和小野在一起后，那个账号就很少用了，后来又发现账号被吕聪拿去发布偷拍的照片，我就把账号拿了回来，也发布了退圈公告，然后没过多久我们就分手了……"

"那你是真的喜欢老板吗？"

仿佛是被张易然的问题吓到，沈湉湉下意识地提高了音量："我哪敢喜欢他？我只是……尊敬他，把他当老板看待而已……"也许不仅仅是如此，但是张易然觉得没有必要硬逼她承认一切，她自愿跟朱明熙划清界限、保持距离绝对是明智的。

"那你……现在有喜欢的人吗？"张易然忽然变得小心翼翼起来。

沈湉湉自嘲地笑着说："我的伤口到现在还痛着呢，哪敢这么快就喜欢别人？"

"你有没有听说过，走出前一段恋情的最好办法就是开始新的恋情？"

"哪能这么快就遇到新恋情呢……"

沈湉湉已经害怕了，她淡笑着摇头，心中完全不抱任何期望。然而，她万万想不到的是，张易然前面的所有发言，都是为了下面这句话所做的铺垫。

"我可以当你的候补啊。"

沈湉湉吓得猛地抬起头，看见他正半开玩笑地笑着，眼神却是认真的，而且连耳根都红透了。突如其来的告白令沈湉湉慌乱无措，不知道怎么回答。

张易然体贴地替她解围，说："没关系，你可以考虑一下。反正我已经偷偷喜欢你很久了，不介意再多等几天。"

几天后，沈湉湉终于回到公司，花月霓裳再次变回最强阵容。田小野高兴得合不拢嘴，听说是张易然把沈湉湉劝回来的，更是给张易然记了一个大功，可是一旦偷偷追问细节，不知道为什么，两人都不愿多说，而且神情还怪怪的，令田小野有些莫名其妙。

无论如何，沈湉湉能够回归是比郭寒露订婚更令田小野振奋的大好消息。她马上打电话向朱明熙报喜，让他立刻赶到公司来，下班后跟大家一起去吃团圆饭，好好庆祝一下。喜欢凑热闹的朱明熙当然一口答应下来，用最快的速度出现在大家面前。

花月霓裳已经很久没有四个人全员到齐了。大家全都无心工作，七嘴八舌地讨论着下班后去哪里吃饭，直到门外突然传来"叮咚"的门铃声，大家才暂时停顿下来。

"来了！"离门最近的沈湉湉赶紧跑去开门，但是在门打开的瞬间，她却突然呆住了。其他人感到气氛有些奇怪，下意识地探头张望，结果都像沈湉湉一样愣住了。

"我……来给小野送点儿东西……"尴尬的气氛弥散在寂静的空间中，门外的客人也意识到自己来得不是时候，小心翼翼地说着。

"啊，进来吧，露露。"好不容易反应过来的田小野连忙换上笑容，热情地把郭寒露请进办公室。

郭寒露提着一个鼓鼓的塑料袋，里面塞满了衣服。也许是因为感觉到其他人不太欢迎自己，她没有多做停留，把塑料袋留给田小野后稍微闲聊了几句就告辞了。

待她离开后，朱明熙板着脸，第一个发问："她拿的什么过来啊？"

田小野早就料到会被无情审问，心虚地说："就是……他们网店在卖的一些衣服。"

"就是于浩那家店哦？叫什么……华衣坊来着？"田小野故意隐去了那个会令所有人感到不快的名字，朱明熙却非要提出来重重强调一遍，好让她的良心更加刺痛。

"嗯。"田小野硬着头皮回答，额头已经开始冒冷汗了，然而朱明熙的审问仍在继续。

"她把衣服拿给你干什么？"

田小野用几不可闻的声音回答："他们想在我们店里寄卖，所以先拿给我看看。"

"寄卖？"三个人异口同声地尖叫起来，高亢的声音差点儿把天花板捅出一个洞来。无论田小野把音量压得多低，都不妨碍这个关键词像针尖一样刺入他们耳中。

田小野吓得缩起脖子，趴在桌子上俯首认罪，等待着被大家狠狠地训斥一顿。

"你什么时候答应的，我怎么不知道？"另外两个人不便吭声，最有立场发言的朱明熙当仁不让地对田小野发起第一拨进攻。

“我还没答应呢……”自知有罪在身的田小野有气无力地辩解着，但是刚说完就放弃似的补充道，“但是，也不太好拒绝……”

来自家庭和朋友的压力太大了，再加上她自己又心软，虽然嘴上说“还没答应”，但心里早就倾向于“同意帮忙”了。

看到朱明熙的脸色越来越难看，张易然和沈湉湉也显得十分无奈，田小野急忙向大家解释道：“他们积压了太多库存，资金已经不够周转，连房租都快付不起了。我们网店的人气比他们高得多，如果挂在我们的店里卖，肯定能卖出去……当然也不是白帮忙，他们会付寄卖费的……”

本来以为最后一句话可以扳回一城，谁料还是被朱明熙无情拒绝：“那也不行。”

“是啊，小野，他们的风格和我们完全不一样。”张易然也反对。

“这样会砸掉我们自己的招牌的。”沈湉湉也加入进来。

这时他俩已经从塑料袋里拿出几套衣服，拆开包装发现全都是网络爆款后头都大了。花月霓裳主打的是古风汉服，也兼做萝莉裙和童装，总的来说都属于小众风格，而于浩的华衣坊走的却是截然相反的路线。如果让那些衣服上架，花月霓裳的气质就全变了。

田小野不是没有这方面的顾虑，但是她仍然想要尝试一下。“我已经想到办法了……”说着，她拿出其中一件爆款，用指尖在上面比画了一下，“我们可以在此基础上再添加一些新元素，比如在这里加一个紫藤刺绣，这里改成盘扣，让它们更贴近我们的风格。”

“可是……”这个办法不是不行，但是又费时又费力，大家都显得不太乐意。

“我也不光是为了帮助他们，其实我觉得可以尝试一下日常穿的汉服改良款，我们目前遇到了瓶颈，汉服日常款也许会成为我们突破瓶颈的关键！”田小野做出最后的努力，见大家还是你看我看你谁都不吭声，只好让步了，“好吧，我自己做就是了，不会占用工作时间……”

“既然你都这么说了，我们怎么能不管呢……”另外三人舍不得田小野一个人辛苦，互相确认过眼神后，最后还是怏怏不乐地同意了。

因为要帮华衣坊做设计，花月霓裳的工作量突然爆增，就连经常偷懒的朱明熙都主动来办公室帮忙。郭寒露听说后也要求加入进来，田小野特意为她添置了一台办公电脑。对于这个突然多出来的帮手，大家一开始很不习惯，但是慢慢接触后便都改观了。

张易然还偷偷向田小野吐槽:"于浩肯定是上辈子拯救了宇宙,才能娶到这么好的老婆。"

郭寒露渐渐融入了集体，华衣坊和花月霓裳俨然已经合二为一了，但是于浩始终没有露面，只是偶尔会在郭寒露的话语中出现一下。他躲起来是正确的，万一真的现身了，大家好不容易建立起来的和谐气氛肯定就要灰飞烟灭了。

一个月后，改版后的华衣坊服装首次在花月霓裳网店上亮相。虽然加入了一些汉服元素，但是本质依旧是网络爆款，在风格上显得与其他服装泾渭分明，格格不入。

上架前，大家都有些惴惴不安，担心好不容易积累起来的粉丝会对他们的设计理念产生质疑。大家暂时放下手边的设计工作，当起了临时客服，想要尽心尽力地向买家解释好这次转变的原因。不过令人意外的是，买家对这种新类型的服装接受度还挺高的，还有老客户开心地发来表扬"终于买到能穿去上班又不显得突兀的汉服了"，这也证明了田小野之前的想法是正确的，与华衣坊合作是互利双赢的举动。

上架第一天，华衣坊的销量远远超过大家的预期。本来以为起码要做三天客服，到处跟粉丝解释才能平息民愤，没想到一切都风平浪静的，反倒把之前的紧张衬托得好像杞人忧天。

压力最大的田小野终于松了一口气。万一华衣坊服装上线后，买家群里骂声一片，她就真没法向大家交代了，就算引咎辞职也不能挽回因为错误抉择而带来的损失。

不过，看到华衣坊的成绩后发自内心高兴的却只有郭寒露一个人，其他几个人的心情都有些复杂。特别是当初反对最激烈的朱明熙，他几乎已经有点儿嫉妒了，一边回复买家，一边带着一股子酸味自言自语："这次真是瞎猫碰上死耗子，没想到网友居然喜欢这种品味的东西。"

害怕他说出更刺耳的话，田小野连忙打圆场："这是大家一起努力的结果，我们以前的风格太小众了，销量再高也有个顶，这次却另辟蹊径地开辟了新思路，所以就成绩斐然啦。"

郭寒露连忙帮腔:"是啊,这都是大家的功劳。以前光做爆款的时候竞争太激烈了,销量也不好。这次融合了大家的设计后，那些平淡无奇的衣服一下就变得抢眼了。"

张易然和沈湉湉也忙着应和:"嗯,如果没有我们,这些衣服还不是在压箱底?""所以不要妄自菲薄啦，既然这个方向走得通，就还要再接再厉才行。"

"是啊是啊。""嗯嗯，对对。"大家都和和气气地彼此鼓励和赞美着，只有朱明熙依旧一脸不能释然的模样，闭着嘴巴懒得搭腔。要他承认于浩的能力太难了，所以他把功劳全都记在田小野头上，多亏了田小野的同情心，要不然华衣坊早就垮掉了，哼。

朱明熙的不满情绪让整个办公室的气氛都变得微妙起来了。为了转移大家的注意力，田小野高声提议道："对了，现在工作暂告段落，我们周末一起出去玩吧。"

"好呀。"郭寒露第一个投来赞成票，"正好现在天气凉快了，很适合外出呢。"

接着她们一起把目光投向张易然和沈湉湉，希望得到他俩的支持。谁知，张易然和沈湉湉对视了一眼，都露出有些为难的表情。

"那个……我有约了……"

"我……我也有了……"

两个人居然同时缺席，那就没什么好玩的了，集体活动的计划一秒钟就夭折了，田小野高昂的情绪瞬间跌落谷底，郭寒露也失望地叹了口气。

但是，在大家没有注意到的角落里，一直闷闷不乐盯着电脑的朱明熙却忽然抬起目光，意味深长地看了张易然和沈湉湉一眼，仿佛在这一刻明白了什么。

"小野，你有没有发现最近张易然和沈湉湉怪怪的？"

"有什么怪怪的？"

朱明熙和田小野一边下楼，一边聊天。

大楼里每个月至少都要维修一次的电梯又坏了，只有一部仍在坚强运行着。现在正值下班高峰期，田小野和朱明熙在电梯口等了十五分钟，等来的全都是满员电梯，最后只能无奈地做出走楼梯的决定。幸好楼层不高，而且又是下楼，不然在这种闷热的天气里做这种高强度运动，真要累出病来。

见田小野一脸茫然，朱明熙立即列出几条证据："他们最近经常一起上班，一起下班，而且这个周末又都同时有约，该不会是……在交往吧？"

这个脑洞也开得太大了吧？田小野根本不信，回道："不会吧，湉湉不是有男朋友吗？"而且长得高高瘦瘦，符合一般人的审美标准，比张易然有男子气概多了。

"这倒也是。"朱明熙自己也对自己的猜测产生了怀疑。以他对张易然的了解，就算张易然真的暗恋沈湉湉，也肯定不会做出横刀夺爱那种事。

"咦，这不就是'简光'吗？"突然发现新大陆的田小野好奇地叫了起来。

刚下了五六层，她就看到某个办公室外挂着"简光摄影工作室"的牌子。早就听说吕聪的公司也在这栋楼里，却从来没有见过，没想到今天却意外发现了。

就在田小野和朱明熙盯着牌子，仔细确认之际，办公室的门突然被人从里面推开了。一个人影走出来，看到田小野和朱明熙后马上低下头，加快脚步向楼梯走去。

瞬间的擦身而过没给田小野太多思考时间，不过朱明熙的反应就快多了，他已经出声叫住那人："喂，你跑什么？"虽然只见过一次面，他还是一眼就把吕聪认了出来。

"我已经辞职了，你们很快就再也见不到我了。"

吕聪莫名其妙的发言令田小野和朱明熙更加疑惑。

朱明熙忙问："你和湉湉怎么了？"

吕聪见他不像是装的，也感到奇怪，说："她没告诉你们吗？我们早就分手了。照片的事情是我不对，但我没有恶意，只是觉得好玩而已……"

"什么照片的事？"

等吕聪一五一十地老实交代后，田小野和朱明熙这才恍然大悟，原来猪猪女孩账号上的那些偶遇照全都是吕聪背着沈湉湉偷拍的。

见朱明熙不想追究自己的责任，吕聪的胆子变大了。他不再急着逃走，而是留下来忏悔着自己的过错："我对湉湉是真心的，分手后我一直无法忘掉她……但是她太看重你们了，甚至愿意为了你们离开我……说实话，我一直觉得很不甘心……"

"恋爱中最怕就是失去信任，你欺骗了她，她当然对你很失望。"朱明熙就像一个经验丰富的老专家似的说，"不过，我一点儿也不在乎那个猪猪女孩发过什么照片，你们却因为这个分手，让我觉得好像自己也有责任似的……"

田小野也觉得有些可惜，好心地说："你好好跟她解释吧。"

"我也想跟她解释，向她认错，但是……她已经另结新欢了……"说到这里，吕聪愤然皱眉，声音里也透着一股恨意，仿佛觉得遭到了背叛。他不愿多说，仓促道别后，三步并作两步跑下楼梯，很快就消失不见了。

望着他离去的方向，回想起刚才朱明熙的推测，田小野不由得相信了几分，低声自语道："湉湉有新男友了？难道真的是张易然？"

不过这时朱明熙的关注点却早就转移了。他捏着下巴，好像侦探似的说："越看那个吕聪越奇怪，湉湉早点儿跟他分手也好。本来以为猪猪女孩是我可爱的小粉丝，一想到是他这样的男人，我就浑身不舒服。小野，你说他分手后跟踪过湉湉没有？"

"不会吧……"田小野下意识地否定了，但是想着又觉得有点儿毛骨悚然。

"既然他能跟踪偷拍我，为什么不能跟踪湉湉？不然他怎么会知道湉湉有新男友？湉湉的保密工作做得那么好，连你都不知道哦。"朱明熙煞有介事地说。

田小野试着想象了一下被前男友跟踪，哪怕对方是苏冬阳，都觉得有些难以接受。但她依然不愿赞同朱明熙的推理，又把那三个字重复了一遍："不会吧……"

只不过这次的语气更加没有自信了。她只能默默安慰自己：作为前男友，这方面的情报一般都比别人更快更准确一些，一定是朱明熙电视剧太看多，想象力太丰富了。

改版后华衣坊的服装一批又一批地在花月霓裳的网店里上架，三个月后销量就已经超过萝莉装和童装了，与主打的汉服系列形成分庭抗礼之势。

堆积在于浩家里的库存越来越少，而他账户上的钱越来越多，日子过得逍遥起来。也许是觉得自己终于能把腰杆挺直了，于浩不再藏着躲着，而是跟郭寒露一起来花月霓裳上班。

他全然不顾张易然和沈湉湉不满的表情，俨然把自己当成花月霓裳的最大功臣，就连假惺惺地向田小野道谢时，嗓门儿都扯得又大又响，掩饰不住急速膨胀起来的优越感。

短暂的秋季匆匆过去，在这个季节里，花月霓裳取得了成立以来的最高营业额。华衣坊的确功不可没，立下了汗马功劳，就算朱明熙不服气也只能含泪承认这个真相。眼看华衣坊系列的存在感越来越强，他已经无法轻易把它从网店里摘掉了。

另外，尝到甜头的于浩有意想跟花月霓裳进行长期而深入的合作，为此就不得不改善与朱明熙之间的紧张关系。他不仅再也没有跟朱明熙红过脸，还拉下面子主动示好。朱明熙不愿在田小野面前扮演一个莫名其妙就生气的坏人，只好努力维持着表面上的友好。

就这样，花月霓裳办公室里的气氛每天都非常微妙，罪魁祸首于浩却依然坚持每天准时出现，刷一拨存在感，仿佛以为大家对他的厌恶会因为习以为常而渐渐淡化。

临近过年时，于浩对田小野说："小野，爸爸让你周末回去跟大家一起过年，露露的爸妈也会过来商量一下婚礼的事……你把他也带上吧。"说着，他偷偷指了指跷着二郎腿坐在稍远处的沙发上，正在低头看手机，时不时发出几声傻笑的朱明熙。

在花月霓裳的帮助下看到希望的于浩对田小野的态度比以前好多了，而且也收起对朱明熙的敌意，承认了他们的关系。

田小野心想：去年朱明熙死皮赖脸地缠着自己跟回家，今年名正言顺地被邀请，应该不会拒绝吧。谁知道，当她把于浩的话转述了一遍后，朱明熙却冷冰冰地回答："我不去。"

"你去年不是很积极吗？"田小野有些猜不透他了。

"就是因为太积极，所以我有阴影了。"朱明熙可忘不了上次跟于浩吵得面红耳赤，最后带着田小野愤然离去的事。

“去年我去你家，今年你去我家，这样很公平啊。”田小野倒是很想让朱明熙去于家过年。这样至少不会在看到于浩和郭寒露“撒狗粮”的时候，孤独地思念着远方的恋人。

“总觉得我一去就对于浩认输了。”朱明熙还在赌气。

田小野哭笑不得，好言相劝：“这次露露的爸妈也会住在我们家，家里可热闹了。所有人不是老夫老妻就是未婚夫妻，只有我一个人落单多可怜啊。如果你不去，我已经可以预料到会被他们花式催婚了，只有你去了，我的耳根才可以清净一下……”

听到这里，朱明熙嘴角微微上扬，狡猾地一笑，突然转变态度，欣然答应道：“那我去。”

离春节还有小半个月，普通公司的员工还在兢兢业业地站好最后一班岗，花月霓裳却早早地放假了。朱明熙开车，载着田小野、郭寒露和于浩。大家一路上说说笑笑，原本漫长的行程仿佛缩短了许多。不知不觉间路边的景色变得熟悉起来，田小野才惊觉到家了。

四个人提着前几天去超市采购的各种年货，热热闹闹地一起走进电梯。陌生人根本看不出他们曾经经历过什么，有着怎样微妙的关系，都拿他们当亲密无间的一家人看待。说实话，田小野很喜欢这样的气氛。大家和和气气的，总比每次见面都剑拔弩张好得多。

她觉得，也许放下恩怨，无私地帮助华衣坊是自己做过的最对的决定。因为有了共同的利益，彼此变得不可分割，所以才能以更强大的忍耐力去包容对方的缺陷，最终和平休战。

“你们回来啦。”于翰林来为大家开门。看到子女都带回了另一半，他笑得合不拢嘴，连脸上的皱纹都变浅了。郭寒露的爸爸听到动静后也马上赶来，帮大家把年货放到餐桌上。

郭美涵和郭寒露的妈妈正在厨房里忙碌着，见儿女们都回来了，连忙探出头，眉开眼笑地热情打招呼。厨房里传来鸡汤的香味和抽油烟机的响声，客厅里的电视正在播放新闻节目，小小的空间里充满欢声笑语，田小野不禁觉得，这大概就是一家人最幸福的时刻了。

回到卧室放行李的时候，田小野突然发现房间里多了很多不认识的东西。于翰林连忙解释道，这几天郭寒露的爸妈就住在这里。一起跟来的郭寒露的爸爸生怕田小野不高兴似的说:“既然孩子们回来了,还是把房间还给他们,我和露露妈妈就睡沙发吧。”

不等田小野反应过来，朱明熙已经从围在门边的人群里挤了进来，不仅体贴地帮田小野把拉杆箱推到墙角，还把自己的一个登山包放在拉杆箱上面，嘴里不停地跟郭寒露的爸爸道谢，一秒钟就化身为这里的主人，占据了这个房间。

直到这时，后知后觉的田小野才突然明白一件事：如果郭寒露的爸妈去睡沙发，那她就只能跟朱明熙住一个房间了！她还没有做好心理准备啊！当初朱明熙一听说郭寒露的爸妈要来，马上就答应回家，难道就是算准了这个?

感觉自己被算计的田小野僵硬地站在原地，无法接受这个事实。

其他人接着去于浩的房间帮忙放行李，没有注意到田小野不自然的表情，只有郭寒露发现了她的尴尬,聪明地问道:“小野,不如我们一起睡吧?”原来还有这个办法!田小野双眼一亮，终于看到了希望的曙光，但是……瞥一眼于浩和朱明熙，他俩不会打起来吧?

为了不让事态变成最糟糕的样子，打从心底抗拒与朱明熙同房的于浩只能做出一点儿牺牲，赶忙说：“叔叔，不如你们睡我房间，我和他睡沙发。”说着，他指着朱明熙。沙发是L型的，两个人可以一人睡一边，谁也不挨着谁。

田小野听后马上举双手赞成，郭寒露和于翰林也没有反对。郭寒露的爸爸礼节性地推辞了几句后，为了不辜负于浩的一片孝心（其实是私心混合了一丁点儿孝心），还是答应了。只有朱明熙老大不高兴地咬着嘴唇，对于浩投去“要你多管闲事”的埋怨眼神。

第十章

命运最爱开玩笑

这天晚上，于家的餐桌上热闹极了。用于翰林的话说："家里好久没有这么热闹了，只要家里和和美美的，我可以放心辞职养老了。"他早就到了退休的年龄，但是为了多赚几年钱，攒些家底，而一直不敢退休。如今看到田小野和于浩的职业发展都很好，而且都有了合适的对象，他肩上的担子就轻多了，想要过些简单轻松的日子。

也许在郭寒露爸妈的耳中，于翰林的话只是一句普通的感慨，田小野却能听出其中的沧桑和苦难。她最懂于翰林为了维持这个家而承担的压力和付出的心血，虽然他没有做到尽善尽美，但是已经足以令田小野感恩了。

随着田小野一天天长大，他也一天天苍老。看着他这几年突然变得斑白的头发，田小野也曾反省过自己的任性和叛逆。只要这个家容得下自己，她仍然愿意经常回来看看他。

回家的第一天晚上，田小野和郭寒露躺在床上聊了很久很久。记忆中，只有大一刚开学不久，郭寒露买的风扇突然坏掉的那天，跟田小野挤在一张床上蹭过风扇，后来两个人再也没有同睡一张床了。时光一晃就过去五六年，当初的室友居然变成了嫂子，想来真是不可思议。

"这次回来我们想把婚纱选好，不然下次回来就快要结婚了，肯定来不及选婚纱了。"郭寒露侧躺着，双眸炯炯有神地望着身旁的田小野。

时间已经是深夜一点半了，她却毫无睡意，聊起即将到来的婚礼，她仿佛有讲不完的话，说不完的心事想与田小野分享。

婚纱啊……田小野试着想象了一下，忍不住憧憬起来。郭寒露就快穿上了婚纱，什么时候轮到自己呢？别看她现在和朱明熙的关系非常稳定，但是离谈婚论嫁还早得很。以朱明熙那样的家庭背景，他应该不会那么着急结婚吧，娱乐圈不都流行晚婚晚育吗……

"小野？"郭寒露的低唤把田小野拉回现实。

刚才她走神了，一时没听清郭寒露在说什么，忙问："怎么了？"

"我问你跟不跟我一起去，正好把你的伴娘服也一起选了。"

"啊？"田小野发出傻傻的声音，没想到选婚纱还有自己的事。

“你看，我已经提前做好功课了，这几家店的口碑都不错……这家最近，这家稍微贵一点儿，但是婚纱质量都很好，还有这家……”说着，郭寒露已经拿出手机，向田小野展示她早就搜集好的婚纱店资料。照片中梦幻美丽的婚纱图看得田小野眼花缭乱，一点儿都不想睡觉了。

就这样，两个人一起聊到天快亮的时候才终于迷迷糊糊地睡着了。田小野再次醒来时，已经临近中午，她轻轻推了推郭寒露的肩膀，低唤道：“露露，起床了。”

郭寒露动了一下，却始终没有睁开眼睛，田小野只好自己先去洗漱。刚洗完脸，抬头照镜子的时候，突然在镜子里看到自己身后站着一个人——这画面简直就像恐怖片里的经典桥段一样，吓得她浑身汗毛倒竖，差点儿就要尖叫出声。

“你干什么呀？”田小野没有回头，而是盯着镜子，向朱明熙低吼。

满脸幽怨的朱明熙耷拉着眼皮，有气无力地说：“真羡慕你们可以睡懒觉，我早上六点就起来了，现在困得要死……”说着，他打了一个大大的哈欠，证明自己没有说谎。

家里的长辈六点就起床做家务，睡在客厅沙发上的他当然只能跟着起床，假装很能干地帮着煮了几个鸡蛋。但是吃完早饭后就没事可做了，跟于浩也没有话题聊，只好一会儿闭目养神，一会儿看看手机，好不容易熬到田小野起床，于是赶紧来向她诉苦。

“我们要在这里住几天啊……”他恨不得今天马上走。

“不是说好了吗？住到过年后。”

“唉……”朱明熙长叹一口气，摇摇头走远了。

本以为预约后要两三天才能去选婚纱，没想到对方却说当天就能去，郭寒露又惊喜又慌张。不等她跟于浩商量一下，在一旁听到的朱明熙就马上替她拿主意：“去，马上去，我送你去！”

正闲得无聊的朱明熙马上自告奋勇地要当司机。他上午还是一副生无可恋的样子，这下又生龙活虎了。只要能出门溜达一圈，不管是去哪里，他都能瞬间精神抖擞起来。

刚吃完午饭，一行人就兴致勃勃地在导航的指引下出发了。这次的目的地是一家口碑很好、走小众精致路线的婚纱店。店里的婚纱都是带点儿小清新风格的原创设计，绝对不会遇到跟别人撞款。

四个人一跨进店门，接待人员就热情地迎上来，为他们端茶倒水。过了一会儿，一名笑容可掬的年轻女礼服师把他们带到试衣间。那可不是普通成衣店里窄得连转身都困难的小房间，而是一个比于家客厅还要大一倍的大厅。大厅正中有一块两米高的三面折叠镜，背后还有一块大立镜，便于新娘从前后左右各个角度确认婚纱是否满意。

礼服师根据郭寒露的气质和预算，推荐了好几款性价比很高的婚纱，没有走性感路线，而是选择了文艺一点儿的淑女风。

试婚纱的时候，两名男士只能坐在隔壁的休息室里喝茶等待，唯一被允许进入试衣间的田小野又要当参谋，又要当穿衣助手，忙得还挺开心的。也许是出于职业本能，她一见到漂亮衣服就兴致高昂，一有机会就开始研究材质和剪裁，从小细节中汲取灵感来充实自己。

最后，郭寒露选中一套一字肩的齐地婚纱当主婚纱。外翻的一字肩下连着双层细纱做成的长泡泡袖，考虑到春季天气还比较寒冷，这样的长袖正合适。下半身的蓬蓬裙像雨伞一样大大张开，把她的腰身衬托得格外纤细。整套纱完全贴合她的身材，就像定做的一样。再配上一直垂到地板的长头纱后，她简直就像浑身飘着仙气的仙女下凡。

这时田小野又变成了摄像师，用手机对着郭寒露"咔嚓咔嚓"地不停拍照。不仅如此，她自己也已经穿上了刚选好的伴娘裙。领口和中长袖都是半透明的蕾丝，下身是紧身的鱼尾裙，裙边坠有四五层长短不一的薄纱，成熟中又带着一点儿可爱的公主风。

拍了一大堆照片后，试衣间外突然传来敲门声，原来是两名在隔壁等待的男士不耐烦了，过来催促她们提速。田小野这才想起他们的存在，正想开门让他们进来欣赏一下美女，谁知郭寒露却害羞地拦住她，说："不要让于浩进来了，我想保留一点儿神秘感，让他在婚礼当天才看到。"都说新娘子是女人一辈子最美的时候，婚礼当天看到郭寒露化完妆、做好造型，再穿上这套婚纱的完美模样，他一定会在记忆里深深铭记一辈子。

心领神会的田小野马上比了个"OK（好）"的手势，只把门打开一道缝隙，放朱明熙一个人进来，对于浩说："你还是等到娶新娘子那天再看吧。"然后，她很嫌弃地挥手做了个"去去去"的动作，让于浩一脸无奈和委屈。

朱明熙对郭寒露的婚纱造型没有太多意见，只是礼节性地称赞了几句，倒是看到田小野穿伴娘裙的样子后，两只因为等待太久而略显疲惫的眼睛瞬间就闪闪发光了。似乎觉得伴娘裙还不够满足他，他竟欣然提议道："这家店的婚纱还挺漂亮，要不你也试试看吧？"

既怕麻烦，又担心冷落新娘子的田小野连忙拒绝了："你以为能试着玩呀，试婚纱要给钱的。"不过只要最后确定要租借，就可以免去试婚纱的费用。这笔费用并不便宜，像田小野这种暂时不结婚的人，如果纯属试着玩就太划不来了。

“唉，好想看你穿婚纱的样子啊……”朱明熙失望地叹息。

不等田小野回答，郭寒露就语出惊人：“那你就求婚呀。”她不鸣则已，一鸣把两个人都呛住了。田小野“唰”地满脸通红，就连思维敏捷的朱明熙都一时语塞，接不上话。

他们已经认识了四五年，交往了整整一年，如果换成普通情侣，早就到了谈婚论嫁的阶段。但是，偏偏朱明熙不是普通人，他的家庭和身份注定他和田小野的爱情将是一段漫长的长跑。为了掩饰尴尬，朱明熙咳嗽了一下，说：“求婚哪能这么简单？我要好好酝酿一下……”

除去其他因素不谈，如果像于浩那样，追到火车站直接把戒指硬塞到郭寒露手里，简直就是人生败笔！朱明熙可不允许自己的求婚仪式这么仓促。

“你可不要辜负我们家小野哦。”

“你还没嫁过门呢，就知道维护小姑子了啊。”

“就算不是小姑子，小野也是我最重要的朋友。”

他俩你一言我一语，越聊越起劲，田小野的心思却悠悠地飘到了别处。她扭头望着穿衣镜中的自己，想象着自己穿上婚纱的模样，有些期待，又有些怅然若失。

要等到什么时候才能为他穿上婚纱呢？

幸福的时间总是流逝得很快，于家最团圆、最热闹的一个春节在不知不觉中结束了。眼看春节假期只剩下最后一天，田小野已经开始收拾行李了，就在这天晚上，于浩敲开她的门，说：“小野，我有事想跟你商量一下。”说完，他就用眼神示意房间里的郭寒露回避一下。

“怎么了？”郭寒露离开后，田小野狐疑地盯着于浩，有种不好的预感。有什么事不能上班再说吗？非要这时候神神秘秘地跟自己私下谈？

“我抽空拟了一份合同，拿给你看一下。”说着，他从裤兜里拿出一张折叠过的A4纸。

“合同？”田小野下意识地接过来，眼睛睁得又圆又大，感到非常疑惑。

田小野看合同的时候，于浩在一旁说：“现在华衣坊的销量已经超过了很多花月霓裳的主打款，所以我觉得之前的代销费太高了。如果你同意的话，新年开工后我就按照这上面的数目支付费用。”这就是他必须在上班前找田小野讲清楚的原因。

田小野匆匆扫了一眼，发现降得可不少，心里有些不是滋味。花月霓裳风格比较小众，而华衣坊更容易让大众接受。在后者的带动下，网店各方面的数据都有了显著增长。这些都是田小野无法否认的事实，而于浩提出降低代销费的要求也是合情合理的。

"可是，我们不是直接拿来就卖，还有设计费呢。"田小野提醒他。

"以后华衣坊的设计就不用你们分心了，交给我和露露就行了。"

经过这小半年的合作，他们已经学到了精髓，知道什么样的设计更受买家欢迎，而最早给他们提供灵感的花月霓裳的设计师已经不重要了。真有点儿过河拆桥的意思。

田小野拿不定主意，如果答应了，总觉得有点儿不服气；不答应的话，又找不到理由拒绝。

见田小野犹豫不决，于浩表明了自己的态度："如果你不同意的话，我就要重新考虑代销的事了。"言外之意就是不找田小野代销了，拿回自己的店里卖。这样做只会两败俱伤，不仅华衣坊的销量会有所下降，花月霓裳也会失去好不容易积累起来的买家。

思虑良久后，田小野终于下定决心："在代销费方面我可以做出大幅度让步，但是……我有一个要求。"

说到这里，她抬起眼眸，把目光从合同移动到于浩脸上，一字一顿地严肃讲道："你能把真正的《百美图》还给我吗？你也知道那份设计稿对我的重要性，如果你再骗我，就算闹上法院我也要拿回我妈妈的遗产。"

没想到田小野会提出这种条件，心中有愧的于浩显得有些难堪，一时无法应答。《百美图》是田小野的心病，她为此吃过很多亏，却一直没有放弃把它拿回来的念头。

"小野，不是我不还给你……"沉默良久后，于浩终于开口了，"而是，我在GAW当雅韵总监的时候，已经把原图卖给白海燕了。"

"什么！"田小野尖叫着差点儿坐起来，不可思议地瞪着于浩质问，"那是我妈妈留给我的东西，你凭什么瞒着我卖给别人？"

"唉，我也是一时鬼迷心窍，现在后悔得不行……"于浩痛苦地抱着头，"就是因为原图在她手上，我从GAW辞职创业以后，她才敢诬陷我做的是盗版。我没想到她是那么阴险的女人，我比你更想把原图拿回来……小野，我真的对不起你……"

自立门户的于浩本来想走古风汉服的老路，在设计上却怎么也跳不出《百美图》的风格，而《百美图》早就是GAW的财产了，自作自受的他被逼无奈，才只能设计网络爆款。

“你现在说这些有什么用！反正图是你卖的，你就必须拿回来！”田小野急得快要失去理智了。她没想到到最后跟于浩翻脸吵起来的不是朱明熙，而是克制不住怒意的自己。她已经顾不上继续维持家庭和睦了，只想痛痛快快地把于浩臭骂一顿。

“我也一直咽不下这口气，很想把图拿回来，但是我根本没有资格……”一声沉重的叹息后，于浩突然凝视着田小野，鼓惑道，“小野，只有你才有资格把白海燕告上法庭，重新把《百美图》拿回来。只要你下定决心，我绝对站在你这边。”

“可是……”一听到要自己站出来，田小野就有些顾忌了。白海燕是朱明熙的母亲，虽然他们母子关系一直很差，但是她总不能不顾朱明熙的感受就跟白海燕对簿公堂吧?

“反正你要拿回原图就只能去找白海燕。我知道都是我的错，有需要我出力的地方，我绝对不会推辞。”于浩信誓旦旦地做出保证。他认错的态度倒是积极，但是已经于事无补了。

田小野只感到一阵疲惫无力，脑海中混乱芜杂，一个字都不想多说。

春节假期后，大家都精神饱满地回归岗位。经过这小半个月的充电，每个人都在家里养得白白胖胖，脸色红润，连说话的声音都变大了。但是，开工第一天，田小野带来了一个好消息和一个坏消息。好消息是可以不用再做华衣坊的设计了，坏消息是代销费要随之降低。

大家最关心的倒不是公司的收益，而是田小野的精神状态。她的眼眶微微发黑，一看就是没有睡好，而且话语中总是夹杂着几声淡淡的叹息，好像遇到了什么忧心的事情。

后来，在朱明熙的一再追问下，她终于说出实情，并恳求道：“如果可以的话，你可以帮我劝劝你妈，把原图还给我吗？”即使希望渺茫，她还是渴望尝试一下。

朱明熙比她更清楚让白海燕归还《百美图》有多难。白海燕一旦固执起来，连他都只能甘拜下风，但他又不能不管，只好说：“我可以安排你们见一面……”反正就算他去央求白海燕，白海燕也一定会让他叫田小野亲自过去跟她谈。

几天后，GAW 总经理办公室里气氛严肃。田小野已经很久没有踏入这里了，熟悉的房间陈设竟令她感到有些怀念。坐在老板桌后面的白海燕妆容完美，散发出居高临下的优越感。她开门见山地说：“于浩已经把图卖给我了，现在你光凭一张嘴就想讨回去，未免太天真了。”

就知道不会这么简单。坐在沙发上的朱明熙不客气地替田小野问道：“那你想怎么样？”

白海燕故意戏弄他们似的说："如果你们能开出合适的价格，我倒是可以考虑卖给你们。"现在买的人无论如何都想买，卖的人却不愿意卖，处于劣势的田小野根本就没有讨价还价的余地。如果白海燕不想归还，大可以开出天价，田小野怎么可能给得起呢？

"你就别绕弯子了，你明知道我们没有钱。"朱明熙气得低嚷起来。

掌握主动权的白海燕抿唇一笑，这才说出她的真实目的："那我还有一个办法。如果你们愿意带着花月霓裳这个品牌重新回到GAW，我就可以把原图交给你们。不过不是还给你们的意思，而是借给你们参考一下，原图依然是公司的财产。"

朱明熙看着田小野，而田小野一直低着头，没有吭声。她知道自己的立场，现在东西在人家手上，她只能任其宰割，哪怕觉得委屈也只能忍着。往好的方面想，至少自己可以参与其中，而不是让母亲的设计彻底落到别人手上。

白海燕继续劝说田小野，而且加大了筹码："这样你依然可以把你母亲的设计发扬光大，我也可以接受你工作室的所有人进入GAW就职——除了于浩以外。"她好不容易才把于浩逼出公司，可不能功亏一篑。

田小野还是不说话，但是这样的沉默已经是内心动摇的一种表现了。

"你仔细考虑一下吧。"白海燕胜券在握，唇边的笑意更深了。

朱明熙心里暗暗着急，正在帮田小野想办法，谁知就在这时田小野突然抬起头，用有些急促的声音说："我……我答应你。"在短短的几分钟里，她已经想得很清楚了。答应白海燕的条件只有自己吃亏，但是对张易然和沈湉湉，包括花月霓裳的未来发展都大有好处。她已经连累张易然和沈湉湉辞职了，再也不能连累他们为了守护母亲的遗产而继续牺牲。

白海燕的种种做法的确有点儿欺负人，但是她作为GAW的总经理，首先考虑的当然是公司利益。田小野要怪只能怪自己太弱小，连跟她博弈的资格都没有。如果白海燕因为同情她而对她处处关照，有求必应，她反而会觉得良心不安，受之有愧。

"小野，你想清楚了吗？"朱明熙压低声音，焦急不安地问。

"我想清楚了。"田小野蓦然抬头迎向白海燕高深莫测的目光，表情沉着而镇定，"白总，我一直很感激你对我的知遇之恩。我之前给GAW惹了那么大的麻烦，你还不计前嫌，愿意重新接纳我，我应该珍惜这次机会。但是《百美图》对我的意义不仅仅是一份设计稿，更是我对母亲的回忆，是我必须要争取的东西，我总有一天会拿回来的。"

"我知道。"白海燕一点儿也不生气，和颜悦色地笑着许下承诺，"我也不是不讲道理的人，不会霸占着不还。只要你好好工作，我会考虑把它还给你的。”

能得到这句话，田小野今天的谈判就不算彻底失败。她轻轻点着头，松了一口气，但是她万万没有想到，重归 GAW 后面对的却是另一种局面……

“我觉得这样不好。”刚离开 GAW 办公楼，朱明熙就忍不住说道，“如果把花月霓裳卖给 GAW，我们这大半年的努力就全为他人作嫁衣裳了。你不如让我妈用《百美图》入股花月霓裳，这样她可以分红，你又可以拿到《百美图》，不是两全其美吗？”

“我们能分给她多少分红啊？她才不在乎那点儿钱呢。”田小野并不认为这样的提案对白海燕有任何吸引力。她是个占有欲和控制欲都极强的女人，总想把一切捏于掌心，从她对朱明熙的管束和之前收购栗子工坊并聘用田小野的做法中就能看出来了。

“可是现在雅韵系列已经有新总监了，我听说是个业内精英，我妈好不容易才挖进公司的，绝对不会因为你回归就炒他鱿鱼。你这次回到 GAW 以后，就没有总监的位置坐了。”

“我又不在乎这些。”田小野实话实说，“我只是一个应届毕业生，哪有资格做总监？”

“可是没有你哪有雅韵啊？全公司的人都知道你做出的贡献，你一回去新总监的处境不就很尴尬吗？”朱明熙越分析就越觉得不太对劲，“照理说我妈应该已经考虑过这些问题了，她却邀请你和整个花月霓裳工作室一起回归，实在是太奇怪了……”

田小野可不像他这么多疑，不担心自己的职位，反倒担心起应该怎么把这件事告诉张易然和沈湉湉来。花月霓裳创立之初，田小野因为要忙学校的毕业设计，完全抽不出时间帮忙，全都是靠张易然和沈湉湉两个人的力量撑起来的。她该怎么向这两位开朝元老交代呢？

回到办公室，望眼欲穿等了一下午消息的张易然和沈湉湉连忙围过来问：“怎么样？”

他们知道田小野和朱明熙刚才去和白海燕谈判了，恨不得马上就知道结果。除了他俩之外，郭寒露和于浩也早早地来到办公室等消息了。

“她不肯把原图还给我们，却提出了另一个办法……”

田小野坐下来喝了一口水，把刚才与白海燕的对话原原本本地告诉了大家。

“她说可以让我们所有人都进入 GAW……”

刚说到这里，于浩就大叫着打断了田小野的话：“谁稀罕回去啊！”

你可以不用回去，因为她也不想要你。这句话在田小野脑海里闪了一下就被理智击退了，因为现在激怒于浩可不是明智之举。他不稀罕回去更好，田小野决定不告诉他实话。

"我们这种四五个人的工作室再怎么努力都只是小打小闹，而且现在网上仿造我们风格的店铺越来越多，竞争也变得越来越激烈。"田小野徐徐说出自己的想法，"如果没有一个实力强大的靠山，我们以后的发展只会越来越艰难。虽然现在大家的工资都比以前在 GAW 的时候高，却没有任何福利和升职的机会，在业内也没有一点儿知名度。最重要的是，我们都还太年轻了，正是积累经验的时候，不用这么着急创业……"

说到这里，田小野深吸一口气，诚恳地问道："我已经决定回去了，你们愿意跟我一起回去吗？"望着同伴们的眼睛，她的心脏因为不安而开始加速跳动。她没有自信，不知道刚才那番话能否说服大家，也不知道大家能否理解她的一番苦心。她自作主张地答应了白海燕的要求，以为这样能让大家拥有更加光明的未来，但她很怕这只是自己的一厢情愿。

张易然看了看沈湉湉，沈湉湉也看了看张易然，两个人都没有说话。郭寒露望着于浩，于浩扭头盯着墙壁，目光中依然带着一丝怒意。朱明熙也不吭声，静静地坐在田小野身边，观察着大家的表情。这个消息来得太突然了，以至于所有人都来不及做出反应。

"也就是说……"张易然带着某种觉悟，小心翼翼地问，"花月霓裳要解散了吗？"

田小野连忙解释道："不是解散，只是换了一个办公室，我们还是在一起。"除此之外，还会多一个领导，没有现在这么自由，不过现在还是暂且不提吧。

张易然犹豫了一下，轻轻举起手，说："如果只是换一个办公室的话，我可以接受……工资少一点儿也无所谓，只要能继续和大家在一起就行了，我最舍不得的是我们这个团队。"

见张易然举手，沈湉湉也不再迟疑了，跟着举起手说："那我也跟你们一起回去。"

田小野悬着的心终于落回原位。只要这两员大将愿意跟她一起回去，她就有底气了。接着，她把目光移向郭寒露，问道："露露，你呢？"

"我……"突然被提问的郭寒露有些慌神，不过她心中早就有答案了，低声说，"我本来就不是 GAW 的人，白海燕想要回聘的设计师里肯定也不包括我……"

以她的能力，进入 GAW 绰绰有余，她却为了于浩而放弃了这次机会。

"这样也好。"不等郭寒露说完，于浩就气哼哼地说，"从今以后，花月霓裳是花月霓裳，华衣坊是华衣坊，我们两家把关系断得干干净净，再也不要有任何牵扯了。”

他跟 GAW 的恩怨一时半会儿还化解不了，话语中的每个字都带着深切的恨意。不过，他这样的态度早就在田小野的预料之中。没有多做劝说，田小野就轻轻点头默许了。

回忆起过年时一家人和和睦睦的相处画面，只觉得好像是做了一场梦，不知道那样的日子还会不会再出现。想到这里，田小野感到心中传来一阵凉意，忍不住叹了口气。

退租、打扫卫生、整理资料、出售办公用具，等到把这些事情全部处理完毕，已经是半个月后了。与 GAW 高大上的办公环境相比，花月霓裳工作室各方面的条件都显得非常简陋，但是就在这个小小的办公室里，他们从零开始做出了自己的品牌。这半年时间虽然短暂，却让每个人都证明了自己的无穷潜力，也收获了人生中最宝贵的挚友。

三月的第一天是田小野重新入职的日子。她找出已经被压到箱底的衬衣和西装裤穿在身上，把头发系成干净清爽的低马尾，化着淡淡的职业妆，站在 GAW 所在的写字楼大厅中。大厅里凉爽的空调风轻拂面庞，衣着体面的白领来来往往，仿佛是都市职场剧中的画面。

离开这里将近一年时间，无论是繁复的枝形吊灯，还是纤尘不染的大理石地板，每个细节都带给她陌生而熟悉的感觉。曾经每天都在这里来去匆匆，如今重归故地，竟有种恍若隔世的错觉。带着满满的感慨，田小野昂首挺胸地排着队，等待着进入电梯。

即使是大公司，在这个充满机遇又散发着浮躁的年代里，基层设计师的流动量很大。站在门口向大厅里扫了一眼，田小野看到很多她不认识的陌生面孔。向前台说明来意后，她径直就去人事部报到，还好负责接待她的人事经理还是曾经的熟人。两个人一边闲聊近况，一边等待张易然和沈湉湉。全员到齐后，他们被带到各自的工位上。

田小野以前的那间独立办公室已经被新总监占领了，她只能坐在大厅里。这样也好，便于随时跟大家沟通。GAW 大厅里的办公桌都是“十”字形组合式的，四个工位合在一起。田小野他们的位置靠近窗边，比较安静，而且一抬头就能看到繁华的街景，算是 VIP（贵宾）位置了。除了他们三个人的工位外还空出一个，不知道是不是给神出鬼没的朱明熙预留的。

刚把电脑打开，人事经理就过来通知他们：“小野，白总想跟你们开个会。”

入职第一天开个小会是正常的，但是田小野没想到白海燕居然这么早就在办公室等他们了，难道有什么重要的事情必须尽早说明吗？带着些许不安和疑惑，田小野等人一起来到总经理办公室。明明人都到齐了，白海燕却没有发话，而是示意他们先坐下等待。

过了一会儿，两下敲门声响起后，又有人走了进来，是个看上去文质彬彬的青年。白海燕介绍道："这位就是雅韵系列的新总监李可奕，待会儿你们跟他交接一下工作。"

闻言，田小野这才把他仔细打量了一遍。早就听说他经验丰富，在业内小有名气，没想到居然这么年轻。他身材高挑，四肢纤长，皮肤白皙，看上去非常斯文，而且透着一点儿不食人间烟火的书卷气。就算不做设计总监，做雅韵系列的形象代言人都是非常合适的。

接下来白海燕又把田小野等人介绍给李可奕。李可奕主动上前跟田小野握手，称赞道："我太喜欢雅韵系列了，你真是一个天才。"如果是其他人说出这么夸张的台词，田小野一定会觉得非常肉麻，但是从他口中讲出来显得非常真诚，令田小野微微有些脸红。

"哪里哪里。"田小野生涩地回应着，心想：这个总监看上去很温柔，应该很好相处，还挺期待以后跟着他干活。

谁知白海燕接下来这句话却彻底粉碎了田小野的美梦。

"花月霓裳和雅韵的风格太重复了，以后就直接合并为雅韵吧。你们手上未完成的设计稿可以转给可奕，由他率领的团队去修改和跟进。"

等等，听上去好像有点儿奇怪。田小野不知道是不是自己理解错误了，总觉得按照白海燕的说法，花月霓裳和雅韵合二为一后就和她没什么关系了。

"那……那我们以后的工作是什么？"田小野提出了大家共同的疑问。

似乎是因为有点儿难以启齿，白海燕停顿了一下才又重新开口："我希望你们参考华衣坊的风格，重新开创一个新品牌。"

"什么？"田小野简直不敢相信自己的耳朵，张易然和沈湉湉也完全呆住了。三个人六只眼睛都睁大得差点儿滚落出来，直直地盯着白海燕，以为她在开玩笑。

白海燕平静地继续说道："华衣坊的销量你们应该比我更清楚，我没想到古风还能这么做，你们带给我很大启发。说实话，华衣坊的风格才更贴近 GAW 的定位和受众，我希望你们可以在这方面有所突破，我相信你们的能力，对你们拭目以待。"

很难得能从白海燕口中听到这种夸奖，但是无论她说得多好听，田小野都高兴不起来。她偷偷看了一眼张易然和沈湉湉，见他俩都轻轻咬着嘴唇不吭声，不敢把不满表现出来。

当初田小野承诺过，回归GAW就只是换一个办公室而已，现在白海燕的发言却令她大失所望。这哪是换一个办公室，而是活生生地把他们一手创立的花月霓裳抢走了。田小野有种被欺骗的感觉，但是仔细一想，白海燕的确没有承诺过什么，是她自己会错意了。

无论如何，现在已经回不了头了，就算不服也只能认命。离开总经理办公室后，三个人一句话都没说，低着头默默回到工位上。谁都没有心思干活，全都是心事重重的模样。

压抑的气氛笼罩在这个角落里，不知道过了多久，田小野终于鼓起勇气开口道："易然，湉湉，对不起……"才仅仅说出几个字而已，喉咙就干涩得快要发不出声音，眼眶也微微有些湿润。千错万错都是自己的错，他们就是因为相信自己才一起落得现在这种境况。

见田小野已经如此自责，张易然和沈湉湉不但不抱怨，反而挤出笑容来安慰她。

张易然扬高声音，乐观地说："没关系，现在只是暂时的，等新品牌步上轨道后，我们还可以申请转岗啊。"沈湉湉连忙跟着附和："是啊，先做好手上的活儿吧。"接着两个人就开始一唱一和地聊起天来，热闹的话语声驱散了阴霾的气氛，田小野终于露出了微笑。

既来之则安之，现在后悔又有什么用呢？调整好心态后努力工作吧。白海燕不是不讲道理的人，做出这样的安排肯定有她的理由，现在田小野只能选择相信她。

天气一天天回暖，距离于浩和郭寒露的婚期也越来越近了。为了操办婚事，他们大部分时间都住在老家，雇了一个人负责为网店发货。

华衣坊已经将近三个月没有新衣上市了，销量每个月都会下滑，于浩在心里暗暗着急，却没有办法，只能等到办完婚礼后才重新把生意张罗起来。田小野的"背叛"令他怨恨了很久，他无数次跟郭寒露抱怨这个妹妹有多么绝情绝义，无论郭寒露怎么调解都听不进去。

在家里，郭美涵是于浩的忠实支持者，听说花月霓裳跟华衣坊闹掰后，时不时就在背后嚼舌根，数落田小野的不是。"还没嫁出去就忙着在婆家挣表现，把她养这么大，怎么一点儿良心都没有？""她就是胳膊肘向外拐，没拿我们当自己人。"

只有于浩会附和她几句，郭寒露从来不敢吱声。于翰林刚开始时还会维护田小野几句，但是发现这样做只会换来更激烈的反击后，就只能用沉默和隐忍来交换耳根清净了。

三月中旬的一天清晨，郭寒露、于翰林和郭美涵早早地出发去婚庆公司讨论婚礼细节了，只有昨晚熬夜看视频的于浩一个人在家睡懒觉。婚礼的事情大部分是郭寒露在操办，他只在必须露面的时候露一下面，其余时间都以“处理工作”为借口，留在家里偷懒。

九点刚过，门外突然传来门铃声。于浩以为是抄表或者检修人员，根本不想搭理，翻身趴在床上用枕头捂住耳朵继续睡。谁知门外的人锲而不舍，一遍一遍地按着门铃。他被吵得实在受不了了，迷迷糊糊地裹上衣服，一边应着“来了来了”，一边慢吞吞走去开门。

打开门，只见门外站着一名五十多岁的中年男人。男人矮矮胖胖的，穿着格纹衬衫和休闲裤，微微有些啤酒肚，看上去就是一个普通的乡下生意人。

“你好，请问你是……”说话间，于浩不经意地瞥见他的手腕上戴着一块价值不菲的名牌表，不由得有些暗暗吃惊，睡意也消散了大半。

“你好，我是周德广。”男人站在门口自报姓名，露出憨实的笑容。

于浩依旧一脸茫然地看着他，没有要把他请进房间的意思。

见状，男人继续说：“就是以前德广玩具厂的厂长。”

“啊。”于浩这才恍然大悟，连忙打开门，恭敬地弯着腰说，“请进请进。”

周德广在沙发上坐下后，于浩用一次性纸杯给他倒了一杯水。知道他的身份后，对他突然造访的来意自然也猜到几分。他坐下后就四处打量了一下，似乎很奇怪为什么只有于浩一个人在家。不等他开口发问，于浩就主动说：“我家里人都出去办事了，你有什么事吗？”

之前田小野四处打听过周德广的联系方式，还特意去玩具厂的旧址探访过，大概是这些消息最近传到周德广的耳朵里了，他才找上门来，只可惜田小野早就不住在于家了。

果不其然，周德广接下来的话证实了于浩的猜测。

“听说你们之前为了田晓珍设计专利的事情到处在找我，可是我们玩具厂早就搬走了，我还是最近回去处理工作的时候才听说，好不容易托人打听到田晓珍的女儿住在这里。”

“真是辛苦周厂长特意跑这一趟了。”客气话不多说，于浩迫不及待地问出他最关心的事情，“《百美图》那套设计当年真的申请过专利吗？”

回忆起往事，周德广一脸感慨地说道：“我当年的确想要为那套设计申请专利，但是在田晓珍去世后就搁置了。”

于浩刚松了一口气，周德广突然话锋一转，接着说：“直到五年前，重建的玩具厂出现危机时，我才想起重新启动这个项目，并且申请了设计专利。但是由于种种原因，产品一直没有上市。”

听到这里，于浩暗暗计算着时间。五年前不要说 GAW 的雅韵系列了，就连田小野大一开的网店栗子工坊都没问世，周德广手上的《百美图》设计图绝对是史上第一家。而且设计专利的最长时限是十年，到现在还没有过期。

“不瞒你说，产品没有上市的原因就是一直找不到合适的设计师。如果你妹妹有心想要拿回这份设计，可以考虑跟我们厂合作。我手上有田晓珍当年的全部设计稿，她应该会非常感兴趣。”周德广话中的情报量越来越大，于浩听得心潮澎湃。他卖给 GAW 的设计稿只有几十份，还有可能混入未完成品，周德广手上的完整设计无疑对他具有巨大的吸引力。

既然田小野不在家，周德广也不打算久留，递出一张名片，道：“这是我的名片，请你转交给田晓珍的女儿。如果她感兴趣的话，请联系我详谈。”说完，他便起身告辞了。

“一定一定。”于浩弯着腰，双手接过来，心中却已暗暗有了自己的打算。

听说有了周德广的消息，田小野马上向 GAW 请假，第二天就匆匆赶回家里。下了长途汽车后，她习惯性地抬头向路边望去，谁知没有看到于翰林的身影，却看到了于浩和郭寒露。

田小野正在纳闷，眼尖的郭寒露看到了她，连忙挥手示意，喊道：“小野，这里！”

“你们怎么来了？”田小野快步走到他俩面前，惊讶地问。由于不打算在家里久住，她随身只带了一个轻便的手提袋。

“反正在家里也是闲着，不如出来走走——我帮你拿东西吧。”于浩满脸讨好的笑容，伸手接过田小野的手提袋。这样的殷情反倒让田小野格外不习惯，心中暗暗打鼓。

三个人顺着人流向公交车站走去。郭寒露亲昵地挽着田小野的胳膊，笑盈盈地说：“太好了，没想到周厂长那里有全套设计图，你总算可以拿回田阿姨的遗产了。”

是啊，田小野也没想到事情居然会出现这么大的转机，在她已经放弃的时候，幸运却突然砸到她的头上来了。她马上扭头问于浩：“他说了什么？有没有留下联系方式？”

"等回去以后我再慢慢告诉你。"于浩故意卖关子似的说。

田小野再也等不及了，急迫地追问："他到底说了什么？你先长话短说告诉我行不行？"

"反正都是好消息，我们以后不用再看白海燕的脸色，你也不用给 GAW 打工了。"

"等等。"快要走到地下通道入口处的时候，田小野猛地停下脚步，正色问道，"你到底想干什么？"公交车站就在地下通道对面，田小野却不想下楼梯了。

听于浩的语气，他似乎已经有所计划了，还对白海燕带着强烈的敌意。当初田小野是因为于浩诬陷她抄袭，她为了自证清白才千方百计地想要找出周德广，现在那件事早就过去了，她一心一意只想拿回母亲的设计稿，没有想用《百美图》当武器跟白海燕敌对的念头。

"专利五年前就已经申请了，那时候还没有雅韵。现在周德广还不知道我们已经把玩偶设计稿改成服装上市了，一旦他要维权，白海燕就只能赔钱。我没有急着把这一切告诉他，就是想等你回来，一起把前因后果讲清楚，然后想出一个最好的办法维护我们的利益。"

田小野越听越不对劲，于浩一口一个"我们"，一口一个"一起"，摆明了就是想要插手这件事，但是田小野根本就不打算跟他合作，连忙跟他划清界限，严厉地说："这是我和他之间的事情，你把他的联系方式告诉我，我自己去找他商量。"

"不行，你一个人搞不定。"于浩态度坚决，看样子不打算交出联系方式了。

田小野气得火冒三丈，突然提高音量，嚷道："什么搞不定？他本来就是来找我的！"

地下通道入口处人来人往，听到争吵声后，很多路人都投来好奇的目光。于浩连忙压低声音，抓住田小野的手说："你冷静一下，我是为了你好，我们不能一直被 GAW 利用。"

田小野气得甩开他，冷漠地回应道："比起白海燕，我觉得你更不可信任。"

于浩本来还能忍着脾气，却被田小野这句话激怒了，狠狠道："那好，你以后就死心塌地投靠她好了。不要以为我不知道你们在模仿华衣坊，她想逼死我，我还不能反抗吗？"

见两个人越吵越凶，插不上嘴的郭寒露拦在于浩面前，弱弱地劝道："你们别吵了……"

"你让我回家就是为了利用我报仇，根本就不想帮我拿回遗产。我算是看透你了，把我的包还给我。"说着，田小野直接动手去抢于浩手里的包。与其回家被于浩洗脑，忍受郭美涵的冷嘲热讽，还不如现在马上原路返回，去找朱明熙商量对策。

“你讲不讲道理？”于浩不肯还给她，紧紧攥着包。

两个人站在楼梯口吵来吵去，在激烈的你拉我扯中差点儿就要动起手来。郭寒露急得没有办法，一边焦急地劝说着，一边想把两个人分开。就这样，三个人抓着手提袋的边缘分别向三个方向用尽全力，脆弱的包带实在经不起这样的折腾，突然一下断掉了。

“啊——”失去平衡的三个人同时向后踉跄了半步。好在田小野和于浩都站在安全位置，身体偏斜了一下很快就又重新站稳。唯独郭寒露踩在楼梯边缘，向后一退就直接踩空了。

“露露！”发现情况不对劲，田小野和于浩都大喊着伸手去拉，只可惜还是晚了半秒，眼睁睁看着郭寒露在尖叫声中惨烈地滚下三十多级的台阶……

——本季完——

意林·轻文库“恋之水晶”系列励志青春偶像剧
指尖花凉
忆成殇
年华如花，
唯美绽放，
为你讲述一段
被眼泪与梦想灌溉的成长故事！
异国梦碎，苏瑾重返故土，
然而物是人非，
杨晏然的突然出现令顾铮濒临崩溃，
多年的等候难道只是一声叹息？
相伴走过整个青春的少年，
你是否还会等在原地，温暖如初？
梅吉
多年沉淀，娓娓道来，
叩响你心底关于青春的无限追忆。
指尖花凉
忆成殇III
暖心分享价：
25.80 元
指尖花凉
忆成殇II
指尖花凉
忆成殇
吉林摄影出版社